살아서 가야 한다

歸還
살아서 가야 한다

정명섭 장편소설

교유서가

차례

탄생

—선조 33년(1600년) 2월, 한양

"언제 돌아오실 거예요?"

문고리를 잡은 아내의 힘없는 물음에, 툇마루에 걸터앉아서 짚신을 신던 황음치는 퉁명스럽게 대꾸했다.

"일이 끝나야지 오지."

"아무래도 오늘 아이가 나올 것 같아서요. 일찍 좀 들어오세요."

"알았어."

짧게 대꾸한 황음치가 싸리문 밖으로 나가는 걸 본 아내는 아까부터 진통이 오는 아랫배를 쓰다듬었다. 아직 추위가 가시지 않았지만 아궁이에 지필 장작은 며칠 전에 바닥이 났고,

쌀독도 바닥을 보인 지 오래였다. 내포(內浦: 조선시대 충청남도 해안 지방) 사람인 황음치는 임진왜란중에 고향을 떠나 한양에 정착해서, 조씨 집안의 외거노비인 그녀와 혼례를 치렀다. 비부(婢夫: 계집종의 남편)가 된 그는 자연스럽게 조씨 집안의 일을 하게 되었다. 그녀는 멀쩡한 양인이었던 남편의 신세를 망친 게 아닌가 아쉬워했다. 그러면서 주인집에 사정해서 보리쌀이나 장작을 좀 얻어 오면 좋으련만 늘 빈손으로 돌아오는 고지식한 남편에게 푸념을 늘어놓기도 했다. 이불을 뒤집어쓴 아내는 갑작스럽게 찾아온 진통에 이불자락을 질끈 물고 참았다. 비명을 질러봤자 도와줄 사람도 없으니 혼자 낳는 수밖에 없었다. 속으로 부처님을 중얼거리면서 이불 속에 누웠다.

강철견이 막 대문에 들어섰을 때 아이의 울음소리가 터져나왔다. 때마침 마당에 나와 있던 종 김득이 감격에 찬 목소리로 말했다.

"주인마님. 아드님이랍니다. 아드님."

"아들이 맞단 말이냐?"

"제 마누라가 탯줄을 직접 잘랐답니다. 감축드리옵니다."

감득의 얘기를 들은 강철견은 훈련도감(訓鍊都監: 임진왜란 때 창설된 오군영 중 하나로 훈국이라고도 불렸다) 파총(把摠: 정4품의 무관직)이라는 체통을 잃지 않기 위해서 애써 태연한 척했다. 임진년에 시작되어 재작년 무술년에 끝난 왜란 때 의병으로 참전하느라 집을 떠나 있었던 탓에 후사를 볼 기회가 없었다. 왜란 중에 아버지와 큰형, 동생을 차례로 잃고 홀로 남은 그는 서른이 넘도록 후사를 보지 못하자 몹시 초조했다. 그래서 유학자라는 체면도 접고 승려에게 재물을 보내 초제를 지내게 했었다. 그리고 부인이 아이를 잉태했다는 소식을 듣고는 신통하다는 맹인 점쟁이를 불러서 아들인지 딸인지 물었다. 미시(未時: 오후 1시에서 3시 사이)에 태어나면 틀림없이 아들이라는 얘기를 듣고는 초조하게 연락이 오기만을 기다렸던 것이다. 기뻐하는 감득의 모습을 보고 정신을 차린 강철견이 점잖게 말했다.

"어서 금줄을 치고 아이에게는 주사 가루 탄 물을 먹이게 하고, 방에 불을 넉넉히 지피거라. 훈국으로 돌아갔다가 저녁때 돌아오겠다."

"아이고, 알겠습니다요."

코가 땅에 닿도록 절을 한 감득이 종종걸음으로 안채의 중문 쪽으로 달려갔다.

해가 질 무렵에야 돌아온 황음치는 주인집에 사정사정해서 얻은 보리쌀 한 말을 짊어지고 있었다. 의기양양하게 싸리문을 열고 집안으로 들어온 황음치는 툇마루에 보리쌀이 든 주머니를 내려놓으면서 말했다.

"이놈의 여편네가 남편이 돌아왔는데 방에서 뭐하고 있는 거야?"

다른 때 같으면 부엌이나 안방에서 얼굴을 내밀고 반가워했을 아내는 여전히 보이지 않았다. 대신 처음 듣는 아이의 탁하고 메마른 울음소리만 들려왔다. 짚신도 벗지 못하고 안방으로 들어선 그의 눈에 들어온 것은 싸늘하게 식어버린 아내와, 아내의 품에서 울고 있는 갓난아이였다. 아직 탯줄도 달려 있는 아이는 낯선 그림자를 보자 더 큰 소리로 울어댔다.

사랑방에 앉은 강철견은 하인들이 깨끗하게 씻은 태반을 기름종이에 싸서 태항아리에 넣는 것을 지켜봤다. 아버지는 왜린 때 돌아가시고 어머니도 없는 상태라 집안일은 모두 그가 진두지휘해야만 했다. 강철견은 하인들이 부정을 타지 않도록 태반을 잘 처리하는 일을 지켜보는 한편, 아들의 이름을 짓기 위해서 고심했다. 그리고 점쟁이에게 아이의 사주를 보내서 받아온 것을 가지고 액운을 피하기 위해 초제를 지낼 준비를 했다. 거기다 아이의 유모도 정해야 했다. 하나같이 골치 아프고 신경쓰이는 일이라서 여간 머리가 아픈 것이 아니었다. 그때 부인의 몸종 봄춘이가 다가와서 고했다.

"마님. 아기씨의 목욕을 마쳤습니다."

"그래. 시킨 대로 했느냐?"

"네. 복숭아나무랑 매화나무 뿌리를 끓인 물에 씻기고 옷을 입혀서 포대기에 쌌습니다요."

"알겠다. 날씨가 아직 추우니까 방에 불을 넉넉히 때고 잘 지켜봐야 하느니라."

지시를 내린 강철견은 야트막한 담장 너머 안채에서 들려오는 아이의 울음소리에 저도 모르게 웃고 말았다. 가문의 대를 이었다는 안도감에 젖어든 것이다.

"이보게. 안에 있는가?"

다 쓰러져가는 초가집의 마당에 들어선 조씨 집안의 겸인(傔人: 양반집의 일을 돕던 사람으로, 청지기라도 불린다) 고가수는 눈살을 찌푸렸다. 며칠째 일을 나오지 않아서 왕십리에 있는 황음치의 집을 찾아왔는데, 그 집 아내가 애를 낳다가 죽었다는 말을 마을 사람들에게 들은 것이다. 재수가 없다고 속으로 투덜거린 고가수가 거듭 목청을 높이자 구멍이 숭숭 뚫린 안방의 외짝 문이 덜컹 열렸다. 지친 표정의 황음치는 고가수를 보더니 황급히 맨발로 뛰어나와서는 고개를 조아렸다.

"오셨습니까?"

"이웃집에서 얘기를 들었네. 장례는 잘 치렀는가?"

"매골승(埋骨僧: 활인원에 속한 승려로 시신의 매장을 맡았다)들이 와서 뒷산에 묻었습니다요."

아직 슬픔이 가시지 않은 황음치는 코를 훌쩍거리면서 대답했다. 혀를 찬 고가수가 퇴청에 걸터앉았다.

"자네가 없으니까 채마밭(채소를 심는 밭)에서 일할 사람이 없네. 힘들더라도 내일부터는 일을 나오게."

"그, 그게……"

황음치가 선뜻 대답하지 않고 뒤통수를 긁으며 뜸을 들이자 고가수가 벌컥 화를 냈다.

"주인마님이 아니었으면 자네가 이 한양 바닥에서 어찌 발을 붙이고 살 수 있을지 생각해봐."

"그게 아니오라 여편네가 죽으면서 아들놈을 낳았는데 어찌 해야 할지 몰라서 말입니다."

"아들이 살아 있다고?"

눈이 번쩍 뜨인 고가수가 외짝 문을 열고 안방으로 들어갔다. 온기 한 점 없이 냉기가 흐르는 방구석에서 이불에 둘둘 싸인 아이가 울고 있었다. 아이의 용변 냄새가 코를 찔렀지만 고가수는 개의치 않고 아이를 번쩍 들어올렸다.

"난 또 아이까지 같이 죽은 줄 알았지 뭔가. 사내아이 맞지?"

"그렇습니다요. 계속 울어대서 누구에게 맡길까 고민중입니다."

황음치의 얘기를 들은 겸인 고가수가 깜짝 놀랐다.

"무슨 소리! 이 아이는 조씨 집안의 재산일세."

"그게 무슨 말씀이십니까요?"

황음치가 영문을 모르겠다는 표정으로 묻자 고가수가 혀를 찼다.

"자네는 노비종모법(奴婢從母法)도 모르는가? 어미가 노비면 그 자식도 어미를 따라 노비가 된다네. 자네 안사람이 조씨 집안의 노비였으니 이 아이도 당연히 조씨 집안의 노비라 이 말이야."

청산유수 같은 고가수의 말에, 아내의 죽음과 울고 있는 아이 때문에 지칠 대로 지쳐 있던 황음치는 고개를 끄덕거릴 수밖에 없었다. 고가수가 얼른 아이를 안고 밖으로 나왔다.

"자네가 기를 수는 없을 테니까 내가 주인마님에게 말해서 거두겠네. 그럼 자네도 아들을 가까이서 볼 수 있지 않은가."

얘기를 마친 겸인 고가수가 황음치를 뒤로한 채 초가집을 나섰다. 전쟁통에 노비들이 죽고 도망친 덕분에 걱정이 이만저만이 아니었는데 뜻밖의 횡재를 한 셈이었다. 주인에게 칭

찬을 들을 생각을 한 그의 얼굴에 절로 미소가 피어났다. 아이는 최근 전염병으로 딸을 잃은 비천네에게 맡기면 될 것 같았다. 말라비틀어진 포대기 속의 아이는 울다가 지쳤는지 엄지손가락을 문 채 잠이 들었다.

"아이의 이름은 반드시 은혜 은(恩) 자와 클 태(太) 자를 쓸 것이오."

안방의 보료에 앉은 강철견의 말에 부인은 가만히 고개를 끄덕거렸다. 며칠 전 열린 돌잔치에서 아이는 돌잡이 상에 놓인 여러 물건들 중에서 활을 가장 먼저 집었다.

"반드시 집안에 기쁜 일을 가져올 아이가 될 것입니다."

몇 년 동안 잉태를 하지 못해서 내내 힘이 없던 부인은 아들을 낳은 이후 부쩍 얼굴빛이 좋아졌다. 유모의 젖을 배불리 먹은 아이는 비단옷을 입고 군불을 땐 바닥을 기어다니는 중이었다. 허리에는 붉은색 비단에 무병장수를 기원하는 글귀와 학을 자수로 놓은 띠를 둘렀다.

방바닥을 기어다니는 아이의 기저귀를 벗긴 비천네는 볼기를 찰싹 때렸다.

"아이고, 또 쌌네, 또 쌌어. 네놈 기저귀 가느라 한겨울에 손이 얼어터지겠네."

볼기를 몇 대 맞은 아이가 자지러지게 울자 퍼뜩 정신을 차린 비천네는 얼른 아이를 안고 젖을 물렸다. 지난번에 귀찮아서 울고 있는 아이를 그냥 놔둔 것을 본 겸인 고가수가 한 번만 더 이러면 가만두지 않겠다고 불호령을 내린 적이 있었다. 울음을 그치고 젖을 빠는 아이를 달래던 비천네는 혀를 찼다.

"네 녀석 신세도 참 고달프다. 태어나자마자 엄마가 죽었지, 반푼이 같은 아비 때문에 평생 종노릇하게 생겼지. 돌인데 돌잔치는 구경도 못하네. 거기다 이름이 황천도가 뭐니, 황천도가."

비천네는 낮에 고가수에게 아이 이름을 어찌 지을까 물었다가 황천도라고 부르라는 대답을 들었다. 그게 무슨 뜻이냐는 그녀의 물음에 고가수는 귀찮다는 표정으로 하늘 천(天) 자에 길 도(道) 자라고 말하고는 물러가라는 손짓을 했다. 젖을 먹은 아이는 금방 잠이 들었다. 자신의 앞날 따위는 전혀 모르는 듯 평온한 얼굴이었다.

성장

—광해군 6년(1614년) 정월, 한양

초가례와 재가례를 마친 강은태는 방으로 들어가서 관리들이 입는 복두와 공복으로 갈아입고 밖으로 나왔다. 그러자 뜰에서 기다리고 있던 가족과 친지, 그리고 아버지의 벗들이 우레와 같은 박수로 맞이했다. 성인식 관례의 마지막인 삼가례를 할 차례였다. 뜰로 내려선 강은태에게 아버지의 친구이자 현직 관료인 이막준이 술을 한 잔 따라주었다. 공손히 받아서 마시자 그가 미소를 띤 얼굴로 말했다.

"네 나이 열다섯에 관례를 치렀으니 이제 어른이 되었느니라. 자고로 어른은 이름을 부르는 게 아니라 자로 불러야 하느니라. 이제 너에게 자를 지어줄 것이니 너는 그 뜻을 깊이 새기고 어른답게 행동해야 할 것이다. 너의 자는 규헌(圭憲)이다."

"삼가 그 뜻에 어긋나지 않도록 살겠습니다."

강은태가 짧게 대답하는 것으로 관례는 모두 끝이 났다. 작년에 삭주부사(朔州府使)를 지내고 한양으로 돌아온 강철견은 아들에게 다가갔다.

"사당으로 가자꾸나. 조상님들께 네가 어른이 되었음을 고해야지."

"알겠습니다, 아버지."

강철견은 고개를 숙여 대답한 아들을 대견한 눈으로 바라봤다. 서글서글한 자신과는 달리 아들은 각진 턱에 부리부리한 눈, 그리고 다부진 어깨를 가졌다. 주변에서는 아버지와 닮지 않고 상스럽게 생겼다고 수군거렸다. 하지만 그는 아들이 무인답게 생겼다고 좋아했다. 그가 어깨를 다독거리자 아들은 손을 뻗어서 아버지의 손을 꽉 잡았다.

"동지섣달도 아니고 정월에 이게 무슨 짓인지 모르겠어요, 아버지."

머리통만한 돌을 들어서 지게에 올린 황천도는 하얀 입김을 토해내면서 투덜거렸다. 그는 아버지를 닮아서 광대뼈가 툭 튀어나오고 각진 턱을 가졌다. 눈썹이 진하고 눈도 커서 별명이 소를 잡는 백정이었다. 거기다 나이가 들면서 등이 굽기 시작한 아버지와 달리 건장한 체격을 자랑했다. 아들이 투덜거리자 머리가 하얗게 센 황음치는 밭은기침을 내뱉으면서 대답했다.

"주인댁 담장이 무너졌잖아. 잔말 말고 얼른 돌이나 하나 더 올려."

"그러다 허리 다쳐요. 이번에는 제가 질게요."

"일없다. 뼈 아물기 전에 이런 거 잘못 들면 허리 굳어, 인석아."

손사래를 치며 아들을 뿌리친 황음치는 지게를 짊어졌다. 위태롭게 기울어진 지게를 본 황천도는 자그마한 돌 하나를 꺼내서 슬쩍 길옆에 던졌다. 아무것도 모르고 앞장선 아버지는 뒤따라오는 아들에게 말했다.

"그래도 네가 이미를 잃고도 안 죽고 지금까지 살아남은 게 다 주인마님 은덕이야. 그러니 아무 소리 말고 시키는 대로 해."

"말끝마다 은덕 타령 좀 그만하세요. 돈 있으면 그놈의 은덕 확 사버리든지 해야지."

황천도가 이죽거리자 아버지가 역정을 냈다.

"이놈이 어디서 그런 말버릇을 배운 거야?"

"노비 숫자 늘리려고 한 거지, 무슨 은덕이에요, 은덕이."

입이 삐죽 나온 황천도의 말에 황음치가 걸음을 멈추고 호통을 쳤다.

"그런 소리는 입 밖에도 내지 말라고 했잖아. 옆집에 사는 그 문가인가 문어인가 하는 훈장이 그런 말을 했느냐?"

"아니에요, 아버지."

풀이 죽은 황천도는 애꿎은 길가의 자갈을 걷어찼다. 돌을 짊어진 두 사람은 새문 고개를 넘어서 당주동에 있는 조씨 집안의 저택 안으로 들어갔다. 뒤뜰로 이어지는 사랑채의 무너진 담장 앞에 지게를 내려놓은 황음치가 한숨을 돌리는 사이, 황천도가 지게의 돌을 담장 옆에 던졌다. 때마침 사랑방에서 겸인 고가수가 아들 춘득과 얘기를 주고받으며 나오다가 두 사람을 발견하고는 혀를 차면서 다가왔다.

"아이고, 내가 고치라고 한 게 언젠데 이제야 돌을 가져와?"

"죄송합니다요. 제가 고뿔이 심하게 들어서 그만……"

머리가 땅에 닿도록 조아린 황음치가 떨리는 목소리로 대꾸하자 고가수가 짜증을 냈다.

"좀 있으면 손님 오시니까 거적으로 대충 덮어놓고 내일 다시 하게."

"죄송합니다. 그냥 아들 녀석이랑 돌이라도 쌓아놓을까요?"

"되었다고 하지 않았나? 손님들한테 그 몰골 보이지 않게 얼른 가란 말이야."

고가수가 왈칵 짜증을 내자 황천도는 주먹을 불끈 쥐었다. 그 주먹을 살짝 손으로 가린 황음치가 굽실거리면서 대답했다.

"알겠습니다. 내일 아침에 일찍 와서 담장을 고쳐놓겠습니다요."

혀를 찬 고가수는 대문 쪽에서 "이리 오너라"라는 목소리가 들리자 황급히 달려가서 손님을 맞이했다. 검은색 휘항(揮項: 조선시대 남자들이 쓰던 방한모의 일종) 위에 양태(凉太: 선비들이 쓰던 갓의 테두리 부분)가 넓고 호박으로 갓끈을 장식한 통영갓을 쓰고 도포를 입은 중년의 선비와 황천도 또래의 젊은 선비가 대문으로 들어섰다. 방금 전까지 두 사람에게 호통을 쳤던 고가수가 호들갑을 떨면서 두 사람을 맞이했다.

"어서 오십시오, 부사 나리."

"잘 지냈는가?"

중년의 선비가 웃으면서 인사를 받자 고가수는 코가 땅에 닿도록 인사하면서 대답했다.

"신경써주신 덕분에 잘 지내고 있습니다. 이놈이 제 아들 춘득입니다."

고가수가 아들을 인사시키고는 두 사람을 사랑채로 인도했다.

"주인마님! 삭주부사 나리와 자제분께서 오셨습니다요."

멍하게 서 있던 황음치와 황천도는 두 선비가 다가오자 저도 모르게 고개를 숙였다. 호기심을 못 이긴 황천도는 살짝 고개를 들었다. 또래의 젊은 선비가 바로 곁을 스쳐지나가면서 슬쩍 눈이 마주치자 얼른 고개를 숙였다. 사랑채의 분합문(分閤門: 네 짝으로 된 한옥의 미닫이문으로, 주로 대청마루로 통하는 곳에 만들어졌다)이 닫히는 소리를 듣고서야 고개를 든 황음치는 지게를 한쪽 어깨에 짊어지면서 말했다.

"어서 돌아가자."

"예, 아버지."

돌을 집느라 곱아버린 손을 입김으로 녹이며 아버지를 따라 걸음을 옮기려던 황천도는 누군가 등을 찰싹 때리자 깜짝 놀라서 돌아봤다. 그러자 주근깨 가득한 오월이의 얼굴이 보였다. 그보다 두 살 위인 그녀는 조씨 마님의 안잠자기였다.

"언제 왔어?"

"방금 전에."

퉁명스럽게 대꾸한 황천도가 돌아서자 오월이가 손에 들고 있던, 대나무로 만든 반합을 냉큼 건넸다.

"가다가 먹어."

"이게 뭔데?"

"대보름 때 만든 약식. 너 주려고 챙겨놨었어."

요란한 눈웃음과 함께 오월이가 손을 꼭 움켜잡았다. 황천도는 냉큼 반합을 받아들고는 대문 밖으로 나서는 아버지의 뒤를 따랐다.

"같이 가요, 아버지."

대나무 반합을 열어서 꼭꼭 담아놓은 약식을 건네자 황음치는 아무 말 없이 받아서 삼켰다. 그러고는 입안에 약식을 한 움큼 털어넣고 우물거리던 황천도에게 말했다.

"오월이가 너를 마음에 두는 모양이다."

"그래봤자 안주인 마님의 안잠자기일 뿐인데요, 뭘."

황천도가 퉁명스럽게 대꾸하자 황음치가 혀를 찼다.

"네놈 신세를 생각해야지. 그 정도면 나쁘지 않으니까 좋은 날 잡아서 정화수 한 그릇 떠놓고 혼례를 치러. 주인마님이 빈 행랑채를 하나 주신다고 했으니까 살림은 거기서 차리고."

"아예 들어가서 산란 말입니까?"

"그게 어때서? 복 받은 줄 알아. 흉년에 굶어죽고, 전염병이 돌아서 일가족이 몰살당하는 판국이야. 주인마님 댁에 들어가면 최소한 먹고 자는 건 걱정 없잖아."

아버지의 얘기를 들은 황천도는 입안에 든 약식을 길옆에 토해냈다. 그 모습을 본 황음치가 혀를 찼다.

"옆집 훈장한테 글 몇 줄 배웠다고 세상을 어떻게 할 수 있을 것 같지? 아서라. 그러다 제명에 못 산다."

입을 굳게 다문 채 집으로 돌아온 황천도는 지게를 내려놓고 곧장 옆집으로 갔다. 구멍이 뚫린 낡은 유건(儒巾: 유생들이 쓰는 관모)을 쓴 채 대청에 앉아서 책을 읽던 문 선생이 싸리문을 열고 들어서는 그를 보고 빙그레 웃었다.

"어서 오너라."

"식사는 하셨습니까?"

"학동의 어머니 한 분이 주먹밥을 싸주셔서 그걸로 해결했다. 『소학언해(小學諺解)』를 펼쳐라."

"네."

짚신을 벗고 대청에 올라선 황천도가 옆에 놓인 『소학언해』를 펼쳤다.

"'부자유친'이라는 구절이 나옵니다."

"부자유친은 효의 시작과 끝을 의미한다. 시작이란 부모에게 받은 몸을 상하지 않게 잘 보존하는 것이고, 끝은 과거에 합격해서 출사하는 것으로 후세에 이름을 떨쳐서 부모를 기쁘게 하는 것이지."

"저랑 별 상관이 없는 내용이군요."

"공부는 출세하려고 하는 것이 아니란다. 몸과 마음을 정갈

하게 해서 좋은 사람이 되기 위해서 하는 거지. 특히 『소학』은 몸가짐을 바르게 하고 사람 된 도리를 익히는 것이란다."

"배우면 뭐합니까? 써먹을 곳도 없는데요."

"학문이 언제 어떻게 쓰일지는 아무도 모르는 법이지. 나도 네 나이 때는 공부가 그렇게 싫었지만 그나마 늘그막에 훈아비로 살면서 먹고살 게 되었단다."

문선생이 이가 거의 없는 입을 벌리며 웃자 황천도는 다음 장으로 넘어갔다.

"'붕우유신'이라는 구절이 나오네요."

"벗 사이에 지켜야 할 가장 중요한 도리는 바로 믿음이라는 뜻이지."

"벗이란 무엇입니까?"

황천도의 물음에 문선생이 수염을 쓰다듬으면서 대답했다.

"비록 피를 나누지는 않았지만 마음이 맞는 동료를 벗이라고 부르지. 때로는 피를 나눈 가족들보다 더 깊은 마음을 나누기도 한단다. 관포지교라는 말을 아느냐?"

황천도가 고개를 가로젓자 문선생은 붓을 들어 종이에 글씨를 써서 보여줬다.

"중국의 춘추시대 제나라에 관중과 포숙아라는 사람이 살고 있었다. 원래 친하던 두 사람은 글공부를 해서 조정에 출사했는데 관중은 제나라 군주 양공의 아들인 규를 섬겼고, 포숙아는 규의 이복동생인 소백을 섬겼지."

잠시 헛기침을 한 문선생이 카랑카랑한 목소리로 말을 이어갔다.

"얼마 후, 양공의 사촌동생이 무엄하게도 양공을 시해하고 군주의 자리를 차지했단다. 그러자 규와 소백은 각각 이웃 나라로 도망쳤지. 다음해에 사촌동생이 천벌을 받아 죽음으로써 제나라 군주의 자리가 비어버리고 말았지. 그때 소백이 먼저 제나라로 돌아와서 왕위를 차지했는데 그가 곧 환공이다. 환공은 규가 도망친 노나라에, 규를 죽이고 부하들을 압송하라고 요구했고, 규의 측근인 관중은 압송되고 말았지. 그때 관중의 친구인 포숙아가 환공 앞에 엎드려서 간했단다. 제나라를 통치하려면 자신으로 족하지만, 천하를 얻으려면 관중이 필요하다고 말이다. 그 얘기를 들은 환공이 관중을 풀어주고 벼슬을 주었지. 그후로 관중과 포숙아 두 사람은 평생 우정을 나누면서 나라를 위해 힘썼고, 마침내 제나라는 패권을 잡았단다. 이처럼 목숨을 걸고 친구를 도와주고 그걸 잊지 않는 것을 붕우유신이라고 일컫는다."

"제가 그런 친구를 얻을 수 있을까요?"

"네가 마음을 열고 누군가를 돕고 위한다면 반드시 얻을 수 있을 것이다."

그후로도 밤이 깊어질 때까지 『소학』을 펼쳐놓고 공부했다. 더이상 책을 읽을 수 없을 정도로 어두워지자 아쉬운 표정으로 책을 덮은 황천도에게 문선생이 슬쩍 물었다.

"그나저나 심기가 불편해 보이는구나."

"주인집에서 아예 들어와서 살랍니다. 나 참."

"솔거노비로 거둘 모양이구나."

"저는 절대로 들어가 살지 않을 겁니다."

"어차피 너는 그 집 소유이지 않으냐?"

"제게 사람들은 모두 평등하다고 가르친 건 스승님이셨습니다."

벌떡 일어난 황천도가 따지자 문선생은 빙그레 웃었다.

"그건 힘이 있을 때 가능하다고 바로 뒤에 덧붙여 얘기한 것은 잊어버렸느냐?"

석양이 진 허공을 보고 한숨을 쉰 황천도가 고개를 숙였다.

"이만 들어가겠습니다. 편안히 쉬십시오."

강은태는 아버지 옆에 놓인 방석에 앉아서 잠자코 두 사람의 얘기를 들었다. 아버지와 조충도는 한참 동안이나 덕담을 주고받았다. 그러던 중 조충도가 아버지의 옆자리에 앉은 강은대를 보면서 얘기했다.

"아드님이 훤칠한 장부가 되셨습니다. 동갑인 제 아들놈은 아직도 정신을 못 차리고 있는데 말입니다."

"아직 사내구실을 하려면 멀었네."

말은 그렇게 했지만 그를 쳐다보는 아버지의 눈빛은 자랑스러움으로 가득했다. 잠시 후, 차가 들어오자 조충도는 자랑스러운 표정으로 말했다.

"곡산에서 난 차입니다. 어렵게 구한 거라 귀한 손님이 올 때만 내오는 차이지요."

덕담은 곧 나라 안팎의 이야기로 넘어갔다. 북방의 오랑캐들이 분수를 모르고 날뛴다는 둥, 남쪽에 계속 흉년이 들어서 걱정이라는 얘기들이 오고갔다. 터져나오려는 하품을 겨우 참은 강은태가 눈꼬리에 묻어나는 졸음을 쫓기 위해 눈을 껌뻑거리는데 찻잔을 내려놓은 아버지가 말했다.

"아들 녀석 관례도 치렀으니 이제 배필을 찾을 생각이네. 적당한 사람이 있겠는가?"

"가만있자. 한양보다는 지방에서 찾는 게 좋을 듯싶습니다."

"그야 그렇겠지. 자네도 알다시피 왜란 때 부모와 형제들을 모두 잃었고, 자식은 이 아이 하나뿐일세. 얼른 혼사를 치러서 손주를 봐야 안심이 되겠어."

그러자 헛기침을 한 조충도가 슬며시 물었다.

“제가 아는 집안이 몇 있지만 나리의 마음에 드실지 모르겠습니다.”

“며느리로 들어올 아이가 덕이 있고 품성만 고우면 그만일세. 어차피 우리 집안도 그다지 내세울 게 없고 말이야.”

손사래를 친 조충도가 말했다.

“아이고, 무슨 그런 말씀을 하십니까. 그럼 제가 한번 알아보고 조만간 연락드리겠습니다.”

“그럼 자네만 믿겠네.”

헛기침을 한 아버지가 일어나면서 강은태도 따라서 일어났다. 대문까지 배웅을 나온 조충도는 거적으로 덮어놓은 담장을 힐끔 보고는 겸인 고가수를 노려봤다. 아버지와 함께 당주동 고개를 천천히 넘어가던 강은태는 조심스럽게 입을 열었다.

“아버님……”

“왜 저런 작자와 친교를 맺고 네 혼사를 부탁하는지 궁금하냐?”

핵심을 찔린 그가 입을 다물자 아버지는 아들이 입은 도포의 옷고름을 고쳐 매주면서 말했다.

“너도 알다시피 우리 집안은 한양에 살고 있다는 것을 빼고는 특출한 것이 없다. 네 할아버지 대부터 대대로 무관이 되었시만 그뿐이었단다. 한양에서 버티기에는 내 녹봉으로는 턱도 없단다. 역관 출신의 저놈이 도와주지 않았으면 우린 진작 시골로 내려갔을 게다. 분하지만 어쩔 수 없는 일이지."

늘 무겁고 근엄하던 아버지의 얼굴이 수치심과 분노로 떨리는 게 보였다.

"저자가 소개해주는 집안이라면 격이 떨어지기는 하겠지만 대신 혼수는 많이 가져올 것인즉, 그것으로 집안을 일으켜 세워야 한다. 그래야 저런 하찮은 놈에게 고개를 숙이지 않게 된다. 내 말 명심하여라."

"그리하겠습니다."

강은태가 고개를 끄덕거리면서 대답하자 아버지는 흡족한 미소를 지었다.

"무과 준비는 잘하고 있느냐? 이 아비가 현직에 있을 때 무관이 되어야만 내 가자(加資: 조선시대 관리의 근무 평점을 자식이나 친척, 사위에게 물려주는 것으로 대가代加라고 일컫는다)를 물려받을 수 있느니라."

"올해 열심히 준비해서 내년 무과에 꼭 합격하겠습니다."

"북쪽의 여진족 움직임이 심상치 않다. 왜란 때문에 조선과 명나라가 제대로 신경쓰지 못하는 사이 노추(奴酋: 누르하치를 비하해서 부르는 말)가 힘을 기른 모양이다."

"그래봤자 한낱 짐승 같은 놈들 아닙니까?"

강은태의 말에 아버지는 가볍게 고개를 저었다.

"임진년에 왜놈들이 쳐들어왔을 때에도 다들 그렇게 얘기했단다. 하지만 화살이나 칼날은 예의나 군자를 따지지 않는단다. 거기다 예부터 여진족 일만 명이 모이면 천하가 감당할 수 없다(女眞一萬卽天下不堪當)라는 말이 있었느니라."

허연 입김을 내뿜으면서 숨을 고른 강철견은 고개를 조아린 아들에게 연거푸 말했다.

"물론 그것이 꼭 우리 같은 무관에게 나쁜 일은 아니란다. 돌아가는 형세를 보면 북인들이 다 해먹겠다고 하고 서인과 남인이 완전히 등을 돌렸다. 무관 중에도 그쪽에 줄을 대는 자들이 늘어나고 있지만 나는 내년 정도까지만 하고 관직에서 물러날 생각이다. 그러니 꼭 무과에 합격해야만 한다. 내 말 무슨 뜻인지 잘 알겠지?"

"명심하겠습니다."

아버지는 대견스럽다는 표정으로 가만히 아들의 등을 쓰다듬어주었다.

문밖에서 사람들이 떠들어대는 소리가 방안까지 들려왔다. 정화수 한 그릇 떠놓고 혼례 아닌 혼례를 치른 황천도는 오월이에게 이끌려서 행랑방 안으로 들어왔다. 방안에는 이불이 이미 펴져 있었고, 한쪽에는 술상도 준비되어 있었다. 어머니를 잃은 그를 거둬주었고 작년에 전염병으로 세상을 떠난 비천네는 무슨 일이 있어도 주인집에 들어와서는 안 된다고 얘기했다. 그래서 몇 달 전에 얘기가 나왔을 때 펄쩍 뛰었지만, 늙은 아버지를 괴롭히는 겸인 고가수의 등쌀에 버틸 방법이 없었다. 주인집에서는 젊고 건강한 그를 집안에서 부릴 수 있게 되어서 몹시 기뻐하는 눈치였다. 거기다 조신한 것과는 거리가 먼 오월이도 마음에 들지 않았다. 제법 곱상한 외모에 젖가슴이 봉긋하고 엉덩이가 펑퍼짐해서, 조씨 집안의 젊은 하인들은 물론이고 이런저런 일로 드나드는 양인 사내들 중에도 군침을 흘리는 이가 적지 않았다. 하지만 황천도는 노비 신세인 그녀를 아내로 맞이해서 아이를 낳으면 그 아이 역시 노비 신세가 되는 것이 끔찍하게 싫었다.

더없이 마음이 불편해진 황천도는 오월이가 준비한 술상에는 눈길도 주지 않았다. 얼굴에 분을 잔뜩 바른 오월이가 간드러지게 웃으며 젓가락으로 동태전을 집어서 입에 넣어주었다. 당장이라도 방을 박차고 나가고 싶었지만 문밖에 있을 아버지 생각에 차마 그럴 수는 없었다.

오늘 낮에 짐을 챙겨서 나오는데 아버지가 뭔가를 내밀었다.

"이게 뭡니까?"

"동곳(머리에 튼 상투가 흩어지지 않도록 꽂는 핀 같은 것)이다. 며칠 전에 동네에 온 장사꾼에게 산 거야."

아버지가 내민 놋쇠로 만든 동곳을 본 황천도는 짜증을 냈다.

"입에 풀칠하기도 어려운데 이걸 왜 사요?"

"너도 이제 상투를 틀어야 하잖아. 잔말 말고 넣어둬라."

아버지는 말문이 막히면 역정을 내곤 했다. 황천도는 두 개의 뿔이 달린 동곳을 보따리 안에 집어넣고 주인집으로 들어왔다. 마음대로 할 수 있는 게 아무것도 없다는 생각에 결국 자포자기한 황천도는 탁주를 가득 따른 잔을 들고 벌컥벌컥 들이켰다. 그의 속마음을 아는지 모르는지 오월이가 교태를 부렸다.

"어머나. 우리 서방님, 얼굴만 잘생긴 줄 알았더니 사내답게 술도 잘 마시네."

밖에서 낄낄거리는 웃음소리가 들려왔다. 속이 탄 그는 말없이 오월이가 따라준 술을 마셨다. 술이 다 떨어지자 그녀는 술상을 옆으로 치우고 등잔불을 껐다. 그러고는 황천도를 이불 위에 떠밀어서 눕혔다. 놀란 황천도가 일어나려고 하자 그녀가 위에 올라탔다. 그리고 저고리의 옷고름을 풀면서 말했다.

"처음이지? 그냥 내가 시키는 대로만 해."

출정

—광해군 10년(1618년) 8월, 한양

"아이고, 안 됩니다. 하나밖에 없는 자식을 전쟁터로 내보내다니요."

몇 날 며칠을 누워 있던 어머니가 더이상 참지 못하고 사랑방으로 건너왔을 때, 강은태는 아버지에게서 『손자병법』에 대해서 듣던 중이었다. 아버지는 부들부들 떠는 어머니를 보고는 조용히 말했다.

"마침 잘 오셨소. 옆에 앉으시구려."

변변치 않은 무장 집안이라고 예법을 소홀히 하면 무시당할 수 있다면서 엄격한 가풍을 유지하던 아버지였다. 그래서 불호령이 떨어질 줄 알았건만 의외로 차분하게 얘기하자 강은태는 속으로 적잖게 놀랐다. 강은태 옆에 앉은 어머니는 작정한 듯 쏘아붙였다.

"아니, 남들은 어떻게든 자식을 빼내려고 안간힘을 쓰는데, 당신은 어째 하나밖에 없는 아들을 사지로 내보내십니까? 아! 아들이 하나 더 있는 걸 제가 잊어버렸습니다."

얼마 전, 아버지가 삭주부사 시절에 데리고 있던 천침기(薦枕妓: 수령이나 그의 손님과 잠자리를 함께하는 지방의 관기)가 낳은 아들이 있다고 어머니에게 얘기했다. 딸이면 몰라도 아들이니 거둬야 하지 않겠느냐며 곧 불러올리겠다는 말에, 어머니는 내가 아들을 하나밖에 못 낳은 죄라며 며칠 동안 눈물을 흘렸다. 하지만 아버지는 눈살을 찌푸렸을 뿐 어머니의 질시를 탓하지 않았다.

"사지라니요? 재조지은(再造之恩: 임진왜란 때 명나라가 우리나라를 도운 은혜를 일컫는 말)을 갚기 위해 출정하는데 어찌 그런 말을 하는 게요?"

무덤덤한 아버지의 말에 어머니는 분통을 터트렸다.

"이게 사지가 아니면 뭐가 아니랍니까? 조가도 아들 대신에 몸종을 보내고 멀리 피난을 간다는데 그런 걸 좀 배우지 않고……"

"어허! 부인!"

잠자코 얘기를 듣던 아버지가 서안(書案)을 쾅 내리쳤다.

"어찌 근본 없는 중인 집안을 따라 하라는 말씀이시오? 우리 집안은 삼대째 무관 집안으로 전란 때마다 앞장서서 공을 세웠소이다. 아무리 속 좁은 아녀자라고는 하지만 어찌 그런 말을 하는 게요?"

서슬 퍼런 아버지의 호통에 어머니는 입을 다물었다. 그런 어머니의 모습을 보고 미안한 마음이 들었는지, 아버지는 얼른 화제를 돌렸다.

"새아기는 어디 있는 게요?"

한숨을 푹 쉰 어머니가 대답했다.

"절에 불공드리러 갔답니다."

재작년에 조충도가 소개해준 유씨 집안의 맏딸과 혼사를 맺었다. 원래 한미한 집안이었는데 왜란 때 명나라군을 따라다니면서 물건을 사고팔아서 제법 재물을 모았다. 강원도 원주에 자리를 잡은 후에는 공명첩을 사들이고 향교에도 돈을 바쳐서 향교 유생의 명단인 교안에 이름을 올렸다. 그리고 한양에 있는 양반 집안과 혼사를 열어서 양반으로 발돋움할 생각이었는데 때마침 강은태의 집안과 연결된 것이다. 몇 차례 매파와 편지가 오간 후에 유씨 집안의 맏딸은 두둑한 혼수와 많은 노비들을 데리고 한양으로 올라왔다. 하지만 어머니는 근본 없는 장사치 집안의 며느리를 탐탁지 않게 여겼다. 혼례를 치르던 날 비로소 부인의 얼굴을 처음 본 강은태 역시 별다른 애정이 생기지 않기는 마찬가지였다. 때문에 부인은 불공을 드리러 사찰에 가는 등 집안에서 겉돌았다.

요동에서 세력을 키우고 있는 누르하치를 치기 위해서 군대를 보내달라는 명나라의 요구를 조정이 받아들이면서 한양은 온갖 소문들이 떠돌았다. 눈치 빠른 조충도 같은 이들은 재빨리 재산을 정리해서 떠날 채비를 했다. 그런 상황에서 강철견이 아들의 종군을 자청한 것은 상당한 파장을 일으켰다. 아내를 잘 다독거려서 안방으로 돌려보낸 강철견은 『손자병법』을 덮었다.

“오늘은 여기까지 하고 술이나 한잔하자꾸나.”

술상을 보아오라고 지시한 강철견은 차분하게 말했다.

“내가 니를 도요군(渡遼軍: 요동원정군의 명칭)에 참여시킨 연유를 알고 있느냐?”

“명나라의 은혜에 보답하고 나라에 충성하고자 함이 아니옵니까?”

강은태의 얘기를 들은 아버지가 대답했다.

“반은 맞고 반은 틀렸다.”

아들이 따라준 술을 한 모금 마신 강철견이 무겁게 입을 열었다.

“우리와 명나라가 임진년에 쳐들어온 왜와 맞서는 틈을 타서 요동의 여진족은 노추(奴酋) 깃발 아래 모여서 힘을 길렀다. 그렇게 해서 몇 년 전에 참람하게도 후금이라는 나라를 세웠단다. 그뿐만이 아니다. 이제는 명나라에 거역하고 요동을 소란스럽게 하고 있는 중이지.”

“저도 들었습니다. 짐승만도 못한 것들이 나라를 세우다니 참으로 가소로운 일이 아닐 수 없습니다.”

“그리 생각할 문제가 아니니다. 왜란 때 신충일이 요동으로 가서 노추를 만나고 왔는데, 후금의 장수들이 만포에서 만난 조선군의 허약함을 비웃으면서 혼자서도 수백 명은 없애버릴 수 있다고 큰소리쳤다는구나. 그리고 안타깝게도 사실일 가능성이 높지.”

“설마 우리가 여진족에게 무릎을 꿇겠습니까?”

“전쟁터에서는 예의나 충효 같은 것들이 통하지 않는단다. 오로지 좋은 무기와 용맹성만이 필요하지.”

굳은 표정으로 얘기한 강철견이 조심스럽게 술잔을 비우는 아들을 바라봤다.

“임금께서는 원병을 보내고 싶어하지 않는 눈치가 역력하시더구나. 하지만 재조지은을 외치는 사대부들의 청을 외면하지는 못했단다. 그것이 무엇을 의미하는지 아느냐?"

"잘 모르겠습니다, 아버님."

"그것은 이 나라가 사대부의 나라임을 증명하는 것이다."

놀란 강은태가 입을 벌린 채 아버지를 바라봤다. 다른 사람이 듣는다면 역적으로 몰려도 할말이 없는 얘기였기 때문이다.

"아, 아버님."

"임금이 아무리 반대를 해도 사대부들이 뭉치면 거스를 수 없기 때문이다. 그러니 우리 가문이 일어서기 위해서는 사대부들의 뜻에 따라야 한다. 그들의 뜻이 재조지은이고 출병이라면 거기에서 살길을 찾아야 한다 이 말이다."

아버지의 말에 강은태는 무거운 표정으로 고개를 끄덕거렸다. 아들이 다시 채운 잔을 비운 강철견이 말을 이어갔다.

"나라고 너를 전장으로 보내는 것이 마음 편하겠느냐? 하지만 너도 알다시피 나는 북인들과 가깝지 못해서 식주부사에서 물러나고 몇 년째 관직을 제수받지 못하고 있다. 너도 무과에 합격했지만 얼마 전까지 임용되지 못하지 않았느냐."

아버지의 말에 강은태는 가만히 고개를 끄덕거렸다. 작년에 3년마다 한 번씩 치르는 식년 무과에 을과로 합격했지만 관직에 오르지 못했다. 하지만 이번에 종군을 자원한 덕분에 종9품의 품계를 받고, 도원수 강홍립 휘하의 표하군(標下軍: 장군의 직할 부대)에 배치되었다. 그곳에는 강은태처럼 무과에 합격하고도 관직을 제수받지 못한 무관들이 적지 않게 지원했다.

"죽음 안에 살길이 있는 법이다. 비록 호랑이 아가리에 들어가는 일이라고는 하지만 1만이 넘는 대군이 들어가는데 어찌 돌아오는 사람이 없겠느냐. 나가서 공을 세우고 살아 돌아오너라."

근엄한 아버지의 얘기에 강은태는 고개를 숙이면서 알겠다고 대답했다.

낮에 들른 집에는 아무도 없었다. 작은 툇마루에 앉아서 한참을 기다리는데 지게를 짊어진 아버지가 들어왔다. 얼른 일어나서 지게를 받아들면서 말했다.

"아프면 좀 누워 계시라니까요."

"일없다. 어차피 죽으면 그만인데 뭣하러 몸뚱이를 놀려."

부엌 앞에 지게를 세워놓는 사이 툇마루에 걸터앉은 황음치는 연신 기침을 했다. 그러자 아버지가 안쓰러워진 황천도는 옆에 앉아서 마음에도 없는 말을 했다.

"난생처음 자기 밭이 생기니까 좋아죽겠어요?"

"열심히 일하마. 그래서 너를 속량시킬 테니까 좀만 참아."

"어느 세월에요?"

"듣자 하니 오랑캐들은 하룻밤에 백 리를 뛰고 이빨로 사람을 물어뜯고 살을 씹어 먹는다더구나."

"보름달이 뜨면 늑대로 변한다는 얘기도 있던데요."

"나라님은 어쩌자고 그런 흉악한 놈들이랑 싸운답시고 요동까지 병사들을 보낸단 말이냐?"

"명나라에서 빨리 원병을 보내라고 하루가 멀다 하고 사신을 보낸다잖아요. 양반들도 다들 보내야 한다고 목소리를 높이는데 별수 있겠어요?"

"그러는 양반들은 왜 자기 자식들은 안 보내고 이리저리 빼는지 모르겠다."

"아버지는 안 그러실 거였어요?"

황천도의 반문에 아버지는 입을 다물었다. 막상 아버지와 마주치자 할말이 없어진 황천도는 길게 한숨을 쉬고는 엉덩이를 털고 툇마루에서 일어나면서 말했다.

"다녀올게요."

"저녁이라도 먹고 가지 그러냐?"

"아버지가 차려준 밥은 싫어요. 그러니까 얼른 새장가 드시라니까 그래요."

"됐다. 네 어미를 그렇게 보낸 죄인이 무슨 낯으로 다른 여자랑 살을 섞겠냐. 그나저나 손자 소식은 없는 게냐?"

"아직이오."

짧게 대꾸한 황천도는 상투에 꽂았던 동곳을 뽑아서 아버지에게 건넸다. 동곳을 건네받은 아버지가 물었다.

"이걸 왜?"

"전쟁터에 나가는데 이렇게 좋은 동곳을 왜 가지고 가요. 나뭇가지 꺾어다가 쓰면 되니까 아버지 쓰세요."

"그러지 말고 가져가."

아버지가 동곳을 도로 내밀었지만 황천도는 얼른 싸리문 밖으로 나갔다.

"금방 올 거니까 그때까지 잘 보관하세요."

"인석아. 괜히 공 세운다고 앞에 나서지 말고 몸 잘 간수해라. 여차하면 뒤도 돌아보지 말고 도망치고. 알았지?"

"알았으니까 얼른 들어가서 쉬세요."

황천도는 동곳을 든 채 마루에 우두커니 서서 자신을 바라보는 아버지에게 연신 들어가라는 손짓을 하고는 돌아섰다. 착잡한 마음을 안고 주인집으로 돌아오자 때마침 밥상을 들고 부엌에서 나온 오월이가 활짝 웃었다.

"요동은 한여름에도 얼음이 얼고 눈이 내린대. 잘 챙겨입고 갔다 와."

배불리 저녁을 먹은 황천도는 오월이가 챙겨준 휘항이며 토시를 물끄러미 내려다봤다. 작년부터 요동에 군대를 보내느니 마느니 하는 얘기가 나왔을 때 그는 생판 남의 얘긴 줄 알았다. 노비 중에서도 주인집에서 사는 솔거노비인 그와는 관련이 없었다고 믿었기 때문이다. 하지만 몇 번의 쑥덕거림이 오가고 난 후에 그는 동갑내기인 주인집 아들 조득배를 대신해서 군대에 끌려가야만 했다. 조득배가 한양의 속오군(束伍軍: 임진왜란 때 창설된 군대)에 속한 탓이었다. 그는 말도 안 되는 얘기라고 펄쩍 뛰었지만, 대신 출정하면 새문 밖에 있는 밭 열 뙈기를 준다는 말에 한풀 꺾이고 말았다. 아버지의 평생소원이 자기 땅을 갖는 것이었다. 결국 대신 군대를 가기로 하자 오월이는 먼길 떠나는 남편에게 이것저것 챙겨주었다. 하지만 황천도는 그녀의 얼굴에 살짝 드러난 홀가분함을 놓치지 않았다.

혼례를 치른 다음에야 그녀가 예전부터 주인집 아들인 조득배와 배를 맞추는 사이라는 것을 알게 되었다. 같이 살게 되고 며칠이 지나면서 슬금슬금 눈치가 이상하다 싶었던 그는 어느 날 작정하고 다그쳤다. 하지만 그녀는 오히려 당연한 거 아니냐는 투로 말했다. 그후에는 조득배가 대놓고 오월이를 데려갔다. 심지어 저녁밥을 먹는데 불렀다. 어이가 없어진 그가 밥상을 물리지 않고 기다리자 한 식경쯤 지나서 돌아온 아내는 태연하게 저녁밥을 마저 먹었다. 하지만 할 수 있는 것은 아무것도 없었다. 그저 땅이 생겼다고 좋아하는 아버지를 보면서 한숨만 쉴 뿐이었다.

주인집은 이사 준비로 한창이었다. 한양을 떠나 강원도로 가는 것이다. 다들 정신없이 짐을 묶고 정리하는데 홀로 아무것도 하지 않는 황천도는 외롭게 떨어졌다. 그런 그에게 말을 붙이던 오월이는 갑자기 얼굴을 바짝 들이댔다.

"홀가분해?"

가끔 그녀는 불쑥 속마음을 눈치채곤 했다. 황천도가 아무 말 없이 물러나 벽에 기대자 그녀가 피식 웃으며 손가락으로 턱을 매만졌다.

"도련님 위에서 요분질을 하다보면 네 얼굴이 떠올라. 독이 오른 것 같기도 하고, 질투하는 것처럼 보이기도 하고 말이야."

"잔소리 말고 도련님한테나 가봐. 아까도 계속 기웃거리던데."

수염 난 턱을 쓰다듬는 손가락을 털어낸 그의 말에 오월이가 배시시 웃으면서 밥상을 옆으로 치웠다.

"어차피 너 떠나면 마음대로 부릴 수 있으니까 며칠만 참으라고 했어. 누워봐."

황천도는 옷고름을 푸는 그녀의 어깨를 붙잡아서 넘어뜨렸다. 갑작스러운 그의 태도에 놀란 오월이가 손으로 입을 가리며 웃었다.

"마지막으로 남편 노릇을 하겠다 이거지?"

며칠 후, 황천도는 홍인문 근처에 있는 하도감(下都監)으로 갔다. 훈련도감의 분영인 그곳에는 한양은 물론 전국에서 모여든 장정들로 가득했다. 문밖에는 울고 있는 가족들이 가득한 가운데, 허름한 차림의 장정들은 군교들이 시키는 대로 이리저리 이끌려갔다. 장정들은 가지고 있는 무기나 출신 지역에 따라 초(哨)로 나누어졌고, 초관(哨官)의 지휘를 받게 되었다. 조총과 삼안총, 소승자총통을 지닌 포수부터 우람한 호마를 타고 있는 마병들까지 다양한 사람들로 가득했다. 한쪽에는 머리가 허연 왜인들이 긴 칼을 차고 서 있는 게 보였다. 옆자리의 동료들이 도원수 휘하에 속한 항왜(降倭)들이라고 수군거렸다. 황천도가 속한 한양의 속오군들은 장창과 등패로 무장한 살수(殺手)로 편성되어 중영에 배속되었다. 돼지털로 만든 전립을 머리에 쓰고 종이로 만든 갑옷인 지갑을 걸친 채 줄을 서 있던 황천도는 군문 밖에 몰려 있는 사람들 틈에서 가족들을 찾아보려 애썼다. 하지만 아버지는 새로 얻은 밭에 거름을 줘야 한다며 오지 않았고, 오월이는 조득배의 품에 안겨 있는지 보이지 않았다. 가족들 틈에서 장사치들이 바쁘게 오가면서 엿과 떡을 팔았다. 그때 옆에 선 장정들이 수군거렸다.

"도원수 강홍립이랑 부원수 김경서래."

장정들이 나지막하게 주고받는 얘기를 들은 황천도는 물고기 비늘처럼 반짝거리는 두석린갑(豆錫鱗甲)을 입은 장수들을 봤다. 군교들의 영접을 받으며 들어선 장군들은 곧장 전각 안으로 들어갔다.

"이제 가긴 가나보다."

옆에 선 말쇠라는 이름의 장정이 이죽거렸다. 이름처럼 얼굴이 길쭉한 그는 양주의 속오군에 속해 있다가 넘어왔다고 얘기했다. 헤어진 지 반나절도 되지 않았는데 벌써 아버지와 오월이의 얼굴이 가물가물했다.

도원수 강홍립이 의자에 앉자, 서서 기다리던 장수들이 따라서 앉았다. 섬돌 아래 대기하고 있던 초관들은 그대로 서 있었다. 두정갑을 입고 초관들 뒤에 서 있던 강은태의 귀에 강홍립의 굵직한 목소리가 들려왔다.

"우리 도요군은 평양에 집결했다가 창성을 거쳐서 압록강을 넘는다. 군사들이 동요하지 않도록 초관들이 잘 다스려야 할 것이다."

"네."

초관들이 우렁차게 대답하는 틈에서 그가 속한 표하군의 별장 엄치호가 고개를 숙이는 게 보였다. 만호 벼슬을 했던 엄치호는 마흔이 넘은 나이였다. 왜란의 막바지인 정유년 때 경상우병사 정기룡 밑에서 사로병진 작전에 참전했던 그는 다들 천병 수십만이 동원되는데 설마 여진족을 못 이기겠느냐고 떠들어댈 때 혼자서 단언했다.

"명나라 놈들은 싸울 줄을 몰라. 십만이니 이십만이니 하지만 흉악한 여진족을 쉽게 이기지는 못할 거야."

치켜올라간 눈꼬리와 핏발 선 눈, 그리고 거침없이 터져나오는 얘기들 때문에 다들 그를 피했지만 강은태는 어쩐지 그가 든든했다. 경험이 많은 사람 옆에 있어야 죽지 않는다는 아버지의 말 때문이었다. 도원수 강홍립이 돌아간 후에도 엄치호의 독설은 멈추지 않았다.

"젠장, 한겨울에 요동으로 가겠군."

"이번 겨울에요?"

강은태의 질문에 엄치호가 콧방귀를 뀌었다.

"아마 내년 봄에 군대가 움직일 거야. 그러기 위해서 겨울에 대기하고 있다가 합류하라는 지시가 내려오면 넘어가겠지. 애새끼들 보니까 죄다 여름옷만 입고 있던데 잘못했다가는 싸우기도 전에 얼어죽겠어."

며칠 후, 하도감에 모인 군대는 새문을 통해서 평양으로 향했다. 대열에 낀 황천도는 길옆에서 지게를 짊어진 채 서 있는 아버지를 봤다. 구부정한 어깨에 걸친 지게에는 밭에서 뽑은 무가 쌓여 있었다. 황천도는 아버지가 걸음을 멈추고 자신을 찾는 것을 봤지만 초관 때문에 차마 아는 척을 하지 못했다. 아버지가 멀어지고 나서야 참았던 눈물이 흘러나왔다. 아버지가 눈앞에 보이면 그놈의 밭 때문에 아들을 팔아먹으니까 속이 시원하냐고 고래고래 소리라도 지르고 싶었다. 하지만 막상 늙고 초라한 아버지의 모습을 보니까 아무 말도 할 수 없었다.

수솔마병의 뒤를 따라 걸어가던 강은태는 두정갑 안에 입고 있던 저고리에 꿰매놓은 부적을 슬며시 바라봤다. 불공을 드리러 간 사찰의 스님이 정성껏 만들어줬다는 붉은색 부적을 갑옷 안에 꿰매놓으면 총알이나 화살이 피해 간다는 아내의 말을 떠올린 그는 피식 웃고 말았지만 결국은 바느질을 허락했다. 그리고 갸륵한 정성을 봐서 돌아올 때까지 잘 간직하고 있겠노라고 약속했다. 그의 출정이 결정된 이후 아버지의 외출이 잦아졌다. 아들의 출정을 계기로 뭔가를 꾸미는 게 분명했다. 가문의 영달만을 생각하는 아버지를 이해하려고 하면서도 원망하는 마음이 완전히 가시는 것은 아니었다.

무더위를 뚫고 평양에 집결한 도요군은 1만 명에 달했으며 보급을 맡은 치중부대까지 합하면 1만 5천 명에 달했다. 평양의 대동강 변에 군막을 치고 대기하는 동안 천병의 원정 소식을 들은 여진족이 항복해서 출정하지 않아도 된다는 것부터 흉악한 여진족이 압록강을 건너왔다는 얘기까지 온갖 소문이 떠돌았다. 평양에서 대기하는 동안 병사들은 처음으로 오와 열을 맞추는 것부터 무기를 다루는 훈련들을 했고, 초관들도 병사들과 처음으로 손발을 맞췄다. 그러는 사이 녹음이 우거졌던 여름이 지나고 가을이 찾아오면서 압록강 근처인 창성으로 이동했다. 엄치호의 말처럼 한겨울에 압록강을 건너야만 하는 순간이 찾아온 것이다.

전장

—광해군 11년(1619년) 2월, 창성

창성의 묘동에서 대기하던 조선군은 2월 19일 좌영장 김응하가 이끄는 좌영을 선두로 해서 압록강을 넘어갔다. 좌우영과 중영, 그리고 도원수와 부원수 직할의 표하군을 합하면 무려 1만 3천 명의 대군이었고, 뒤에는 식량 보급을 맡은 연영(連營: 도요군의 후방 보급을 맡은 5천 명의 기병 부대로 연영장 이찬이 지휘했다) 5천 명이 있었다. 황천도가 속한 중영이 압록강을 건넌 것은 사흘 후인 22일이었다. 강 건너편에서는 명나라 유격 교일기가 행군을 지켜봤다. 한겨울을 창성에서 지내면서, 추위에 익숙하지 않은 남쪽 출신 병사들은 얇은 여름옷만 가져온 탓에 추위에 시달렸다. 불안감과 두려움이 범벅이 된 발걸음은 압록강을 건너 낯선 만주 땅에 들어서면서 더 느려지고 무거워졌다. 더구나 식량 보급이 원활하게 이뤄지지 않으면서 황천도를 비롯한 병사들 대부분은 차갑게 식은 주먹밥 한 덩어리로 하루를 버텨야만 했다.

눈과 진흙으로 덮인 만주의 높다란 산과 계곡을 본 황천도는 한숨을 푹 내쉬었다. 중영의 조선군은 압록강을 건너서 창성에서 25리쯤 떨어진 팔렬박에서 미리 진을 치고 있던 좌영과 합류했다. 그리고 두툼한 갑옷을 입은 명나라 장수들도 도원수의 군막에 뻔질나게 드나들었다. 보급품을 기다리겠다는 도원수의 말에 명나라 장수가 칼을 뽑아들고 행군을 독촉했다는 소문이 진영에 파다하게 돌면서 긴장감이 높아졌다. 앵아구와 엄수령 같은 낯선 지명들과 장소들을 거치면서 추위와 배고픔은 더욱더 심해졌다. 얼어죽는 병사들이 나오자 분위기는 더욱 가라앉았다.

압록강을 건넌 지 사흘 정도 지난 후에 진자두라는 곳에서 드디어 명나라군과 만났다. 대나무 창에 쇳조각을 붙여놓은 낭선과 장창 등으로 무장한 명나라군은 가죽으로 만든 갑옷을 입었다. 그들 역시 추위와 행군에 시달렸는지 힘들어 보였다. 미리 군막을 치고 기다리고 있던 명나라군은 얼추 2만이 넘어 보였다. 다음날부터 조선군과 명나라군은 함께 북쪽으로 이동했다. 좁은 산길은 가슴 높이까지 눈이 쌓여 있어서 헤치고 나가기가 쉽지 않았다. 거칠고 험한 길에 신발이 망가진 병사들의 발에서 피가 묻어났다. 갑옷과 투구에 거마작(拒馬笮: 기병들의 공격을 막기 위해 설치하는 말뚝)까지 짊어지고 가야 했기 때문에 발걸음은 자연 무거울 수밖에 없었다. 적진에 들어간다고 잔뜩 긴장했지만 인적은 보이지 않았다. 가끔 보이는 여진족의 집들은 텅 비어 있거나 이미 불탄 상태였다.

우모령이라는 고개를 넘어서 해 질 무렵 우모채에 도착했을 즈음에는 조선군은 더이상 움직일 수 없을 정도로 지치고 피곤했다. 군율을 내세워 목을 베어도 더이상 못 가겠다는 불평들이 사방에서 터져나오자 초관들이 당황하는 모습이 보였다. 황천도는 강물을 건너느라 축축해진 둥그니(부츠 형태의 짚신으로 겨울에 사용했다)를 힘겹게 벗었다. 발 빠른 말쇠는 군영을 어슬렁거리면서 돌아다니다가 내일은 행군을 하지 않는다는 소문을 가지고 돌아왔다.

"대체 연영은 어디 있단 말입니까? 이러다간 정말 큰일이 나고 말겠습니다."

도원수의 종사관 이민환이 연거푸 불만을 토로하자 군막 안의 분위기는 싸늘해졌다. 압록강을 건넌 이후 강은태가 속한 표하군은 도원수의 군막을 지키는 임무를 맡았다. 따라서 도원수의 군막에서 열리는 회의 도중에 오가는 말들을 들을 수 있었다. 행군 이후 부쩍 늙어버린 것 같은 도원수 강홍립은 행군을 독촉하는 명나라 장군들과 식량이 다 떨어져간다는 부하들의 불만에 시달렸다. 결국 강홍립이 두 손을 들었다.

"내가 직접 총병관 유정에게 사정을 얘기하겠소. 장수들은 병사들을 잘 다독거리기 바라오."

강홍립이 부원수 김경서와 함께 명나라 총병관 유정을 만나러 떠나는 것으로 회의는 끝이 났다. 낙담한 이민환의 중얼거림이 강은태의 귀에 들어왔다.

"이러다간 이름도 모르는 낯선 땅에 해골을 묻겠군."

해가 질 무렵, 명나라 총병관 유정이 강홍립의 부탁을 받아들여서 하루 동안의 휴식을 허락했다는 소식이 전해졌다. 다들 쉴 수 있다면서 기뻐했지만 엄치호는 코웃음을 쳤다.

"벼락같이 달려가서 기습해도 모자랄 판에 이렇게 시간을 질질 끌면 어쩌자는 건지 모르겠어."

"병사들은 지쳐 있고 식량은 바닥을 드러내는데 그럼 어쩌자는 겁니까?"

"강하고 건장한 토병들과 기병들만 추려 뽑아서 놈들의 소굴인 허투알라로 진격해야지. 이렇게 시간을 보내다간 각개

격파 당하고 만단 말이야."

고개를 절레절레 흔든 엄치호가 산 너머로 저물어가는 해를 바라봤다.

하루 동안의 휴식을 끝낸 조선군은 다시 발길을 재촉했다. 다음날, 기다리고 기다리던 식량을 실은 수레가 도착했다. 환호하던 병사들은 도착한 식량이 고작 쌀 몇십 가마라는 사실을 알고는 다시 낙담하고 말았다. 죽으로 배를 채운 강은태 역시 실망하기는 마찬가지였다. 표하군 별장 유태첨이 지휘하는 기병 사백이 흔적을 보이지 않는 연영의 행방을 찾아서 떠났다.

그리고 다음날, 심하에 도착한 조선군은 드디어 수백 명의 여진족을 만났다. 여진족의 근거지라고 하는 허투알라(赫圖阿拉)에서 60리 정도 떨어진 곳이었다. 두 강이 만나는 벌판에 진을 치고 있던 여진족 기병들은 수만 명의 조명 연합군을 보고도 겁을 먹은 기색이 없었다. 곧장 명나라군 기병들이 치고 나갔다. 지축을 울리는 말발굽 소리에 산중턱의 나무에 쌓인 눈들이 우수수 떨어졌다. 명나라군 기병들이 접근해오자 여진족 기병들도 진을 풀고 마주 달렸다. 서로 쏘아대는 화살에 맞은 말과 사람들이 구슬픈 비명을 질렀다. 한덩어리로 뭉쳐서 달리던 양쪽이 마치 칼날이 부딪치는 것처럼 뒤엉켰다. 먼발치에서 지켜보던 황천도는 모두 죽었을 것이라고 생각했지만 제법 많은 말과 사람들이 움직이는 게 보였다. 제법 치열했던 싸움은 여진족 기병들이 후퇴하면서 끝이 났다. 처음보다 숫자가 많이 줄어들었지만 질서정연하게 대열을 이뤄서 근처의 높은 산으로 올라갔다.

"저런 산에 처박혀버리면 싸우기 곤란한데."

엄치호가 찜찜한 표정으로 말하는 사이, 출진을 알리는 북소리가 들렸다. 명나라군이 지켜보는 가운데 뒤처진 좌영을 뺀 중영과 우영의 병사들이 앞으로 나갔고, 강은태가 속한 표하군도 앞으로 나갔다. 메마른 바람이 얼음처럼 굳어진 눈가루들을 쓸어 보냈다. 중영과 우영의 살수들이 제일 앞으로 나와서 등패로 앞을 가린 채 전진했다. 초관들이 대열을 맞추라고 고래고래 소리를 질렀지만 발목까지 푹푹 빠지는 눈과 거친 지형 때문에 발을 맞추지 못했다. 살수들 뒤로는 소총을 지닌 포수와 활로 무장한 사수들이 따랐고, 조선군의 오른쪽으로는 아까 맞붙어 싸웠던 명나라군 기병들이 붙었다. 벌판을 가로지르는 동안 아무런 움직임도 없었다.

"죄다 도망친 거 아닐까요?"

강은태가 엄치호에게 희망 섞인 말을 하는 순간, 험준한 산속에서 뿔 나팔 소리와 함께 우렁찬 고함소리가 들려왔다. 기암괴석으로 덮여 있는 산중턱에서 뾰족한 가죽 모자를 쓰고 휘어진 칼을 휘두르는 그림자들이 보였다. 숫자는 많아 보이지 않았지만 지형이 워낙 험난해서 쉽게 접근할 수 없었다. 말에서 내린 여진족들은 바위 사이나 나무 아래에 숨어 있다가 조선군이 접근하면 화살을 쏘았다. 조선군도 조총과 화살로 반격했지만 효과가 없었고, 오히려 사상자가 심심찮게 나왔다. 강은태는 바로 옆에서 화살에 맞고 쓰러진 초관이 온몸을 부르르 떠는 걸 보고는 질끈 눈을 감았다. 눈이 쌓인 산은 양쪽이 질러대는 고함소리와 총소리로 뒤덮였다. 등패와 장창을 들고 대열을 이루고 있던 조선군이 꼼짝도 하지 못하자 중영장 문희성이 앞으로 나와서 병사들을 독려했다.

"겁먹지 말고 나를 따르라!"

문희성의 독려에 병사들이 조금씩 용기를 내서 앞으로 나가려는 찰나, 위에서 날아온 화살이 문희성의 왼쪽 손을 맞혔다. 환도를 놓친 문희성이 화살에 맞은 왼쪽 손을 움켜쥐고 부하들의 부축을 받고 물러났다. 그 틈을 타서 여진족이 반격에 나섰다. 다행히 도원수 표하군에 속한 경포수 이성룡이 침착하게 조총을 겨누고 발사했다. 총성이 울리고 달려오던 여진족이 비틀거리자 한명생이 달려나가 환도로 목을 베었다. 기세를 올린 조선군이 환호성을 지르자 산속에 흩어져 있던 여진족은 하나둘 자취를 감췄다. 강은태는 싸움이 끝나고 나서야 다리가 후들거리는 것을 느꼈다.

어느새 해가 저물 기미가 보였다. 멀리서 싸움을 지켜보던 명나라군이 다가와서는 죽은 여진족의 머리를 베어냈다. 조선군은 부상자들을 부축해서 산 아래로 내려왔다. 뒤늦게 도착한 좌영이 보였다.

"저 산으로 올라가란 말이야?"

어제부터 설사를 하느라 파리해진 말쇠가 도원수가 올라간 언덕을 올려다보면서 말했다. 어제 여진족과 전초전을 치른 조선군은 계속 북쪽으로 나아가다가 멀리서 들려오는 포성에 행군을 멈췄다. 앞장서 가던 좌영은 멈춰 서서 지시를 기다리는 중이었다. 잠시 후, 중영은 도원수가 올라가 있는 산으로 가라는 지시를 받았다. 뒤따르던 우영은 남쪽에 있는 산으로 움직였다. 초관들이 서둘러 움직이라고 호통을 쳤다.

"서둘러라. 들판에서 여진족을 만나면 이길 도리가 없다."

거듭되는 재촉에도 불구하고 배고프고 지친 병사들은 느리게 움직였다. 숨을 헐떡거리면서 눈이 쌓인 산을 겨우 올라간 황천도는 비틀거리는 말쇠를 부축한 채 벌판을 내려다봤다. 우영은 산중턱까지 올라갔지만 좌영은 무슨 이유에선지 산으로 올라가는 걸 포기하고 벌판에서 진을 펼친 채 거마작을 설치하는 중이었다.

그때 북쪽의 계곡 입구에서 여진족 기병들이 하나둘 모습을 드러내는 것을 보고 병사들이 술렁거렸다. 좌영의 군관 한 명이 급히 말을 달려서 산으로 올라왔다. 도원수가 있는 곳까지 달려온 군관이 말에서 내려 한쪽 무릎을 꿇고 고하는 것이 먼발치에서 보였다. 순식간에 수천 기로 늘어난 여진족 기병들은 넓게 포진하면서 서서히 좌영 쪽으로 다가왔다. 여진족들이 다가오자 좌영의 살수들이 제일 앞에 나서서 거마작을 지키고, 조총을 든 포수들이 뒤를 받치는 게 보였다. 사수들이 제일 뒤를 맡았다. 깃발과 북이 울리는 가운데 부산하게 움직이는 좌영의 병사들을 본 황천도가 안타까운 표정으로 중얼거렸다.

"대체 앞서간 명나라 군대는 다 어디 간 거야?"

황천도가 속한 중영에도 싸울 준비를 하라는 지시가 떨어졌다. 서둘러 말뚝을 땅에 박고 대열을 갖췄다. 조총의 총구에 화약을 붓는 포수들의 손길이 사시나무처럼 떨리는 게 보였다. 화약을 부은 포수들이 오구(烏口: 조총의 탄환을 담은 주머니로, 새 부리 모양으로 되어 있어서 한 발씩 뺄 수 있었다)에 담긴 탄환을 쑤셔넣었다. 그러는 사이 도원수의 명령을 받았는지, 후방에 있던 우영이 급히 좌영 쪽으로 이동하는 게 보였다. 여진족 수백

이 좌영 주변을 빠르게 오가면서 빈틈을 찾으려고 했지만 그 때마다 좌영의 포수들이 방포해서 쫓아버렸다. 그렇게 시간을 끄는 사이 우영이 합류하는 데 성공하자 병사들 사이에서는 잘하면 막을 수 있다는 희망 섞인 얘기들이 돌았다.

그때 갑자기 돌풍이 불어왔다. 그러면서 눈과 흙, 그리고 명나라군이 불태운 여진족들의 집에서 흘러나온 재를 마구 하늘에 뿌려댔다. 조선군이 눈을 뜰 수 없게 된 사이, 여진족 기병들이 맹렬한 기세로 덤벼드는 것이 보였다. 수천, 수만 필의 말들이 달리면서 내는 말발굽 소리가 온 세상에 울려퍼졌다. 접근해오는 여진족들을 향해 조선군이 조총을 방포하고 화살을 날렸지만 막기에는 역부족이었다. 잠시 저항하는 것 같던 조선군이 그대로 말발굽에 짓밟혀버리면서 조총의 방포 소리 대신 비명소리가 더 크게 들려왔다. 싸움은 순식간에 끝났다. 저항하던 조선군은 뿔뿔이 흩어졌고, 여진족이 뒤를 쫓았다. 7천 명에 달하는 좌우영의 조선군이 여진족의 돌격에 순식간에 무너진 것이다. 벌판의 좌우영을 짓밟은 여진족들이 서서히 다가오는 게 보였다.

"우리 모두 죽고 말 거야."

중영의 병사 누군가가 중얼거렸다. 어느덧 석양이 진 세상은 온통 핏빛으로 물들었다.

말 위에서 이 광경을 지켜보던 종사관 이민환은 벌판을 질주하는 여진족들을 내려다보면서 장엄해 보인다고 말했다. 강은태 역시 같은 생각이었지만 수천의 조선군이 죽어가는 와중에 차마 그런 말을 할 수는 없었다. 벌판에 있는 좌영과 우영을 쓸어버린 여진족들이 중영이 있는 산을 포위했다. 거마작을 설치하고 싸울 준비를 했지만 눈앞에서 좌우영이 전멸당한 것을 본 병사들은 두려움에 빠져서 헤어나지 못했다. 머릿수도 여진족이 압도적으로 많았다. 두려움은 메마른 침묵으로 변했다. 여진족은 머리부터 발끝까지 뒤집어쓴 갑옷과 두툼한 방패로 온몸을 가리고 있어서 조총이건 화살이건 먹히지 않을 것 같았다.

수백 보 앞까지 다가온 여진족이 걸음을 멈췄다. 불붙은 화승을 손목에 감은 채 적진을 노려보는 포수의 턱과 손이 떨리는 것이 보였다. 도원수를 비롯한 지휘관들도 혼란에 빠져 있기는 마찬가지였다. 싸우자고 목청을 높이는 쪽도 있었지만 대부분은 어찌할 바를 몰랐다. 누군가 화약 상자를 끌어안고 자폭해야 한다고 큰 소리로 떠들었다. 강은태는 서성거리는 종사관 이민환의 소매를 붙잡고 격정적으로 말했다.

"도원수가 항복하려고 하는데 종사관께서는 어째서 지켜만

보십니까? 깃발을 높이 세우고 장졸들을 격려해서 마땅히 최후의 일인까지 싸워야지요."

그러자 이민환이 소매를 뿌리치면서 주변을 쭉 둘러봤다.

"자네도 눈이 있으면 주변을 보게. 다들 겁을 먹고 살 방도만 찾는데 나 혼자 나선다고 될 일인가? 잠자코 도원수의 영을 기다리게."

이민환이 사라지고 홀로 남은 강은태는 도원수를 바라봤다. 어찌할 바를 모르고 있던 부하들에게 둘러싸여서 호상에 앉아 있던 도원수 강홍립이 손짓으로 엄치호를 불렀다. 가까이 다가간 엄치호는 귓속말로 지시를 듣고는 고개를 끄덕거리고 돌아왔다. 그리고 환도를 풀어서 강은태에게 건네면서 말했다.

"잘 보관하고 있어."

그는 심호흡을 하더니 벌벌 떨고 있는 병사들을 헤치고 산 아래로 내려갔다. 병사들은 무장도 하지 않고 여진족을 향해 걸어가는 엄치호를 말없이 바라봤다. 수십 보 앞까지 걸어간 엄치호가 여진어로 목청껏 소리쳤다. 잠깐의 침묵이 흐르고 늘어선 여진족 사이에서 장수로 보이는 자가 말을 타고 앞으로 나왔다. 다른 여진족과는 달리 투구의 장식이 화려해 보였다. 그가 말 위에 앉은 채 뭐라고 입을 열자 엄치호가 굵은 목소리로 대꾸했다. 몇 번의 대화가 오고간 후 엄치호가 천천히 몸을 돌려서 진영으로 돌아왔다. 호기심 어린 병사들의 눈길을 지나 도원수가 있는 곳으로 걸어간 엄치호가 나지막한 목소리로 말하는 것이 그의 귀에 들렸다.

"저들이 우리가 싸울 생각이 없으면 굳이 결전을 벌이지 않겠다고 합니다."

"우리가 피치 못할 사정으로 이곳에 왔다고 얘기했느냐?"

도원수의 물음에 엄치호가 굳은 얼굴로 고개를 끄덕거렸다.

"자기들도 알고 있다고 얘기했습니다. 이 문제를 누르하치와 패륵들에게 보고하고 결정을 기다릴 것이라고 합니다."

"기다리라면 기다릴 수밖에……"

한숨을 길게 내쉰 도원수가 우울한 눈으로 포위한 여진족들을 바라봤다. 강은태는 돌아온 엄치호에게 물었다.

"여진 말을 할 줄 아셨습니까?"

"몇 년 전에 정탐을 하러 왔다가 배웠다. 이렇게 써먹을 줄 알았으면 안 배우는 거였는데 말이야."

여진군 진영을 노려보면서 대답한 엄치호는 강은태가 내민 환도를 챙겼다. 얼마의 시간이 흐른 후, 여진족에서 큰 북소리와 함께 함성이 울렸다. 움찔한 병사들이 허둥지둥 조총을 고쳐 잡았다. 여진족 진영을 바라보던 엄치호가 중얼거렸다.

"누르하치가 왔나보군."

붉은색과 노란색의 깃발이 거대한 물결을 이루는 가운데 한 무리의 기마병이 앞으로 나왔다. 아까와는 다른 엄숙함이 전장을 지배하는 가운데, 아까 별장 엄치호와 대화를 나눴던 여진족 장수가 큰 목소리로 말했다. 병사들은 자연스럽게 엄치호를 바라봤다. 큰 한숨을 쉰 엄치호는 아까처럼 진영 앞으로 나갔다. 다시 대화가 오가고 돌아온 엄치호는 도원수에게 보고했다.

"도원수가 직접 와서 항복하라고 합니다. 그리고 우리 진영 안에 있는 명나라 장수와 병사들도 모조리 보내랍니다."

얘기를 들은 장수들 사이에서 갑론을박이 벌어졌다. 도원수는 자신이 직접 가겠다고 했지만 주변에서 만류했다. 결국 부원수인 김경서가 여진족 진영으로 가는 것으로 결정이 났다. 김경서가 출발한 직후, 도원수 강홍립이 엄치호를 비롯한 표하군 별장들을 따로 불러서 지시를 내렸다. 지시를 받은 별장들은 부하들에게 돌아왔다. 강은태가 굳은 표정의 엄치호에게 물었다.

"무슨 일입니까?"

"잔소리 말고 따라오너라."

별장들이 역관 한 명과 부하들을 데리고 중영 안에 머물고 있던 명나라군이 있는 곳으로 향했다. 커다란 바위 주변에는 명나라 유격 교일기가 십여 명의 병사와 가정(家丁: 장수들이 사적으로 부리는 장정)들과 함께 풀 죽은 표정으로 서성거렸다. 사방에서 다가오는 표하군을 본 그들이 일제히 칼을 뽑아들었다. 역관이 손짓을 하면서 그들에게 뭐라고 얘기했지만 개중 한 명이 바닥에 침을 뱉으면서 화를 버럭 냈다. 설전이 오가는 가운데 강은태가 엄치호에게 조용히 물었다.

"뭐가 어떻게 돌아가는 겁니까?"

"명나라군을 후금군 진영에 보내려고 한다."

여진족이나 야인 놈들이라는 말 대신 후금이라는 말로 바꿔 부른 것이 너무나 자연스러웠다. 설전이 계속 이어지자 역관이 엄치호에게 돌아서서 말했다.

"나가면 죽을 게 뻔하다고 완강하게 버팁니다."

"저들을 못 내보내면 우리가 죽는다. 시간 끌면 좋을 거 없으니까 빨리 무기 내려놓으라고 해. 안 그러면……"

역관이 엄치호의 시선을 가린 탓에 교일기의 가정 한 명이 다가오는 것을 보지 못했다. 역관을 옆으로 밀쳐버린 가정은 손에 들고 있던 단검을 엄치호의 가슴에 박았다. 두정갑을 입고 있긴 했지만 단검은 두정갑을 여민 빈틈으로 파고들었다. 눈앞에서 엄치호가 찔린 모습을 본 강은태는 옆으로 돌아선 가정이 히죽 웃는 모습을 보고 저도 모르게 환도를 뽑아들고 내리쳤다. 가정은 단검을 든 손을 머리 위로 들어올려서 막으려고 했지만 손목을 자른 환도는 그대로 머리에 떨어졌다. 둔탁한 소리와 함께 피가 튀었다. 오른쪽 어깨와 목덜미 사이에 칼을 맞은 가정은 짧은 신음 소리와 함께 그 자리에 자빠져버렸다. 피 묻은 환도를 내던진 강은태는 쓰러진 엄치호에게 다가갔다.

"별장 어르신. 괜찮으십니까?"

"호들갑 떨지 마라. 역관이 나한테 얘기하는 걸 보고 내가 우두머리인 줄 알았나봐."

허탈하게 웃은 엄치호는 그대로 눈을 감아버렸다. 그의 죽음을 보고 격앙된 표하군들이 일제히 칼을 뽑아들었다. 양쪽이 대치하자 유격 교일기가 뭐라고 소리쳤다. 그러자 병사들과 가정들이 칼을 내려놨다. 얼굴에 엄치호의 피가 묻은 역관이 떨리는 목소리로 얘기했다.

"길을 비켜주면 자기 발로 나가겠답니다."

교일기와 그의 부하들은 두 명의 죽음을 남겨놓고 표하군들이 비켜준 곳으로 떠났다. 진영 곳곳에서 명나라 패잔병들을 색출해서 내보냈다. 얼마 전까지 천병이라며 으스대던 그들은 손이 발이 되도록 빌면서 살려달라고 애원했지만 살벌한 기세에 눌려 어쩔 수 없이 조선군의 진영을 떠나야만 했다. 이제 진영 안에서는 천병이라는 말 대신 명나라 놈들이라는 얘기가 오고갔고, 노적과 노추, 여진족과 야인이라는 단어가 누르하치와 칸, 그리고 후금군으로 자연스럽게 대치되었다. 조선군 진영 밖으로 끌려나온 명나라 병사들은 기다리고 있던 후금 병사들에게 살육당했다. 죽어가는 그들의 애처로운 비명과 칼이 살을 찢고 지나가는 서걱대는 소리 너머로 길고 길었던 하루가 저물어갔다.

거마적 뒤에 선 중영의 병사들은 양쪽 진영을 오가는 사절들을 말없이 바라봤다. 해가 저문 이후에도 중영과 후금군 진영 사이에는 바쁘게 사절들이 오고갔다.

"이렇게 안심시키다가 쳐들어와서 죄다 죽는 거 아냐?"

말쇠가 불안한 눈길로 후금군 진영을 바라보면서 중얼거렸다. 답답하기는 황천도도 매한가지였다. 어둠이 벌판에 널브러진 다른 조선군들과, 아까 진영 밖으로 끌려나가서 죽은 명나라군의 시신들을 덮어버렸다. 부원수가 후금군 진영에 가서 오늘밤을 지낸다는 말이 들려왔다. 혹시 모르니까 야습에 대비하라는 명령이 떨어지면서, 다들 추운 겨울바람을 맞으며 뜬눈으로 밤을 새워야만 했다. 다음날 아침, 맞은편에서 뜨는 아침해를 바라보던 황천도를 비롯한 병사들에게 무장을 해제

하라는 명령이 떨어졌다.

"이제 끝났나보구나."

황천도는 흐린 목소리로 중얼거렸다. 머뭇거리던 병사들은 초관들의 재촉에 하나둘 무기를 내려놨다. 빈손이 된 병사들이 한덩어리로 뭉쳐서 후금군 기병들이 옆으로 물러나서 만들어놓은 길로 내려갔다. 양쪽에 선 후금군 기병의 사나운 눈길을 피해 바닥만 내려다보면서 걷던 병사들이 눈 속에 파묻힌 돌부리에 걸려 비틀거렸다. 벌판에는 전날 죽은 조선군의 시신이 여기저기 흩어져 있었다. 중영의 병사들은 시신들을 밟지 않도록 조심스럽게 그곳을 지나갔다. 수천 명의 병사들은 후금군의 엄중한 감시를 받으며 북쪽으로 향했다. 어제 후금군이 물밀듯이 밀려나왔던 계곡으로 접어들자 양쪽으로 숲이 펼쳐졌다. 야트막한 나뭇가지에는 얼음으로 변한 눈이 붙어 있었다. 숲으로 들어가자 어제 먼저 진격했던 명나라군의 시신이 보였다.

"양쪽 숲에서 매복했다가 공격했나봐."

말쇠가 풀 죽은 말투로 얘기했다. 중간중간에는 어제 생포된 명나라군 포로들의 모습이 보였다. 그 옆을 지나가던 조선군 병사 누군가가 천병이라고 으스대더니 꼴좋다며 침을 뱉으며 비웃었다. 그렇게 하루를 더 걸었다. 밤이 깊어지자 몇 명이 탈출하려다가 붙잡혀서 본보기 삼아 목이 잘렸다. 다음날 점심 무렵이 되어서야 계곡이 끝나고 넓은 벌판이 보였다. 움푹 파인 것 같은 벌판 너머의 산자락에는 야트막한 성이 보였다. 누군가 후금의 도읍인 허투알라라고 알려줬다. 성벽 주변에는 나무로 만든 오두막과 밭들이 제법 보였다.

허투알라까지 끌려온 조선군은 성 바깥의 오두막에 삼삼오오 나누어졌다. 황천도는 다행히 말쇠와 같은 곳에 갇혔다. 앞머리와 옆머리를 모두 없애버리고 돼지 꼬리처럼 머리 뒤쪽만 남긴 주인 남자가 징그럽게 웃으면서 두 사람을 오두막 안에 가뒀다. 짚이 깔린 바닥에서 퀴퀴한 냄새가 올라왔지만 살았다는 기쁨이 더 컸다. 잠시 후, 널빤지로 만든 문이 열리고 주인이 그릇을 가지고 들어왔다. 그릇에는 정체를 알 수 없는 냄새를 풍기는 죽이 담겨 있었다. 하지만 하루종일 아무것도 먹지 못한 두 사람은 손가락으로 허겁지겁 퍼먹었다. 두 사람이 배를 채우는 것을 지켜보던 주인은 밖으로 나오라는 손짓을 했다. 그걸 본 말쇠가 겁을 먹은 목소리로 말했다.

"설마 해코지하려는 건 아니겠지?"

황천도도 같은 생각이었지만 계속 버틸 수는 없었다. 결국 엉덩이에 묻은 지푸라기를 떨고 밖으로 나왔다. 두 사람을 밖으로 나오게 한 주인은 바닥에 놓인 괭이를 가리켰다.

낯선 땅에서

—광해군 11년(1619년) 3월, 허투알라

후금군은 조선군을 끌고 갈 때 병사와 지휘관, 정확하게는 평민과 양반을 구분했다. 무기를 내려놓은 평민들이 끌려간 후, 도원수 강홍립을 비롯한 양반들이 끌려갔다. 조선군과 명나라군의 시신이 널브러진 길을 하루 동안 걸은 후에 도착한 허투알라를 본 강은태는 가슴이 무거웠다. 이곳을 포로의 몸으로 보게 될 것이라고는 상상도 하지 않았기 때문이다. 허투알라 주변에는 조선군 포로뿐만 아니라 명나라군 포로들도 적지 않았다. 강홍립을 비롯한 지휘부는 허투알라에서 기다리고 있던 누르하치에게 정식으로 항복했다. 강은태를 비롯한 도원수 휘하의 표하군들은 오두막집 옆에 있는 가축우리 같은 곳에 갇혔다. 밖에서는 갑옷을 입고 창을 든 후금군이 지키는 가운데, 표하군들은 바짝 몸을 붙여서 추위를 견뎠다. 중간중간 탈출하자는 얘기들이 오고갔지만 압록강까지 무슨 수로 갈 수 있느냐는 막막함에 막혀버렸다. 춥고 굶주림에 시달리던 포로들은 다음날 해가 뜨자 밖으로 끌려나왔다. 다른 곳에 나뉘어서 밤을 보낸 포로들도 모두 성 앞 벌판에 모여들었다. 벌판 가운데는 의자들이 몇 개 덩그러니 놓였다. 의자 근처에는 역관들이 모여 있는 게 보였다. 옆에 서 있던 후금군 병사가 눈짓을 하자 역관들이 떨리는 목소리로 말했다.

"후금의 대칸께서 조선이 명나라에 의해 어쩔 수 없이 전쟁에 끌려왔음을 측은하게 여겨서 목숨을 살려두기로 하셨다. 하지만 후금의 백성으로 살기 위해서는 반드시 변발을 해야만 한다. 지금부터 변발을 할 것이니 차례대로 앞으로 나오너라. 거부하면 죽음뿐이다."

머리카락을 잘라야 한다는 말에 포로들이 술렁거렸다. 차라리 목을 자르라는 격앙된 말이 튀어나오며 분위기가 묘하게 흘러가자 주변에 있던 후금군들이 일제히 칼을 빼들고 포로들을 흩어놓았다. 그리고 그중 몇 명을 붙잡아서 의자 쪽으로 끌고 갔다. 안 끌려가려고 버둥거리던 포로 한 명의 목이 단칼에 베이자 순식간에 침묵이 찾아왔다. 후금군의 으름장에 역관이 다시 입을 열었다.

"머리를 깎지 않으면 목을 벨 것이오. 그러니 제발 부질없는 짓 하지 마시고 사시구려. 살아야 나중에 가족이라도 만날 수 있지 않겠소!"

역관의 절규가 포로들의 폐부를 후벼팠다. 가족이라는 얘기를 들은 강은태는 별장 엄치호의 죽음에 가려졌던 아버지와 어머니를 떠올렸다. 격앙된 분위기가 잦아들자 후금군이 다시 포로들을 잡아다가 의자에 앉혔다. 이번에는 다들 순순히 끌려왔다. 무쇠로 만든 가위에 서걱거리며 상투가 잘리자 눈을 감고 앉아 있던 조선군 포로가 주르륵 눈물을 흘렸다. 어느덧 머리를 자르려는 거대한 줄이 생겼고, 의자 주변에는 상투들이 마치 잘린 목처럼 뒹굴었다. 상투를 잘린 포로들은 바로 옆에 커다란 칼을 들고 있는 또다른 후금군 앞으로 끌려갔다. 그들은 포로들의 머리를 숙이게 한 후 뜨거운 물에 적신 칼로 머리카락을 밀었다. 한나절 만에 조선군 포로 수천 명의 머리가 변했다. 머리 뒤쪽에 조금만 남겨놓고 계집애처럼 길게 땋아버린 머리카락을 본 포로들은 눈물을 글썽거렸다. 머리카락을 잘린 포로들은 다시 갇혔던 곳으로 돌아갔다.

아무 생각 없이 앉아 있던 그의 눈에 싸락눈이 내리는 것이 보였다. 구유에 제법 쌓인 눈을 본 강은태는 그때서야 하루종일 아무것도 안 먹었다는 사실을 깨달았다. 두 손으로 허겁지겁 구유에 쌓인 눈을 퍼먹자 다른 포로들도 뒤를 따라서 눈을 퍼먹었다. 후금군이 비웃는 표정으로 그 광경을 지켜보다가 손을 호호 불었다.

한 달이라는 시간이 눈 깜빡할 사이에 흘러가면서 허투알라의 조선군 포로들은 봄이라는 새로운 계절을 맞이했다. 황천도는 처음에 갇힌 오두막의 주인 밑에서 농사일을 거들었다. 음식이 입에 맞지 않아서 힘들었지만 조선에서 매일 하던 일이라 금방 손에 익었다. 농사일을 도와주면서 신분은 포로보다는 일꾼에 가까워졌다. 재주 좋은 어떤 포로는 주인집 딸과 배를 맞췄다는 소문이 돌았다. 밭일을 하는 조선군 포로 사이로 후금군이 위풍당당하게 귀환했다. 돌아오는 그들의 뒤로는 명나라군과 백성들이 굴비처럼 줄줄이 엮여서 끌려왔다. 밭에 무씨를 뿌리던 말쇠는 그런 풍경을 보고 한마디했다.

"천조니 천병이니 하더니 힘도 못 쓰네."

"그러게. 어떻게 싸웠다 하면 이기고 돌아오나 몰라."

무씨를 뿌리고 손을 탁탁 턴 황천도가 대꾸하자 그가 팔을 잡았다.

"소문 들었어?"

"무슨 소문?"

"후금이 우리들을 따로 뽑아서 군대를 만든다는 얘기 말이야."

얘기를 들은 황천도는 또 시작이라면서 고개를 절레절레 흔들었다. 후금의 군대인 팔기에는 몽골족과 항복한 한인들도 포함되어 있었다. 싸운 만큼 전리품을 공정하게 나눠준다는 소문이 돌면서 포로들 중에 팔기군에 들어가고 싶어하는 사람이 늘어난 것이다. 특히 조총을 다루는 포수들은 후금에서도 탐을 냈다. 죽는다는 공포감이 사라지자 사람들은 이런저런 궁리를 했다. 눈치 빠른 자들은 벌써 여진 말을 배우고 있다는 소문이 돌았다. 말쇠는 얼마 전부터 틈만 나면 황천도에게 군대에 자원하자고 말하는 중이었다.

"여기서 언제까지 노비 노릇을 하고 살 거야? 이래 죽으나 저래 죽으나 매한가지면 화끈하게 살다 죽어야지."

침을 튀기며 얘기하는 말쇠에게 등을 돌린 황천도는 광주리에 든 무씨를 밭에 뿌렸다. 불안한 건 사실이지만 그렇다고 또 피비린내 나는 전쟁터에 가고 싶은 생각은 없었다. 황천도가 시큰둥해하자 말쇠는 애꿎은 땅을 발로 찼다. 그러다 그의 어깨를 툭 치면서 말했다.

"양반들이야."

고개를 돌린 황천도는 바로 옆 밭에 나타난 양반들을 봤다. 농민 출신의 포로들이 비교적 빨리 적응했지만 그들은 한발 뒤처졌다. 농사일을 해본 적도 없었거니와 양반이라는 체면 때문에 고분고분하게 굴지 않았기 때문이다. 농민 출신의 포로들은 거드름을 피우던 그들이 쩔쩔매는 꼴을 은근히 좋아했고, 양반 출신의 포로들은 그들이 오랑캐들에게 굽실거린다고 혀를 찼다. 그렇게 서로 소 닭 보듯 하게 되면서 양쪽은 자연스럽게 두 패로 나뉘게 되었다.

"꼴에 일 못 한다고 버텼다가 매질당했나보지?"

고소하다는 말투로 얘기한 말쇠가 코웃음을 쳤다. 아닌 게 아니라 그들 뒤로는 채찍을 든 주인이 잔뜩 성이 난 표정으로 서 있었다. 돼지 우는 것 같은 만주어로 떠들어대면서 채찍으로 바닥을 내리쳤다. 그러자 양반 출신 포로들은 마지못해 광주리에 담긴 무씨들을 밭에 뿌렸다. 걸음마를 할 무렵부터 농사일을 했던 황천도의 눈에는 성의 없이 하는 모습이 역력해 보였다. 주인도 같은 생각이었는지 버럭 고함을 지르면서 채찍질을 해댔다. 다들 머리를 감싸안고 주저앉아서 고스란히 매질을 당했다. 그 광경을 지켜보던 황천도는 더이상 참지 못하고 그쪽으로 건너갔다. 매질을 하던 주인이 사나운 눈으로 노려보자 황천도는 굽실거리면서 양반 포로들이 가지고 있던 바구니를 빼앗아 들고 무씨를 제대로 뿌렸다. 그리고 바닥에 쓰러져 있던 양반 포로들에게 속삭였다.

“얼른 일어나서 내가 하는 대로 따라 해요.”

얼떨떨한 표정으로 고개를 든 양반 포로들은 마뜩잖은 표정으로 황천도를 따라서 무씨를 뿌렸다. 무씨 뿌리기를 마무리한 황천도가 돌아가려고 하자 양반 포로 중 한 명이 더듬거리는 말투로 입을 열었다.

“도, 도와줘서 고맙네.”

고개를 들자 덥수룩한 수염에 퀭한 눈빛을 한 또래의 양반이 보였다. 황천도는 가볍게 고개를 숙이고는 기다리고 있던 말쇠에게 돌아왔다. 커다란 돌 위에 걸터앉아 있던 말쇠는 그가 돌아오자 엉덩이를 털면서 일어났다.

“고마워하지도 않는 놈들인데 뭐하러 도와줘?”

황천도는 빈 바구니를 둘러메면서 대납했다.

“어디서 본 것 같아서 말이야.”

불쑥 나타난 평민 출신 포로 덕분에 무씨를 뿌리는 일을 겨우 마무리한 강은태는 표하군 출신의 포로들과 함께 마구간으로 돌아왔다. 썩은 냄새가 풀풀 풍기는 짚이 깔린 바닥에 엉덩이를 붙인 표하군 출신의 동료가 앓는 소리를 냈다.

“아이구! 삭신이 쑤시네, 쑤셔.”

몇 달이라는 시간이 지나는 동안 동료들의 모습은 다양하게 변했다. 양반이라는 자존심은 변발 앞에서 처참하게 무너져 내렸다. 그 이후에는 살아남는 것, 그리고 고향에 돌아가는 것만이 남았다. 처음에는 아랫것들이나 하는 농사를 어찌하느냐며 버티던 이들도 차츰 현실을 받아들였다. 하지만 난생처음 해본 농사일은 서투르기 마련이었고, 주인은 쌍심지를 켰다. 오늘도 무씨를 어떻게 뿌릴지 몰라서 매질을 당하다가 다른 포로의 도움으로 겨우 넘겼다. 흙벽에 기댄 동료 하나가 투덜거렸다.

“젠장, 장수랑 종사관들은 성안에서 편안하게 먹고 마시는데 우리들은 여기서 이게 뭐람.”

그의 말을 들은 다른 표하군들도 고개를 끄덕거렸다.

며칠 후, 숙소로 돌아온 황천도는 말쇠와 간단하게 배를 채우고 잠을 잘 준비를 했다. 온돌이 없는 이곳에서 추위를 넘길 수 있는 유일한 방법은 볏짚으로 온몸을 두르는 것뿐이었다. 밭에서 가져온 볏짚을 바닥에 깔고 잘 준비를 하던 두 사람은 문이 열리는 소리에 고개를 들었다. 주인이 포로 한 명을 안으로 집어넣고는 문을 닫아버렸다. 안으로 들어온 포로는 어찌

할 바를 모르고 눈만 껌뻑거렸다. 말쇠가 먼저 말을 걸었다.

"뉘슈?"

"어, 나, 나는 도원수 표하군에 속했던 강은태라고 하네."

"표하군? 그럼 양반일 텐데 여긴 어쩐 일이슈?"

호기심이 섞인 말쇠의 물음에 강은태는 넋이 나간 표정으로 말했다.

"며칠 전에 동료들 몇 명이 도망을 쳤거든. 남아 있던 우리들은 실컷 매질을 당하고 이리저리 흩어졌네."

"아이고, 죽다 살아나신 걸 보면 전생에 공덕을 쌓은 모양입니다."

히죽거린 말쇠의 얘기에 강은태가 힘없이 고개를 끄덕거렸다.

"그, 그러게 말일세."

두 사람의 대화를 듣던 황천도는 강은태가 며칠 전 무씨를 뿌리던 양반 포로들 중 한 명이라는 것을 알아챘다. 상대방도 그걸 알아챘는지 눈빛이 반짝거렸다.

"그러고 보니 며칠 전에 우릴 도와줬던 이가 아닌가?"

강은태도 그를 알아봤는지 반가운 눈짓을 했다.

"매질을 당하는 게 안타까워서 잠깐 도운 것뿐입니다."

황천도가 대꾸하자 강은태는 안심이 된다는 표정을 지었다. 말쇠가 인심 좋게 안쪽 자리를 내주면서 세 사람은 나란히 잠을 청했다. 중간에 잠에서 깬 강은태는 입고 있던 저고리 안쪽에 꿰매놓은 부적을 살펴봤다. 빛이 바랜 부적을 말없이 바라보던 강은태는 한숨을 쉬면서 다시 눈을 붙였다. 포로들의 밤은 고요하게 지나갔다.

함께 일하게 된 세 사람은 날이 밝으면 밭에 나가서 일하고 해가 떨어지면 돌아오는 일을 반복했다. 강은태가 양반이라는 체통을 버리고 두 사람의 일을 열심히 도와주면서 잘 섞였다. 하지만 고된 일과 주인의 매질, 그리고 언제 돌아갈지 모른다는 불안감이 차츰 커져갔다.

"우린 언제쯤 고향에 돌아갈 수 있을까요?"

하루종일 배추밭에서 일하고 돌아온 황천도가 중얼거렸다.

"그러게. 돌아갈 기미도 보이지 않고 말이다."

자신 없게 대답한 강은태가 한숨을 내쉬었다. 그때 숙소로 쓰는 헛간의 문가에 앉아서 바깥 동정을 살피던 말쇠가 은근슬쩍 끼어들었다.

"옆 농장 포로들이 오늘밤에 탈출한다고 하던데, 같이 가자."

그 얘기를 들은 강은태가 손사래를 쳤다.

"안 돼. 지난번에도 그렇게 도망쳤다가 잡혀서 죽었어."

강은태의 만류에 말쇠는 누런 이를 드러내면서 말했다.

"이렇게 평생 매질당하면서 살 겁니까?"

말쇠는 강은태 옆에 있던 황천도에게 말했다.

"죽더라도 고향에 돌아가야 할 거 아냐."

고향이라는 얘기에 황천도는 눈물을 참을 수가 없었다. 말쇠는 두 사람을 앉혀놓고 계획을 설명했다.

"그러니까 포로들 중 하나가 이 집 주인 딸이랑 눈이 맞았거든. 매일 밤 열쇠를 가지고 와서 문을 열어주는데 오늘밤도 온다고 했어. 그 틈에 도망치기로 했으니까 생각 있으면 따라와."

"도망친다고 해도 여기서 조선까지는 천릿길인데 쉽게 갈 수 있을까?"

강은태가 걱정스럽게 말하자 말쇠가 퉁명스럽게 말했다.

"어차피 이래 죽으나 저래 죽으나 마찬가지 아닙니까. 겁나면 가지 마십시오."

해가 떨어지고 말쇠는 내내 바깥을 살폈다. 그러다 두 사람에게 손짓을 했다. 잠시 후, 덜커덕거리는 소리와 함께 문을 채운 쇠사슬이 풀리는 소리가 들렸다. 문을 연 포로가 말쇠에게 말했다.

"서둘러. 해 뜨기 전에 최대한 멀리 벗어나야 한다."

어둠을 틈타 빠져나온 포로들은 남쪽으로 내달렸다. 해가 뜨고 탈출한 사실이 알려지면 추격대가 따라올 게 뻔했기 때문이다. 황천도와 강은태 역시 숨이 턱에 닿도록 뛰고 또 뛰었다. 말쇠는 따로 붙기로 한 패거리가 있었는지 중간에 종적을 감춰버렸다. 먼동이 터오는 새벽이 되자 강은태가 황천도에게 말했다.

"낮에는 눈에 잘 띌 테니까 어디 숨어 있다가 해가 지면 움직이세."

지칠 대로 지친 황천도는 고개를 끄덕거렸다. 두 사람은 산속으로 들어가서 개울물로 배를 채우고 풀을 덮은 채 잠을 청했다. 지치고 굶주린 두 사람은 억지로 잠을 청했고, 해가 진 다음에야 눈을 떴다. 두 사람은 고고하게 떠 있는 달빛을 길잡이 삼아 남쪽으로 향했다. 얼마 지나지 않아서 두 사람은 이곳이 어디인지 눈치챘다. 주변을 둘러본 강은태가 조용히 말했다.

"명군이 전멸한 와르카시 숲이군. 좀더 내려가면 부차 들판이 나오겠어."

"아직 한참 가야겠네요."

다 떨어진 짚신을 칡넝쿨로 둘둘 감싸던 황천도가 무거운 목소리로 얘기했다. 두 사람은 해가 뜰 때까지 내내 걸었다. 본격적인 여름은 아니었지만 제법 무더운 날씨는 두 사람의 발목을 잡았다. 사흘째 되는 날, 결국 두 사람은 덫을 놔서 동물을 잡기로 했다. 작은 올가미를 몇 개 만들어놓은 두 사람은 풀숲에 엎드려서 기다렸다. 기다리느라 지친 강은태는 나뭇가지로 바닥에 아버지의 이름을 썼다. 그러자 옆에 엎드려 있던 황천도가 아는 척을 했다.

"아버지 함자가 철 자 견 자시군요."

놀란 강은태가 고개를 돌리자 황천도가 피식 웃었다.

"어릴 때 한문을 배웠습지요."

"어디서?"

"옆집 훈장 선생한테요. 문씨 성을 가진 분이었는데 절 귀여워해주셔서 글을 가르쳐주셨습니다. 신분에는 귀천이 있을지 몰라도 학문에는 그런 게 없다면서 말입니다."

"어디까지 배웠는데?"

"천자문 떼고 사서삼경 배우고 있었지요. 그리고 주자가례도 배웠고요."

강은태가 뭐라고 얘기를 하려는 찰나, 올가미를 놓은 쪽에서 파드득 움직이는 소리가 들렸다. 배를 채울 거리가 생겼다는 생각에 두 사람은 반색하면서 일어나서 그쪽으로 달려갔다. 하지만 두 사람을 맞이한 것은 올가미에 걸린 짐승이 아니라 징이 박힌 가죽신발을 신은 후금군이었다. 놀란 두 사람은 곧장 등을 돌려서 산등성이 쪽으로 도망쳤지만 그쪽에서도 후금군이 기다리고 있었다.

"어서 도망치십시오."

강은태의 등을 떠민 황천도는 후금군이 휘두른 몽둥이에 맞고 쓰러졌다. 황천도의 비명소리를 들은 강은태는 걸음을 멈추고 돌아서서, 쓰러진 그를 몽둥이로 내리치던 후금군을 덮쳤다. 바닥에 나뒹군 후금군은 욕설을 퍼부으면서 칼을 뽑아들고는 단숨에 내리쳤다. 강은태가 쓰러진 걸 본 황천도는 비명을 지르면서 엉금엉금 기어갔다. 강은태의 오른쪽 뺨에 깊은 상처가 났지만 다행히 죽지는 않았다. 안도의 한숨을 쉬던 황천도에게 후금군이 휘두른 몽둥이와 발길질 세례가 쏟아졌다.

죽지 않을 만큼 두들겨맞은 두 사람은 손발이 꽁꽁 묶인 채 수레에 실렸다. 황천도는 한쪽 뺨이 피투성이가 된 강은태를 걱정스러운 눈길로 바라보면서, 묶인 손으로 뺨에서 흐르는 피를 닦아줬다. 두 사람을 비롯해서 며칠 전 도망친 조선군 포로들은 거의 대부분 붙잡힌 것 같았다. 개중에 말쇠의 모습이 보이지 않았다. 황천도는 안면이 있는 포로에게 물었다.

"말쇠는?"

"몰라. 도망치다가 중간에 없어졌어. 아마 절벽에 떨어졌거나 들짐승에게 먹혔겠지."

친구를 잃었다는 슬픔은 후금군의 채찍질을 당하면서 금방 사라졌다. 실컷 맞고 예전에 변발을 당한 곳으로 끌려온 도망자들은 수레에서 끌어내려졌다. 그리고 기다리고 있던 주인들에게 붙잡혀서 매질을 당했다. 황천도와 강은태 역시 한걸음에 달려온 주인에게 매질을 당했다. 분이 풀릴 때까지 때린 주인은 두 사람에게 침을 뱉고는 멀찌감치 서 있던 남자를 손짓으로 불렀다. 변발을 한 덩치 큰 남자가 다가오자 주인은 싸늘한 목소리로 몇 마디를 남기고 떠났다. 그러자 덩치 큰 남자가 놀랍게도 조선말로 입을 열었다.

"내 이름은 후르사, 너희들의 새로운 주인이다."

"조, 조선말은 어떻게?"

강은태가 조심스럽게 묻자 후르사가 싸늘하게 웃었다.

"예전에 조선 상인들이랑 인삼 무역을 하면서 좀 배웠지."

그렇게 두 사람은 새로운 주인을 맞게 되었다. 후르사의 농장은 허투알라 남쪽에 있었다. 두 사람은 도망을 친 죄로 통나무로 만든 작은 감옥에 갇혔다. 하루종일 감옥에 갇혀 있던 두 사람에게 뜻밖의 손님이 찾아왔다. 황천도는 누구인지 몰랐지만 강은태는 단번에 알아봤다.

"당신은……"

"이제 나는 조선으로 돌아가네."

종사관 이민환의 입에서 조선이라는 말이 나오자 강은태와 황천도는 저도 모르게 눈시울이 뜨거워졌다. 두 사람은 목숨을 걸고 탈출했지만 허무하게 붙잡혀온 반면, 이민환은 너무나 편안하게 돌아갈 수 있게 된 것이다. 이민환은 강은태에게 말했다.

"도망치다가 붙잡혔다는 얘기는 들었네. 오른쪽 뺨에 상처가 났군."

"견딜 만합니다."

안타까운 눈길로 강은태의 모습을 지켜보던 이민환이 몇 번이고 같은 말을 했다.

"한양에 가면 자네 소식을 가족들에게 전하겠네. 어떻게든 방법을 찾을 테니까 그때까지는 힘들더라도 견디게나."

얘기를 마치고 돌아선 이민환의 뒷모습을 물끄러미 바라보던 강은태에게 황천도가 물었다.

"누굽니까?"

"도원수의 종사관 이민환일세."

"운이 좋은 사람이군요. 여기서 압록강까지 도망치다 죽은 조선인들의 해골이 널려 있는데 제 발로 돌아가다니 말입니다."

"저자가 사르후에서 후금군의 진영을 보고 뭐라고 했는지 알아?”

황천도가 바라보자 강은태가 대답했다.

“황홀하다고 했지. 거기다 사르후에서 좌우영이 함몰되고 중영만 남았을 때, 내가 종사관이니 깃발을 높이고 싸움을 독려하라고 한 얘기도 무시했네.”

“그때는 어차피 싸울 수도 없는 상황이지 않았습니까?”

“그렇긴 했지. 출정할 때 아버님이 조선은 사대부의 나라이니 그들의 뜻에 따라야 한다면서 날 이곳으로 보냈네.”

“정말입니까? 양반 중에서도 자기 자식을 출정시킨 사람이 있었군요.”

“아버지는 나보다도 가문을 더 사랑하시는 분이니까, 날 이용해서 가문의 살길을 찾으신 거지.”

황천도는 절망에 빠진 강은태를 위로했다.

“어쨌든 죽지 않고 살아났으니 돌아갈 날이 올 겁니다.”

“네 도움이 컸어. 그 보답으로 틈나는 대로 글을 가르쳐줄게.”

“정말입니까?”

“그럼. 여기서 너에게 신세를 크게 졌잖아. 동생처럼 생각할 테니까, 너도 형으로 생각해. 아니, 동갑이니까 그냥 친구 하자.”

강은태의 얘기에 황천도는 손사래를 쳤다.

“아무리 그래도 양반이신데 어찌 형제도 아니고 친구가 됩니까?"

"여긴 조선이 아니잖아. 양반이니 백성이니 하는 건 부질없는 구분이야."

감옥 너머의 황량한 벌판을 바라보며 말하던 강은태가 덧붙였다.

"내일 어찌 될지 모르는데 말이야."

"알겠습니다. 앞으로 친구 하십시다."

"고맙네."

두 사람이 껄껄거리며 웃는 사이 후르사가 나타났다. 그리고 이민환이 떠나기 전 무슨 얘기를 했는지 두 사람을 풀어줬다. 그러면서 으름장을 놨다.

"앞으로 도망칠 생각은 꿈도 꾸지 말거라. 지난 주인은 욕심꾸러기라서 돈을 받고 도망친 너희들을 팔았지만 난 그럴 생각이 없으니까."

귀환
—인조 15년(1637년) 2월, 심양

북문의 병영에서 거둔 똥을 똥지게에 짊어진 두 사람은 천천히 걸어갔다. 추위가 적당히 풀리기는 했지만 거리에는 아직 눈이 제법 쌓였다. 거리를 지나가는 두 사람의 눈에 가마를 탄 한윤의 모습이 보였다. 한윤의 뒤에는 변발한 조선인 부하들이 줄지어 따랐다. 그 모습을 본 강은태가 황천도에게 말했다.

"저자도 많이 늙었군."

"우릴 여기로 보낸 임금이 쫓겨나고 새 임금이 세워졌다는 소식을 들은 게 엊그제 같은데 말이야."

코로 스며들어온 추위에 못 이겨 가볍게 콜록거린 황천도가 대꾸했다.

"거기다 새 임금을 세우는 데 공을 세운 이괄이라는 자가 반란을 일으킬 줄은 꿈에도 몰랐어. 한때 한양까지 차지하고 기세를 올렸다고 해서 나는 또 뒤집히는 줄 알았지."

희미하게 웃은 강은태가 한윤의 행렬을 바라보면서 중얼거렸다. 더이상 조선의 소식에 관심을 가지지 않는 황천도와 달리 강은태는 희망을 버리지 않았는지 촉각을 곤두세웠다. 황천도는 오랜 세월을 지내면서 양반과 상놈이라는 경계가 사라지고 말도 섞을 지경이 되었지만 근본은 변하지 않았다고 속으로 생각했다. 황천도의 그런 속마음을 짐작하지 못했는지, 강은태는 계속 입을 열었다.

"그러다가 관군에게 패하고 이괄과 한명련이 죽고 한명련의 아들 한윤이 후금 땅으로 넘어왔잖아. 그리고 몇 년 후인 정묘년에 대패륵 아민이 조선을 쳐들어갈 때 길잡이 노릇을 했지. 사람 신세라는 게 정말 한 치 앞을 모르는 것 같아. 우리처럼 말이야."

"그러게."

별로 얘기하고 싶지 않았던 황천도는 짧게 대꾸하고 넘어갔지만 강은태는 연신 입을 열었다.

"작년 병자년 연말에도 대군을 이끌고 쳐들어갔잖아. 남한산성을 포위했다는 얘기까지는 들었는데 어찌됐는지 모르겠네."

작대기로 눈이 쌓인 땅을 짚으면서 얘기하던 강은태가 문득 생각났는지 황천도에게 물었다.

"우리가 온 지 얼마나 됐지?"

눈을 찡그리면서 생각에 잠겼던 황천도가 고개를 저었다.

"작년이 병자년, 올해가 정축년이니까 십오 년 넘게 지난 것 같은데 잘 모르겠어."

"참, 지랄맞구먼."

강은태는 굳은살이 두껍게 박인 손바닥을 내려다보면서 중얼거렸다. 비바람과 흙먼지 속에서 견디며 외모도 변해 황천도와 별반 다를 게 없어져서, 모르는 사람들은 형제로 오인할 정도였다. 명나라를 상대로 연전연승을 거두던 후금은 나라 이름도 아예 청으로 바꾸고 작년 연말 조선에 쳐들어갔다. 이번에야말로 결판을 내겠다고 큰소리를 치는 모습을 보면서도 두 사람은 무덤덤했다. 전쟁과 살육, 그리고 죽음이 일상이 된 세상이기 때문이다.

"힘들지?"

나란히 걷던 황천도의 말에 강은태가 힘겹게 고개를 끄덕거렸다. 조선에서 무반의 자식이자 양반으로 살았던 삶만큼이나 노예로서의 삶을 이어가고 있는 중이었다. 성벽을 따라 남문 밖에 있는 후르사의 농장으로 가는데 등에 붉은 기를 꽂은 전령이 달려오는 게 보였다. 행인들은 자연스럽게 옆으로 피했고, 똥지게를 짊어진 두 사람도 조심스럽게 물러났다. 멀어져가는 전령의 뒷모습을 본 황천도가 말했다.

"조선에서 무슨 소식이 왔나봐."

"이렇게 빨리?"

소문을 통해서 두 사람은 조선의 소식을 들었다. 임금과 대신들이 남한산성으로 피난을 떠나고 청군이 파죽지세로 조선을 휩쓸고 있다는 내용이었다. 전령이 멀어지고 행인들이 다시 일상으로 돌아갔다. 황천도는 강은태에게 어제저녁에 들었던 『춘추』의 구절을 물어가면서 걸었다.

농장에 도착하자 뚱뚱한 후르사가 호들갑을 떨면서 기뻐하는 게 보였다. 해서여진의 하다부 출신이었던 그는 누르하치를 따라 전쟁터를 누비다가 무순성 전투에서 부상을 입은 후에 상으로 받은 노예를 거느린 농장주로 변했다. 몇 년 전 아내가 죽은 후에는 아들에게 온 정성을 쏟았다. 아들이 정백기에 소속되어 조선으로 출정하자 매일 불공을 드리면서, 큰 공을 세우고 무사히 돌아오기만을 기다렸다. 똥지게를 지고 돌아온 두 사람을 본 후르사가 껄껄거렸다.

"소식 들었느냐? 조선 왕이 대칸 앞에 무릎을 꿇고 항복했다는구나."

얘기를 들은 두 사람은 약속이나 한 듯 서로의 얼굴을 바라봤다.

"아들 녀석이 전리품을 잔뜩 가지고 돌아올 게야. 암, 그렇고말고."

전쟁이 끝났다는 소식이 들리고 몇 달 후, 늙은 여인부터 겨우 걸을 수 있는 어린아이까지 엄청난 숫자의 조선인 포로들이 심양에 끌려왔다. 추운 겨울에 걸어서 심양까지 온 그들은 거의 시체나 다름없었다. 그 광경을 보던 황천도가 강은태에게 물었다.

"농사도 짓지 못하고 싸움도 못할 것 같은 포로들을 왜 끌고 온 거야?"

"속환가를 받을 속셈이겠지."

두려움에 떠는 포로들의 모습을 보던 강은태가 한숨을 쉬면서 대답했다. 누구는 오만, 누구는 십만이라고 하는 숫자의 포로들은 심양성 안팎에 나뉘어 수용되었다. 속환가를 많이 낼 것 같은 양반집 자제와 부녀자 들은 그들을 포로로 잡은 패륵들의 집에 잘 모셔졌지만, 그렇지 못한 평민과 노비 들은 벌판에 초막을 짓고 한겨울을 나야만 했다. 날이 풀리면서는 역질이 도는 바람에, 힘겹게 겨울을 넘긴 포로들이 매일 죽어나갔다. 포로들 중에는 항복한 조선 임금의 아들인 세자도 있었다. 오늘 심양에 도착한 세자를 위해서 용골대를 비롯한 청나라 장수와 관리들이 심양강까지 마중을 나와서 잔치를 열어줬다. 백사장에 펼쳐진 천막 안에서 풍악 소리가 들려오고, 왁자지껄한 만주어가 들려왔다. 먼발치에서 지켜본 두 사람은 착잡한 심경을 가눌 수 없었다. 황천도가 가벼운 신음 소리를 내자 강은태가 걱정스러운 눈길로 바라봤다.

"등은 괜찮아?"

"견딜 만해."

처음에는 전쟁이 끝났다고 좋아하던 후르사는 아들이 돌아오지 않자 점점 신경질적으로 변해갔다. 그러다 아들이 광교산이라는 곳에서 조선군과 싸우다 조총에 맞아 죽었다는 소식을 듣고는 밤낮으로 술에 취해 있다가 애꿎은 두 사람에게 화풀이를 했다. 오늘 아침에도 늦게 일어났다는 이유로 채찍을 휘둘렀다. 고뿔에 걸려서 꼼짝 못하던 강은태를 대신해서 황천도가 등에 채찍을 맞았다. 때리다 지친 후르사가 주저앉자 다른 노예들이 와서 안채로 떠메고 갔다. 그사이에 두 사람은 얼른 밖으로 나왔다. 그러다 세자가 온다는 얘기를 듣고는 다른 구경꾼들과 함께 심양강으로 향한 것이다.

강 너머에서 열리는 환영 잔치를 보던 조선인들은 누가 먼저라고 할 것도 없이 울음을 터트렸다. 두 사람도 분위기에 휩쓸려서 눈물을 지었다. 해가 질 무렵 잔치가 파하고 세자 일행이 심양성 안으로 들어갈 차비를 했다. 하지만 뭐가 잘못되었는지 한참을 옥신각신했다. 발길을 돌리려던 조선인들은 무슨 일인가 바라봤다.

"무슨 일이래?"

"청나라 관리들이 성안에서는 가마를 탈 수 없으니까 세자빈도 말을 타고 들어오라고 그런대."

주변에서 수군거리는 소리를 들은 황천도가 왈칵 짜증을 냈다.

"젠장, 나라는 결딴나고 백성들은 엄동설한에 여기까지 끌려와서 죽을 고생을 하는데 고작 가마 타는 문제로 실랑이라니……"

"그런 소리 하지 마. 엄연히 법도가 있는데 아무리 졌다고 그것까지 굴복할 수는 없잖아."

강은태의 말을 들은 황천도는 놀란 눈으로 쳐다보다가 고개를 끄덕거렸다.

"농사꾼이자 포로로 이십 년 가까이 지냈어도 결국은 양반이라 이 말이구나."

"그런 말 하지 마. 내가 진짜 양반 행세를 했으면 너랑 말을 텄겠어?"

차갑게 대꾸하고 돌아선 강은태를 본 황천도는 그동안은 보이지 않던 벽을 느꼈다. 양쪽의 실랑이는 결국 청나라 관료들이 이긴 것 같았다. 가마에서 내린 세자빈이 주변의 부축을 받으며 조심스럽게 말 위에 오르는 게 보였다. 그 모습을 본 황천도는 강은태를 따라서 농장으로 돌아갔다. 아까 대신 매질을 당한 어깨가 욱신거렸다.

조선의 세자와 포로들이 오면서 심양에는 거대한 시장이 생겼다. 매매되는 물건은 다름 아닌 사람, 즉 끌려온 조선인 포로들이었다. 속환사가 오고, 그들과 함께 가족들의 몸값을 들고 온 이들로 북적거렸다. 그리고 그들을 노린 강도와 협잡꾼이 들끓었다. 남문 밖 심양강 백사장에 세워진 천막에서는 매일 눈물의 상봉과 헤어짐이 이어졌다. 세자가 머무는 심양관에 온 조선 관리와 속환사들이 포로들의 명단인 피로인성책(被擄人成冊)을 가지고 오면 청나라 관리들이 해당 포로들을 끌고 나왔다. 명단의 인물이 맞으면 천막 안에 남겨졌지만 진짜 고난은 이제 시작이었다. 속환하려는 사람들이 몰리면서 속환가는 천정부지로 뛰었다. 애초에 생각했던 것보다 가격이 오르자 가족들은 울부짖으면서 애원했지만 아쉬울 것 없는 주인들은 느긋한 표정을 지었다. 천신만고 끝에 가족을 만났지만 속환가가 맞지 않는다는 사실을 알게 된 포로들은 망연자실해하거나 미친듯이 울부짖었다. 통곡과 눈물은 양쪽을 가로막은 팔기군의 벽에 가로막혔다. 그런 와중에도 두 사람은 하던 일을 계속했지만 미묘한 변화의 조짐이 보였다. 아침 일찍 행패를 부릴지 모르는 후르사의 눈을 피해 배추밭으로 온 두 사람은 괭이로 밭을 갈았다. 황천도가 자꾸만 일을 멈추고 허리를 주먹으로 툭툭 치자 강은태가 걱정스러운 눈으로 바라봤다.

"매질당한 데가 아직도 쑤셔?"

"나이가 드니까 옛날처럼 쉽게 낫지 않나봐."

고개를 절레절레 저은 황천도의 말에 강은태가 씁쓸한 표정으로 대답했다.

"그래. 우리도 이제 많이 늙었지."

맞는 말이라고 고개를 끄덕거린 황천도는 괭이질을 했다. 스물을 넘기지 않은 나이에 출정했는데 이제 사십을 바라보게 되었다. 오랫동안 노예로 있느라 감정을 밖으로 드러내지 못하는 게 버릇이 된 탓에 언제 기뻐해야 하고 슬퍼해야 하는지 종잡을 수 없어졌다. 무뎌진 감정과 늙어버린 육체 사이에 갇혀 있던 황천도의 어깨를 강은태가 툭 쳤다.

"재, 팔복이 아냐?"

고개를 돌린 황천도의 눈에 변발을 휘날리며 달려오는 열 살 남짓한 사내아이가 보였다. 만주족과 한족 사이에서 태어난 꼬마 아이는 어릴 때 부모를 모두 잃고 후르사의 집으로 들어왔다. 만주 이름이 따로 있었지만 농장의 조선인 노예들은 그 아이를 그냥 팔복이라고 불렀다.

"주인 어르신이 찾는다. 빨리 와!"

밭두둑에 선 팔복이가 숨을 헐떡거리면서 말했다. 강은태가 걱정스러운 표정으로 말했다.

"며칠 동안 재주껏 피해 다닌 게 눈에 띄었나?"

"일단 가보자. 설마 죽이기야 하겠어?"

대나무 물통과 점심으로 먹기 위해 가져온 주먹밥이 든 보따리를 주섬주섬 챙긴 황천도가 말했다. 두 사람이 느릿느릿 움직이자 팔복이가 한걸음에 달려와서 강은태의 손목을 낚아챘다.

"그냥 몸만 오라고 하셨어. 빨리빨리."

일이 심상치 않게 돌아간다고 느낀 강은태는 괭이를 내던지고 따라갔다. 그가 던진 괭이까지 챙긴 황천도는 보따리를 둘러메고 얼른 뒤따라갔다.

농장 입구에서 서성대며 기다리고 있던 후르사는 팔복이에게 이끌려오는 강은태를 보자 한걸음에 달려와서 부둥켜안았다. 그리고 시끄럽게 떠들어댔다.

"아이고, 이 복덩이!"

갑작스러운 환대에 영문을 몰라 하던 강은태는 비로소 후르사의 뒤에 서 있던 조선인을 봤다. 30대 정도 되는 그는 곱상한 얼굴에 가느다란 팔자수염이 있었다. 깨끗한 흑립에 도포 차림인 것을 보면 포로로 잡혀온 이는 아니었다. 그는 후르사의 품에 안겨 있던 강은태를 보더니 바닥에 무릎을 꿇고 엎드려서 절을 했다.

"이렇게 뵙게 되다니 조상님이 굽어살펴주셨습니다."

"누, 누구신가?"

강은태가 더듬거리면서 묻자 눈물로 범벅이 된 얼굴을 한 조선인이 말했다.

"소인을 모르시겠습니까? 조충도 어르신 밑에서 일하던 겸인 고가수의 아들 춘득입니다."

"춘득이?"

강은태가 눈을 껌뻑거리면서 중얼대자, 춘득이라고 자신을 소개한 조선인이 품속에서 봉투에 든 간찰(簡札: 종이에 간략하게 쓴 편지)을 꺼내면서 얘기했다.

"쇤네는 도련님 댁에서 겸인 노릇을 하고 있습지요. 조충도 어른의 사랑채로 오신 것을 뵙고 인사를 드린 적이 있습니다요."

서찰을 받아든 강은태는 물에 젖은 것처럼 흐릿했던 기억을 더듬어봤다. 아버지가 혼사를 부탁하기 위해 찾아갔을 때 간사하게 생긴 겸인 고가수의 옆에 비슷하게 생긴 아들이 서 있었던 게 떠올랐다.

"그, 그렇군. 이제 기억나네. 자네가 우리집에서 일을 봐주고 있었나?"

"처음에는 이조의 서리로 일하다가 옮겼습지요."

춘득은 대답할 때마다 습관적으로 고개를 숙였다. 괭이와 보따리를 들고 뒤따라온 황천도를 비롯한 농장 사람들은 신기한 눈으로 이 광경을 지켜봤다. 봉투를 뜯고 간찰을 꺼낸 강은태는 눈을 찌르는 것 같은 한자들을 보고는 어지러움을 느꼈다. 하지만 그는 필사적으로 자신의 옛날 신분을 생각해냈다. 오랫동안 요동의 거친 황야에서 지내면서 잊고 지냈던 그것을 꺼내느라 머리가 어지러웠다. 그가 휘청거리자 후르사가 얼른 황천도를 손짓으로 불렀다.

"뭐해! 어서 부축해서 안방에 있는 내 침상에 눕혀라."

"침상이오?"

놀란 황천도의 반문에 후르사가 눈을 부라렸다.

"그래. 얼른 침상으로 데려가. 무려 이천 냥짜리 몸이란 말이다, 이천 냥."

이천 냥이라는 말에 황천도는 눈이 휘둥그레졌다.

반쯤 의식을 잃은 강은태를 자신의 침상에 눕힌 후르사는 몸종을 붙여서 시중을 들게 했다. 그리고 안채에 있는 다른 방에서 춘득이라는 조선인에게, 자신이 그를 얼마나 잘 돌봐줬는지 구구절절하게 얘기했다. 조선말이 서툰 후르사에게 붙잡힌 황천도는 통역 노릇을 해야 했다. 춘득은 차를 한 잔 마시고 나서 얘기했다.

"천 냥은 지금 드리고 나머지 천 냥은 도련님이 한양에 무사히 도착하면 드리겠습니다."

"그렇게 번잡하게 하지 말고 한꺼번에 주시구려. 그럼 내가 백 냥을 깎아드리리다."

후르사가 인심 썼다는 표정으로 얘기했지만 춘득은 고개를 저었다.

"나라에서 정한 공속가는 천 냥을 넘지 못하게 되어 있습니다. 나머지는 도련님의 집안에서 사적으로 부담하는 것입니다."

"난 그런 것 모르오. 그러니까 당장 약속한 돈을 내놓으라고."

후르사가 인상을 확 구겼지만 춘득도 만만치 않았다.

"속환은 나라에서 정한 법도대로 진행하는 것이오. 절차가 어긋나면 우리 둘이 속환을 약속했다고 해도 무효가 될 수 있다 이 말이오."

잠깐 뜸을 들인 춘득이 입을 열었다.

"내가 오늘 심양관으로 가서 속환에 관련된 절차를 마무리 짓고 내일 날이 밝는 대로 돌아오겠소. 천 냥은 그때 주고 나머지는 어음으로 끊어줄 터이니 심양에 오는 조선 역관에게 보여주고 돈을 받으면 될 것이오."

춘득의 얘기를 들은 후르사는 고개를 끄덕거렸다. 그러자 춘득이 의자에서 일어나면서 마무리를 지었다.

"허튼수작을 하거나 도련님을 가지고 몸값을 올리려는 장난질을 칠 생각은 마시구려. 도련님의 아버님은 저 밖에서 울고불고하는 놈들과는 다르오."

"걱정 말고 돈이나 잘 챙겨오시오."

"그럼 도련님과 인사를 나누고 돌아가겠소."

자리에서 일어난 춘득이 방을 나서자 눈치를 보던 황천도가 조심스럽게 따라붙었다.

"저, 조충도 어르신은 무사하십니까?"

그러가 걸음을 멈춘 춘득이 위아래로 훑어봤다.

"네놈이 그 어르신을 어찌 아느냐?"

"조선에 있을 때 그분 댁에서 일했던 적이 있습니다요."

"그런가? 그분은 몇 년 전에 돌아가시고 아드님이 가업을 이어받았네."

황천도는 딱 잘라서 얘기하고는 안방으로 들어가려는 춘득을 붙잡고 물었다.

"혹시 그 댁에서 일하던 황음치라는 분은 어찌되셨는지 아십니까?"

"황음치? 아! 그 노인 말이군. 골병이 들어서 골골거리고는 있지만 살아 있네."

얘기를 마친 춘득이 안방으로 성큼성큼 걸어들어갔다. 안으로 들어가 문을 닫은 춘득의 목소리가 밖으로 흘러나왔다.

"정신이 좀 드시옵니까? 오늘만 참으시옵소서. 그럼 소인이 돌아와서 모시겠습니다."

춘득이 돌아간 후 후르사는 황천도를 불렀다.

"내일까지 아무 일도 하지 말고 저놈을 돌봐줘라."

후르사의 지시를 받은 그는 강은태가 누워 있는 안방으로 들어갔다. 명나라 비단으로 만든 이불을 덮고 누워 있던 강은태는 황천도를 보고는 손짓을 했다.

"이게 꿈인지 생시인지 모르겠어."

"볼 꼬집어줄까?"

씁쓸하게 웃은 황천도의 말에 강은태가 한숨을 쉬었다.

"아버지는 잘 지낸다고 했어. 반정에 가담하시면서 공신에 책봉되어 승승장구하신 모양이야. 이번 전쟁에서는 남한산성에서 어가를 모셨다는군."

그는 신이 난 것 같은 강은태의 말을 가만히 들었다.

"어머니는 내가 포로로 잡히고 나서 화병으로 누웠다가 다다음 해에 돌아가셨다는군. 다들 슬퍼했겠지만 내 집사람만큼은 기뻐했을 거야."

"우리 아버지도 살아 계신가봐."

불쑥 아버지 얘기를 꺼내자 강은태가 무겁게 고개를 끄덕거렸다.

"돌아가면 네 소식 알려줄게. 그리고 아버지한테 너도 속환해달라고 얘기해볼게."

그러겠다는 것이 아니라 그래보겠다는 미묘한 말끝의 차이가 가뜩이나 아버지 얘기를 듣고 힘들어하던 황천도의 마음을 긁었다. 그가 침묵을 지키자 강은태가 말했다.

"좀 자고 싶어."

"알았어."

힘없이 대꾸한 그는 안방을 빠져나왔다. 횡재를 한 후르사가 기분이 좋았는지 오늘 하루 일을 하지 않아도 된다고 얘기하자 노예들이 환호성을 지르는 게 보였다. 기뻐하는 노예들 사이를 지나가던 황천도는 참았던 눈물을 쏟았다.

해가 중천에 뜰 무렵, 강은태가 안채에서 비틀거리면서 걸어나왔다. 그러자 후르사가 단번에 달려와서 말했다.

"더 자지, 왜 나왔어?"

"오두막에 잠깐 갔다 오겠습니다."

"거긴 왜?"

후르사의 물음에 강은태가 대답했다.

"가져와야 할 게 있어서요."

"듣자 하니 조선에 있는 네 아버지 부자라면서? 넝마 조각들 가져갈 게 뭐가 있다고?"

평상에 누워서 잠을 청하다가 깬 황천도는 침을 뒤기면서 얘기하는 후르사의 뒷모습을 물끄러미 바라봤다.

"그럴 게 있습니다."

"설마 이 길로 도망쳐서 심양관으로 들어가는 거 아니지?"

후르사가 못 미더운 말투로 얘기하자 강은태가 갑자기 호통을 쳤다.

"이놈! 뼈대 있는 양반 집안의 자식인 내가 도둑이나 할 그런 짓을 할 것으로 보이느냐!"

강은태의 호통에 지켜보던 노예들은 모두 얼어붙고 말았다. 툭하면 채찍을 휘둘러대는 난폭한 후르사에게 큰소리를 친 것이다. 뜻하지 않게 호통을 들은 후르사의 표정이 일그러졌다.

"이 녀석이 미쳤나?"

"나는 조선의 양반이다. 그러니 예를 갖추어라."

"여긴 조선이 아니라 청나라야!"

격앙된 후르사의 얘기에 강은태가 눈빛을 번득였다.

"그러지 않으면 심양관에 가서 네놈이 얼마나 혹독하게 조선인 포로들을 괴롭혔는지 얘기하겠다."

"뭐라고?"

"청의 황제가 조선인 포로들을 학대하지 말라는 명을 여러 차례 내렸고, 거역하는 자들을 처벌했다고 하더구나. 네놈도 쓴맛을 보겠느냐?"

그러자 깜짝 놀란 후르사가 손사래를 쳤다.

"아니, 아니야. 갔다 와. 갔다 오라고."

지켜보던 노예들은 강은태에게 쩔쩔매는 후르사를 보고는 입을 다물지 못했다. 옆으로 물러난 후르사를 스쳐지나간 강은태는 곧장 밖으로 나갔다. 일격을 당한 후르사는 얼굴이 붉어진 채 욕설을 퍼부었다. 분위기가 심상치 않아지자 노예들은 하나둘 자리를 떴다. 황천도는 뭔가에 끌린 듯 강은태의 뒤를 따라갔다. 느리게 걷던 강은태는 발소리를 듣더니 고개를 돌렸다.

"내가 큰소리치는 거 봤어? 꼭 한 번 해보고 싶었는데 이렇게 할 줄은 몰랐어."

"응."

"너무 오랫동안 내 신분을 잊고 살았어. 평생 다시 찾지 못할 거라고 생각했는데 오늘 갑자기 이렇게 되니까 감개무량해."

양반처럼 문자를 쓰면서 들뜨고 설렌 강은태의 목소리 어디에서도 자신의 존재를 느끼지 못한 황천도는 쓴웃음을 지으며 대꾸했다.

"축하해."

이런저런 얘기를 나누며 오두막에 도착했다. 다 쓰러져가는 낡은 오두막을 본 강은태가 무심코 말했다.

"아버지가 날 잊지 않으셨다는 게 너무나 기뻐."

정신없이 떠드는 친구의 입에서 아버지 얘기가 나오자 그는 후르사에게 명치를 세게 걷어차인 것처럼 숨이 막혔다. 정신없이 떠드는 와중에 친구로 지내던 자신이 느껴지지 않은 것이 더 서글펐다. 반면, 강은태는 계속 떠들었는데 어느덧 말투가 맨 처음 만났을 때로 돌아갔다. 헛기침이 늘어나고, 눈빛도

달라졌다. 거기다 입에서 양반과 사대부, 임금이라는 얘기가 나오면서 점점 거리가 멀어졌다. 그럴수록 황천도는 외로움과 두려움을 느꼈다. 무엇보다 스쳐지나가듯 들은 아버지의 소식에 더욱 가슴이 아팠다. 늙고 병든 몸으로 아들이 돌아오기만을 기다리고 있다는 사실을 알고 나니 마음 한쪽에서는 안타까움이 솟아났고, 다른 한쪽에서는 분노가 솟아났다. 같이 포로가 되었는데 강은태는 양반이라는 이유만으로 돌아가게 되었고, 자신은 여전히 노예 신세로 남게 되었다. 그것도 영원히 계속될 것이라는 생각에 마음이 무거워졌다.

그때 그런 상황을 벗어날 수 있는 한 가지 방법이 떠올랐다. 처음에는 너무 놀라서 비명을 지를 뻔했지만 생각해보니 유일한 방법일 것 같았다. 하지만 오랜 시간 친구로 지낸 그의 뒷모습을 보면서 잠시 그 생각을 접어뒀다. 거친 숨을 몰아쉬면서 중얼거렸다.

'그러면 안 되지.'

황천도가 고민에 빠져 있는 사이, 강은태는 입구에 쳐놓은 거적을 들추고 오두막 안으로 들어갔다. 잠시 혼자 있게 된 황천도는 천천히 허리를 굽혀서 발을 내려다봤다. 다 떨어진 짚신을 신은 더러운 발이 보였다. 두 손도 마찬가지였다. 갑자기 슬퍼진 그는 바닥에 주저앉아서 통곡을 했다. 조선에서부터 입고 온 낡은 저고리를 들고나온 강은태는 울고 있는 그를 멍한 눈으로 바라봤다. 그러고는 어깨를 토닥거렸다.

"기다리면 너도 좋은 날이 올 거야."

나름 위로의 말을 건넨 것이겠지만 그 말은 황천도의 마음속에 있던 슬픔을 분노로 바꾸어버렸다. 황천도가 계속 울자 강은태는 얼굴을 찌푸리면서 일어났다.

"주인 녀석이 도망간 줄 알겠다. 나 먼저 갈게."

눈물에 젖은 황천도의 눈에는 멀어져가는 강은태의 뒷모습이 흐리게 보였다. 그가 떠나가면 더이상 고향으로 돌아갈 기회가 없어질 것 같았다. 분노와 조바심이 치밀어오른 황천도는 발치에 놓인 돌을 집어들고 뒤따라갔다. 슬픔은 사라지고 분노가 그 자리를 대신했다. 그는 당장이라도 쓰러질 것처럼 휘청거리며 걸으면서 강은태의 등뒤에 대고 소리쳤다.

"나도, 나도 아버지가 있다고!"

황천도는 돌아서기 위해서 걸음을 멈춘 강은태의 뒤통수를 돌로 힘껏 내리쳤다. 퍽 소리와 함께 피가 튀었다. 땅으로 꺼질 것 같은 신음 소리를 내고 앞으로 쓰러진 강은태의 등에 올라탄 황천도는 두 손으로 움켜쥔 돌로 미친듯이 내리쳤다. 두 손을 휘저으면서 비명을 지르던 강은태가 축 늘어져버린 줄도 모른 채 내리치던 그는 돌을 내던지고 그 옆에 쓰러졌다. 깨진 뒤통수에서 흘러나온 피가 땅에 스며들면서 그가 누워 있는 곳까지 젖었다. 누워 있던 황천도는 그의 손을 잡아봤다. 남아 있던 온기가 서서히 사라져가는 것이 느껴졌다.

정신을 차리고 일어난 그는 강은태의 두 다리를 질질 끌고 오두막 쪽으로 갔다. 오두막 뒤에는 두 사람이 무와 배추를 보관하기 위해서 파다가 만 구덩이가 있었다. 쌓인 낙엽을 대충 걷어내고 그 안에 강은태를 끌고 들어간 황천도는 낑낑대면서 시신을 뒤집었다. 그의 얼굴은 몇 년 전 상한 채소를 잘못 먹고 사경을 헤매던 때처럼 파랗게 변했고 두 눈은 반쯤 튀어나왔다. 양손에 꽉 움켜쥔 낡은 저고리는 붉은 피에 젖어 있었다. 구덩이 밖으로 나온 황천도는 주변의 낙엽과 나뭇가지들을 쓸어넣어서 덮어버렸다.

그리고 터벅터벅 걸어서 후르사의 저택으로 갔다. 순식간에 벌어진 일이라 충격이 뒤늦게 찾아왔는지, 술에 취한 것처럼 걸음이 흐트러졌다. 저택의 대문 밖에서 초조하게 서성거리던 후르사는 멀리서 걸어오는 황천도를 보고는 한걸음에 달려왔다.

"금방 갔다 온다더니 왜 이제 온 거야?"

반쯤 정신이 없는 그를 쏘아붙이던 후르사의 표정이 변했다.

"옷에 묻은 피는 뭐야?"

"죽였어."

"뭐라고? 정신 차리고 똑바로 얘기해봐! 그놈 어디 갔어? 설마 심양관으로 튄 건 아니지?"

그는 침을 튀기며 떠드는 후르사의 눈을 바라보며 짧게 말했다.

"내가 죽였어."

"뭐라고?"

눈이 휘둥그레진 후르사가 어이가 없다는 표정으로 말했다.

"이놈이 술에 취했나? 네가 그놈을 왜 죽여?"

"아무튼 내가 그놈을 죽였다고."

황천도가 연거푸 같은 말을 하자 후르사의 얼굴이 굳어져갔다. 솥뚜껑 같은 주먹으로 황천도를 때려서 쓰러뜨린 그는 발로 마구 짓밟았다.

"미친놈! 그놈 몸값이 얼마인 줄 알아? 네놈 때문에 이천 냥이 날아갔잖아!"

고래고래 소리를 지르던 후르사는 거품을 물었다.

"오냐! 그놈이 죽었으니까 네놈도 죽여주마."

허리춤에 차고 있던 칼을 뽑아든 그는 침을 튀기면서 떠들었다.

입안에 머금은 피를 뱉은 황천도가 말했다.

"날 죽이면 그 이천 냥을 못 받을 거야."

그러자 후르사가 코웃음을 쳤다.

"왜? 시체라도 갖다가 넘겨주게?"

"잔소리 말고 안방으로 따라와."

흙을 툭툭 떨고 일어난 그가 말하자 후르사는 어이가 없다는 표정을 지었지만 일단 칼을 거뒀다.

다음날, 해가 뜨자마자 춘득이 후르사의 저택에 나타났다. 전날처럼 흑립에 도포 차림이었고, 손에는 강은태에게 줄 옷이 담긴 보따리와 흑립을 들고 있었다. 푸른 비단으로 만든 호복을 입고 대문에 서서 기다리던 후르사가 두 팔을 벌려 그를 맞이했다. 하지만 춘득은 거들떠보지도 않고 물었다.

"도련님은 어디 계시오?"

주변을 두리번거리는 춘득의 물음에 후르사가 히죽 웃었다.

"내가 어디 숨겨놓기라도 했을 것 같소? 마지막 밤을 자기가 살던 오두막에서 보내고 싶다고 해서 어젯밤 거기에서 잤소."

"거기가 어디요?"

"일단 돈부터 보여주시구려."

후르사의 물음에 춘득이 소매에서 꺼낸 주머니를 가볍게 흔들었다. 돈이 묵직하게 흔들리는 소리를 들은 후르사가 옆에서 있던 황천도에게 말했다.

"이 사람을 오두막으로 데려가."

기다리고 있던 황천도는 굽실거리면서 앞장서 걸었다. 어제 후르사에게 잘될 거라고 큰소리를 쳤지만 막상 시행할 때가 되자 잔뜩 겁이 났다. 하지만 이대로 포기하면 고향으로 돌아가기는커녕 동료를 죽인 죄로 목이 잘릴 게 뻔했다. 황천도는 걱정스러운 눈으로 바라보는 후르사를 곁눈질로 바라보고는 발걸음을 옮겼다. 못마땅한 표정을 지은 춘득은 발걸음을 옮겨서 황천도를 따라갔다. 절반쯤 걸어갔을 때 춘득이 물었다.

"나까지 굳이 갈 필요가 없지 않느냐? 네가 가서 도련님을 모시고 오너라."

애초 계획에는 없던 일이기 때문에 황천도는 가슴이 철렁 내려앉았다. 두근거리는 가슴을 애써 진정시킨 그는 짐짓 태연한 표정으로 말했다.

"그, 그게 어제 긴장이 확 풀어졌는지 도무지 일어나지를 못 하십니다. 저 혼자서는 부축하기가 힘들어서요."

그럴듯하게 거짓말을 했지만 넘어갈지는 미지수였다. 하지만 춘득은 별다른 의심 없이 발걸음을 다시 옮겼다. 오두막에 도착한 황천도는 반쯤 돌아서서 말했다.

"안에 누워 있을 겁니다. 제가 들어가서 모시고 나오겠습니다."

거적을 들추고 안으로 들어간 황천도는 미리 준비해둔 낫을 뒤춤에 꽂고는 있는 힘껏 소리를 질렀다.

"아이구! 이게 어찌된 일입니까? 눈을 좀 떠봐요!"

마치 강은태가 큰일이라도 난 것처럼 떠든 황천도는 재빨리 문 옆으로 붙었다. 잠시 후 거적이 들춰지더니 춘득이 허리를 굽힌 채 안으로 들어왔다. 오두막 안의 어둠 때문에 상대방이 잠시 멈춰 선 사이 황천도는 낫으로 그의 등을 찍었다. 짧은 비명소리와 함께 춘득이 그대로 꼬꾸라졌다. 황천도는 낫을 고쳐 잡고 상대방의 등에 올라타서 숨통을 끊으려고 했다. 하지만 춘득이 의외로 거세게 저항하면서 옆으로 넘어지고 말았다. 일어나려고 했지만 바닥에 쏟은 피 때문에 자꾸만 발이 미끄러졌다. 그사이에 몸을 일으킨 춘득이 황천도에게 덤벼들었다.

"이놈!"

위에 올라탄 춘득에게 목이 졸린 황천도는 발버둥을 쳤지만 자꾸만 의식이 사라져갔다. 하지만 마지막 순간, 이렇게 끝날 수 없다는 생각에 기운을 차리고는 쥐고 있던 낫으로 춘득의 등과 옆구리를 마구 찍었다. 그러자 목을 죄던 손아귀의 힘이 차츰 빠져나갔다. 결국 온몸이 피투성이가 된 춘득이 신음 소리를 내면서 옆으로 넘어졌다. 겨우 몸을 일으킨 황천도는 마구 낫을 휘둘렀다. 일어나려고 하던 춘득은 등을 연거푸 찍히자 더이상 움직이지 못했다. 하얀 도포가 순식간에 피로 물들어버렸다.

하마터면 죽을 뻔했던 황천도는 피 묻은 낫을 던져버리고 쓰러진 그를 뒤집어서 품속을 뒤졌다. 소매 안에는 돈이 든 묵직한 주머니가 있었고, 품속에는 두툼한 봉투가 있었다. 몸을 샅샅이 뒤지다가 저고리에 달린 작은 주머니도 찾아내서 떼어내는데 죽은 줄 알았던 춘득이 갑자기 눈을 뜨고 외쳤다.

"아, 아버지!"

놀란 황천도는 옆에 던져버린 낫을 움켜쥐었다. 하지만 입에서 피거품을 쏟아낸 춘득은 그대로 숨을 거뒀다. 한숨을 돌린 황천도는 돈과 봉투를 챙기고 밖으로 나왔다. 그리고 오두막 옆에 가져다놓았던 항아리를 번쩍 들어서 안에 넣어둔 기름을 골고루 뿌렸다. 기름이 오두막 여기저기에 묻자 황천도는 부싯돌을 꺼내서 툭툭 쳤다. 손이 마구 떨리는 바람에 몇 번이고 부싯돌을 켜야만 했다. 결국 불똥이 튄 기름에서 불길이 치솟았다. 확 치솟은 불길이 삽시간에 오두막을 집어삼키자 황천도는 손으로 얼굴을 가리고 물러났다. 기세 좋게 타오르는 불길을 바라보던 그는 오두막 뒤편의 구덩이로 향했다. 원래는 구덩이 안에 묻혀 있는 강은태도 불에 태울 생각이었지만 어쩐지 그러고 싶지 않았다. 물끄러미 바라보고 있자니 불길에 못 이긴 오두막이 무너져버렸다.

황천도는 주머니와 봉투들을 돌 위에 올려놓고 하나씩 열어 봤다. 예상했던 대로 봉투 안에는 속환이 되었다는 문서와 천 냥짜리 어음이 들어 있었다. 그리고 저고리 안의 작은 주머니에는 종이에 싼 환약 몇 개와 여비로 쓸 은자 스무 냥, 그리고 속환사를 따라왔다는 문서들과 편지들이 들어 있었다. 봉투와 주머니, 그리고 옷이 든 보따리를 챙긴 그는 아까 들고나온 낫을 집어들었다. 그리고 천천히 오른쪽 뺨에 그었다. 살이 찢어지는 소리와 함께 피가 빗방울처럼 바닥에 떨어졌다. 피 묻은 낫을 불타는 오두막에 던진 황천도는 가지고 있던 옷가지로 뺨의 피를 닦아내고는 후르사의 농장으로 돌아갔다. 미리 말을 맞춰놓은 대로 농장의 노예들을 모두 밖으로 내보낸 후르사는 혼자 돌아오는 황천도를 보고는 히죽 웃으며 안채로 들어갔다.

"해치웠어?"

고개를 끄덕거린 황천도는 천 냥이 든 주머니와 어음을 건넸다. 신이 난 후르사가 탁자 위에 돈을 쏟아서 세어보고는 손뼉을 쳤다.

"천 냥 맞네. 그리고 이건 천 냥짜리 어음이고."

“만약 누가 찾아오면 저 둘이 함께 떠났다고 하시구려. 그리고 혼자 남은 나는 상심에 못 이겨서 오두막에 불을 지르고 자살했다고 말이오.”

돈을 도로 주머니에 쓸어담은 후르사가 대꾸했다.

“그러다마다.”

황천도는 신이 난 표정을 짓던 후르사의 멱살을 잡아서 눈앞으로 끌고 왔다.

“만약 이 일이 들통나면 네가 시킨 짓이라고 하겠어.”

“걱정 말라고. 나머지 천 냥을 받으려면 자네, 아니 강은태가 무사히 돌아가야 하니까.”

일이 끝났다는 생각에 긴장감이 풀린 황천도는 숨을 돌렸다. 어제 갑작스러운 분노에 휩싸여 강은태를 죽이고 나서 죽을 생각으로 후르사에게 왔었다. 하지만 칼날이 번뜩이는 빛을 보는 순간 다른 생각이 떠올랐다. 죽은 강은태로 위장해서 조선으로 돌아가는 것이다. 일단 후르사는 돈을 받을 수 있다는 생각에 눈을 감아주기로 했다. 문제는 그를 모시러 온 춘득이었다. 결국 오두막으로 유인해서 죽인 다음 흔적을 없애겠다고 하자 후르사는 적지 않게 놀란 눈치였다. 어쨌든 큰 고비는 넘긴 셈이었다. 의자에서 일어난 그가 말했다.

“잘 있으시오.”

"근데 조선에 돌아가서 그자 흉내를 낼 수 있겠어?"

"이십 년 가까이 지내면서 매일 들은 게 가족이랑 집안 얘기야."

그가 차갑게 대꾸하자 후르사가 어깨를 으쓱거렸다.

"하긴, 둘이 형제처럼 붙어다녔지. 잘해보라고."

얘기를 마친 황천도는 보따리와 갓을 챙겼다. 그러자 후르사가 주머니에서 열 냥을 꺼내서 건넸다.

"여비에 보태."

가볍게 고개를 숙인 그는 돈을 챙겨서 안채를 나섰다. 대문을 향해 걸어가는데 등뒤에서 후르사가 물었다.

"난 솔직히 네놈에게 그런 구석이 있을 줄 몰랐다. 어떻게 이십 년 동안 형제처럼 지내던 동료를 죽일 생각을 한 거야?"

걸음을 멈추고 돌아선 황천도는 곰곰이 생각하다가 대꾸했다.

"나도 가야 할 고향이 있으니까."

저택을 나온 황천도는 심양성으로 들어섰다. 상처를 낸 오른쪽 뺨은 여전히 아팠지만 자유로워졌다는 기쁨이 고통을 압도했다. 가끔 농장에서 기른 채소를 심양성 안의 시장에 팔러 갈 때 들르던 곳이라 어느 정도는 익숙했다. 아직 역질이 돌고 있는 탓에 거리에는 오가는 사람들이 적었다. 황천도는 지나가던 조선인에게 심양관의 위치를 물었다. 조선식으로 지어진 심양관은 커다란 전각이 두 개 보였는데 하나는 세자가, 다른 하나는 동생인 대군이 머물 곳이라고 했다. 심양관 주변에는 세자와 대군을 따라온 신하들이 머무는 집들이 한창 지어지는 중이었다. 담장 중간에 난 문은 벙거지에 더그레 차림의 문졸(門卒: 관청에 딸린 하졸들 중에 문을 지키는 일을 하는 자)이 지키고 있었다. 심양관 주변에는 속환사를 따라온 가족들과 속환된 자들이 구름처럼 몰려 있었다.

심양관을 둘러보고 발걸음을 돌린 황천도는 일부러 조선인이 없을 만한 객잔(客棧: 중국의 여관으로 상인들과 여행자들이 머물던 곳이다)을 골라서 들어갔다. 붉은 글씨가 새겨진 현판 아래 달아놓은 붉은색 호롱들이 바람에 이리저리 날렸다. 현관 앞에 쭈그리고 앉아 있던, 스무 살 남짓하고 비쩍 마른 점소이(심부름꾼)가 눈살을 찌푸리면서 서툰 만주어로 말했다.

"고려 거지! 썩 꺼져!"

황천도는 품속에서 은자 한 냥을 꺼내서 점소이에게 던졌다.

"조용한 방을 하나 다오. 깨끗하게 목욕도 할 수 있는 곳으로."

어안이 벙벙해진 점소이는 은자를 꽉 움켜쥐고는 코가 땅에 닿도록 인사했다.

"뒤뜰 쪽에 조용하고 깨끗한 방이 있습니다요. 따라오시지요."

점소이를 따라 뒤뜰에 딸린 방으로 들어간 황천도는 들고 온 갓과 보따리를 침상에 던졌다.

점소이가 공손하게 기둥 옆 문을 가리켰다.

"저쪽에 목욕통이 있는 방이 있습니다. 곧 따끈한 물을 준비하겠습니다. 함께 목욕할 계집이 필요하십니까? 조선 여자가 있습니다만……"

"혼자 하겠다."

황천도가 거절하자 점소이는 눈치를 쓱 살피고는 말했다.

"오른쪽 뺨에 상처가 나신 모양입니다. 솜씨 좋은 의원이 있는데 부를까요?"

"조금 생각해보고 말해주마."

"알겠습니다. 물이 준비되면 알려드리겠습니다."

공손하게 얘기한 점소이가 물러나자 황천도는 입고 있던 호복을 벗어버렸다. 잠시 후, 기둥 옆 문 쪽에서 헛기침 소리와 함께 점소이가 물이 준비되었다고 말하는 소리가 들렸다. 혼자 씻겠다고 얘기한 황천도는 알몸으로 따뜻한 물에 몸을 담갔다. 온몸이 녹아내릴 것 같은 노곤함이 몰려오자 저절로 눈이 감겼다. 널빤지로 만든 목욕통 안에 담긴 뜨거운 물에서 나온 허연 김이 방안을 가득 메웠다. 변발을 푼 황천도는 두 손으로 뜨거운 물을 퍼서 얼굴을 적셨다. 오른쪽 뺨의 상처가 욱신거렸지만 꾹 참고 머리를 뒤로 젖혔다. 뺨을 타고 흘러내리는 뜨거운 물줄기 사이로 눈물이 섞여서 흘러내렸다. 뜨거운 물로 몸과 눈물을 씻어낸 황천도가 목욕통 밖으로 나오자, 문밖에서 기다리고 있던 점소이가 명주 천으로 몸을 닦아주고 도포 입는 것을 도와줬다. 도포를 입은 그가 점소이에게 은자 한 냥을 더 건네주면서 말했다.

"거울을 좀 구해오너라. 그리고 머리를 다듬어줄 조선인 이발사를 찾아오너라. 뺨에 난 상처를 치료해줄 의원도 불러오고."

"알겠습니다요."

점소이가 가져온 거울은 기녀가 쓰던 것인지 은은한 향냄새가 났다. 뚜껑을 열고 거울을 들여다보자 낯설고 거친 얼굴이 도드라졌다. 손가락으로 뺨을 문지르자 거울 속의 얼굴이 일그러졌다. 코를 잡아당겨보고 귀도 흔들어봤다. 지금까지는 황천도지만 앞으로는 강은태로 살아야만 했다. 뚜껑을 닫고 침상 위에 올려놓은 춘득의 짐을 하나하나 살펴봤다. 저고리의 봉투 안에 든 문서들 사이에서 집으로 보내는 간찰이 나왔다. 어제 도련님을 만났는데 고생을 심하게 했는지, 오른쪽 뺨에 상처가 있는 걸 보면 당사자가 분명한데 말이 어눌하고 헐벗은 차림이라 가슴이 아팠다는 내용이었다. 출발 전에 보내려고 초안을 급히 잡은 것 같았다. 역시 오른쪽 뺨에 난 상처를 가지고 찾고 있는 사람이 맞는지 확인한 것이다. 간찰이 담긴 봉투에는 강은태가 돌아가야 할 집의 주소가 적혀 있었다.

"새문동(塞門洞: 오늘날의 신문로 2가 일대) 어영대장 댁."

노잣돈으로 쓸 은자들을 따로 챙긴 그는 때마침 이발사를 불러온 점소이에게 지필묵을 부탁했다. 한 손에 나무통을 든 늙은 이발사는 구부정한 걸음으로 들어와서는 인사를 했다.

"부르심을 받고 왔습니다."

"변발을 풀고 머리를 다듬을 수 있도록 봐주게."

"알겠습니다."

의자를 갖다놓고 앉은 황천도의 변발을 살펴본 늙은 이발사가 말했다.

"일단 최대한 짧게 자른 후에 배코(상투를 틀기 위해서 정수리 부분을 짧게 자르는 것을 말한다)를 칠 수 있을 만큼 기다리는 게 좋겠습니다."

"그렇게 하게."

황천도의 허락이 떨어지자 늙은 이발사는 들고 온 나무통에서 날이 시퍼런 칼과 가위들을 꺼내서 변발을 자르고 머리를 다듬었다. 서걱거리는 가위 소리 사이로 늙은 이발사의 씨근덕거리는 숨소리가 들려왔다.

"속환되신 겁니까, 나리?"

조심스러운 물음에 황천도는 나지막하게 대답했다.

"그렇다네. 자네는 언제 여기 왔는가?"

"정묘년에 황해도 수안에서 잡혔습지요. 다음해에 동생과 함께 도망쳤다가 저만 살아서 고향으로 돌아갔는데 3년 만에 다시 돌아왔습니다."

"다시 돌아오다니?"

황천도의 물음에 늙은 이발사는 이빨이 다 빠진 잇몸을 드러내며 웃었다.

"천신만고 끝에 돌아와보니 마누라도 죽고 자식 놈은 어디로 갔는지 사라져버렸지요. 일가친척들도 죄다 가난뱅이라 도저히 살 수가 없어서 결국 도망자들을 쇄환할 때 제 발로 돌아왔습니다요. 다행히 주인이 늙고 병들어서 쓸모가 없다고 풀어줘서 이렇게 머리를 다듬어주면서 먹고살고 있습지요."

짧은 이야기에 담긴 험난한 세월 앞에 황천도는 아무 말도 할 수 없었다. 강은태로 꾸미고 조선으로 돌아간 다음 아버지와 함께 종적을 감출까도 생각했었다. 하지만 낯선 곳에 가서 돈이 떨어지면 늙은 이발사처럼 오갈 데가 없어질 게 뻔했다. 다시 심양으로 돌아온 조선인 이발사가 머리를 다듬는 동안, 황천도는 강은태로 살아가기로 마음을 완전히 굳혔다. 머리를 다듬어준 이발사가 가위와 칼을 챙기면서 말했다.

"심양관 근처에 가면 변발을 자른 머리를 가려줄 망건(網巾: 상투를 틀 때 머리카락이 흘러내리지 않도록 이마에 두르는 것)을 만드는 이들이 있을 겁니다."

"수고했네."

"고향에 돌아가시는 걸 감축드리옵니다."

무덤덤한 목소리로 얘기한 늙은 이발사가 미닫이문을 열고 밖으로 나갔다. 이발사가 나가자 밖에서 기다린 점소이가 들어왔다.

"의원이 방금 도착했습니다. 부를까요?"

황천도는 대답 대신 고개를 끄덕거렸다. 잠시 후, 문을 열고 들어온 것은 변발을 한 명나라 사람이었다. 영원성에서 의원 노릇을 하다가 포로로 잡혀왔다고 신세 한탄을 한 그는 능숙한 손놀림으로 뺨의 상처에 약을 발라주었다. 치료가 끝나고 의원이 물러나자 기다리고 있던 점소이가 지필묵을 가지고 들어왔다.

"저녁은 어찌하시겠습니까? 우리 객잔은 오리구이가 일품입니다요."

지필묵을 받아서 탁자 위에 놓은 황천도가 말했다.

"방에서 오리구이에 술을 한잔 하겠다. 아까 그 이발사 노인에게도 오리구이 한 마리와 술을 주거라."

"그리하겠습니다."

점소이가 물러가고 혼자 남은 황천도는 종이를 펴고 붓을 들었다. 집으로 보낼 간찰을 한 통 쓰고, 남은 종이로 이름을 적은 명지를 만들었다. 강은태와 오랫동안 있으면서 양반들의 풍습을 듣던 중에 명지에 대한 기억을 떠올린 것이다. 그러고 나서 저녁이 들어올 때까지, 그에게 들었던 가족 얘기들을 곰곰이 되새기면서 머릿속에 정리했다.

다음날, 아침 일찍 객잔을 나선 황천도는 심양관으로 갔다. 늙은 이발사의 말대로 심양관 주변에는 망건을 비롯해 선비가 입어야 할 옷가지들을 파는 장사치가 진을 쳤다. 변발을 감출 수 있는 망건을 하나 산 황천도는 주변을 둘러봤다. 심양관 주변에는 조선인들이 가득했다. 그들을 헤치고 문 앞으로 간 황천도는 문졸에게 명지를 건넸다.

"속환사 어른을 뵙고 싶네."

명지를 공손히 받은 문졸이 대답했다.

"세자 저하를 모시고 표문(表文: 조선이 청나라 황제에게 바치는 글)을 바치러 호조에 들어가셨습니다. 부사 나리는 안에 계십니다."

"그럼 그분께 이걸 드리게."

명지를 가지고 심양관 안으로 들어간 문졸은 잠시 후 돌아와서 말했다.

"안으로 드시랍니다."

문졸을 따라 안으로 들어간 황천도는 별채로 안내되었다. 탁자에 앉아서 문서들을 들여다보고 있던 부사가 안으로 들어선 그를 보고는 맞은편 자리를 가리켰다. 사십대로 보이는 그는 융복 차림에 흑립을 쓰고 있었다.

"어서 오게. 어영대장을 지낸 헌동의 외동아들이라고?"

"규헌이라고 합니다."

강은태에게 들었던 호를 기억해낸 그가 조용히 말하고는 의자에 앉았다. 그리고 소매에서 문서들을 꺼냈다.

"저를 속환시키기 위해서 왔던 겸인이 역질에 걸려서 쓰러져버렸습니다."

"저런. 역질이 심하게 돌아서 속환된 피로인들 중에도 죽어가는 자들이 많다네."

혀를 찬 부사가 산더미처럼 쌓인 문서들을 보고는 한숨을 쉬었다.

"속환가가 너무 높아져버렸네. 밖에서는 매일 원속인(願贖人: 가족들을 속환하기 위해서 심양에 온 사람들)이 아우성일세. 자네는 그나마 운이 좋다고 생각하게."

"언제 조선으로 돌아가시옵니까?"

조심스러운 그의 물음에 부사는 얼굴을 찡그렸다.

"원래 계획은 사흘 후지만 속환이 마무리되지 않아서 더 지체될 것일세."

"그럼 저는 숙소에서 겸인의 병세를 돌보겠습니다."

"그리하게. 명지 뒤에 머물고 있는 객잔의 이름을 써주면 사람을 시켜서 알려주겠네."

붓을 든 황천도는 명지 뒤에 머물고 있는 객잔의 이름을 썼다. 그리고 소매에서 봉투를 하나 꺼냈다.

"집으로 갈 간찰을 하나 썼는데 보내주실 수 있으신지요?"

"비변사의 차사원(差使員: 중요한 임무를 띠고 외지로 파견된 관리)이 내일 한양으로 떠나네. 그편에 보내겠네."

"감사하옵니다."

봉투를 넘겨받은 부사는 무미건조한 목소리로 말했다.

"돌아가서 푹 쉬게. 그동안 고생 많았네."

짧고 의례적인 순간이지만 긴장을 풀 수 없었다. 하지만 부사는 별다른 의심 없이 춘득의 부재를 넘어갔고, 그가 강은태를 죽이고 대신하고 있다는 사실도 눈치채지 못했다. 일단 첫번째 고비는 넘겼다는 생각에 안도의 한숨을 돌리며 심양관 밖으로 나온 그는 문졸에게 떠밀려서 나뒹구는 늙은 양반을 보았다. 몇 번이나 넘어졌는지 흑립은 다 찌그러졌고 옷도 흙투성이였다.

"이놈들아! 세자 저하를 보겠다는데 왜 막느냐!"

"어허, 감히 어딜 들어간다고 그러슈. 심양관에서 원속인들은 들이지 말라는 엄명이 내렸소이다."

문졸이 짜증난다는 표정으로 대꾸했지만 늙은 양반은 필사적으로 매달렸다.

"속환가가 너무 치솟았단 말이다. 심양관에서 보증을 서주면 된다고 해서 왔는데 이리 박대한단 말인가."

"아이고, 처음에 그 말 믿고 보증을 섰는데 돌아가서 입 닦은 사람이 한둘이 아니오. 지금도 용골대랑 마부대가 매일같이 세자 저하께 밀린 돈 갚으라고 닦달을 해대는데 어찌 또 보증을 선단 말입니까. 돌아가서 다른 방법을 찾아보시오."

문졸의 얘기를 들은 늙은 양반은 체면도 잊고 그대로 땅바닥에 주저앉았다.

"말도 안 통하는 이역만리에서 무슨 방법을 찾는단 말이냐? 아들을 찾지 못하면 살아 돌아가지 않을 것이다."

혀를 찬 문졸이 통곡하는 늙은 양반을 곤혹스러운 눈으로 바라봤다. 황천도는 울고 있는 양반의 곁을 지나서 객잔으로 돌아갔다. 심양의 남문 밖 벌판에서 역질로 죽은 자들을 태운 연기가 성벽 위로 치솟는 게 보였다.

속환사의 출발은 계속 미뤄졌다. 높은 속환가를 마련하지 못한 원속인들이 결사적으로 매달린 탓이다. 결국 7월 7일이 되어서야 심양을 떠날 수 있었다. 속환사 신계영과 함께 속환된 6백 명의 조선인과 그 가족들이 따랐다. 그리고 뒤에는 더 많은 포로들이 남겨졌다. 남겨두고 가지 말라는 절규는 심양강 건너편까지 도달했다. 객잔에 머물고 있던 그는 봉황성까지 가는 조건으로 말 한 필과 고삐를 잡고 가는 말구종을 구해서 행렬에 합류했다. 그동안 역병을 앓던 춘득이 결국 죽고 말았다는 내용의 간찰을 한 통 더 써서 보낸 것 외에는 객잔에 틀어박혀서 강은태가 되기 위한 준비를 했다. 그의 말투와 버릇을 흉내내는 것은 물론 가족에 관해서 들었던 것들을 필사적으로 떠올렸다. 오랜 헤어짐이라는 방패가 있긴 하지만 그것만 믿을 수는 없었다. 속환사를 선두로 하는, 거의 천 명에 달하는 행렬은 느리게 남쪽으로 향했다. 다들 고향에 돌아간다고 기뻐했지만 장옷을 쓴 여인들의 표정은 밝지 못했다. 그들에게는 귀환은 또다른 고통의 시작일 것이기 때문이다.

상봉

—인조 15년(1637년) 7월, 한양

의주로(義州路: 조선시대 대표적인 도로 중 하나로, 한양에서 의주를 통해 중국으로 이어지는 길)를 따라가던 속환 행렬은 홍제원을 지나 무악재를 넘어서 새문에 당도했다. 그사이 몸을 더럽힌 치욕을 씻는다면서 스스로 목을 매거나 강물에 빠져 죽은 여인이 적지 않았다. 국경을 넘으면서 새로 말을 빌리고 말구종을 조선인으로 바꾼 황천도는 강은태로 살아갈 준비를 거듭했다. 마지막 순간까지 그냥 종적을 감춰버릴까 하는 생각을 했지만, 애써 도망쳤다가 먹고살 길이 없어서 심양으로 돌아왔다는 늙은 이발사의 얘기가 발목을 잡았다. 한양이 가까워질수록 불안감이 커져만 갔어도 견디기로 결심했다. 언덕 중턱에 자리잡은 새문 밖에 줄지어 선 가족들을 본 속환인들은 하나둘 울기 시작했다. 말에 탄 황천도의 가슴도 뜨거워지면서 눈시울이 붉어졌다. 속환사 일행은 그대로 새문 안으로 들어갔지만 속환된 이들은 성문 밖에서 가족들과 눈물의 상봉을 했다. 말을 탄 채 천천히 사람들 사이를 지나가던 그는 침을 꿀꺽 삼켰다. 처음 볼 때 못 알아본다면 일이 엄청나게 잘못될 수 있기 때문이었다. 조심스럽게 사람들을 살피던 그가 소리쳤다.

"멈추게."

그러자 말구종이 고삐를 당겨서 말을 멈춰 세웠다. 말안장에서 내린 황천도는 가족들을 얼싸안고 울부짖는 사람들을 헤치고 앞으로 나아갔다. 표식이 있는 건 아니었지만 틀림없었다. 붉은색 철릭에 전립을 쓰고 환도를 찬 늙은 사내가 서서 황천도를 바라봤다. 검버섯과 주름으로 가득한 일흔이 넘은 얼굴은 환희와 죄책감, 그리고 기쁨이 마구 뒤엉켜 있었다. 강은태는 가문의 영달을 위해 외아들인 자신을 전쟁터로 보낸 아버지 강철견에 대해서 종종 얘기했다. 아마 다시 만나면 기뻐하면서도 미안해할 것이라며 눈물을 삼키던 기억을 떠올린 황천도는 확신을 가지고 그 앞으로 나아갔다. 그가 다가가자 강철견은 주름진 손으로 그의 오른쪽 뺨을 만졌다. 그가 낫으로 낸 상처를 손가락으로 더듬던 강철견은 어린아이처럼 통곡했다.

"아들아! 미안하다."

황천도는 무릎을 꿇고 절을 올렸다. 고개를 들려고 하는데 저절로 울음이 터졌다. 그곳에서도 가족과 고향 이야기의 끝은 늘 눈물이었다. 눈물로 범벅이 된 얼굴을 들자 강철견이 그를 힘껏 끌어안았다.

"내 나이가 이제 칠십이라 북망산에 가서 너를 다시는 못 볼 줄 알았다. 살아 돌아와서 정말 고맙다. 정말 고마워."

눈물로 가득한 강철견의 눈이 황천도를 한없이 바라봤다. 그는 힘껏 끌어안으면서 말했다.

"아버지!"

도포의 어깨에 강철견의 눈물이 떨어지는 게 느껴졌다. 한참을 그렇게 끌어안고 있다가 정신을 차리자 주변 풍경이 눈에 들어왔다. 사인교(四人轎: 네 명이 메는 가마로 사방이 막혀 있다) 앞에는 또래의 여인이 장옷을 든 여종과 함께 서 있었다. 얹은머리를 하고 꼭 끼는 반회장(半回裝: 소매와 깃, 끝동을 다른 색, 주로 붉은색이나 남색 천으로 덧댄 것)저고리에 항아리처럼 부푼 붉은색 치마 차림이었다. 약간 찢어진 눈매와 오뚝한 콧날이 만만치 않은 성격이라는 점을 보여줬다. 한 손으로 치마를 쥔 그녀는 아버지와 껴안고 있던 그와 눈이 마주치자 살며시 조심스럽게 시선을 돌렸다. 그녀의 시선이 흘러간 쪽에는 중치막(中致莫: 사대부부터 평민까지 즐겨 입었던 겉옷으로, 겨드랑이가 트여 있어서 움직이기 편했다) 차림의 노인이 한 명 서 있었다. 조충도 집안의 겸인이자 죽은 춘득의 아버지 고가수였다. 강철견의 품에서 빠져나온 황천도는 부인과 가볍게 눈인사를 나누고는 고가수 앞에 섰다. 계속 그의 주변을 살피던 고가수는 아들의 모습이 보이지 않자 어찌할 바를 몰랐다.

"미안하네……"

"저, 정말 제 아들이 돌아오지 못한 겁니까? 아이고, 아이고, 내 아들아!"

땅바닥에 주저앉은 고가수가 통곡했다. 젊은 시절 아버지와 자신을 무던히도 무시하고 괴롭히던 그였지만 눈물을 보이는 모습은 짠했다. 그는 소매에서 작게 접은 봉투를 꺼내서 건넸다.

"춘득이의 머리카락일세. 이걸로 장례를 치르시게나."

봉투를 품에 안은 고가수는 여전히 일어나지 못하고 울었다. 황천도도 그 앞을 떠나지 못하자 강철견이 다가왔다.

"춘득이는 어쩌다 그리되었느냐?"

"때마침 심양에 역질이 심하게 돌았습니다. 청나라 황제도 출정했다가 한밤중에 몰래 돌아올 정도로 심했는데 그만 그 병에 걸린 모양입니다. 첫날 만났을 때는 괜찮았는데 함께 객잔에 머문 날부터 각혈을 심하게 하고 고열에 시달렸습니다. 서둘러 의원을 불렀지만 병세가 워낙 위중해서 이틀을 넘기지 못했습니다."

"저런."

강철견이 혀를 찼다.

"어떻게든 시신을 수습하려고 했지만 역질에 걸려 죽은 시신을 성안에 놔둘 수 없다고 해서 서둘러 가져가버렸습니다. 겨우 머리카락을 조금 잘라서 보관할 수 있었습니다."

얘기를 들은 강철견이 그의 어깨를 다독거렸다.

"일단 집으로 돌아가자꾸나."

황천도는 강철견과 함께 새문 안으로 들어갔다. 그러면서 부인을 힐끔 쳐다봤는데 가마 안으로 들어가는 뒷모습이 보였다. 한양은 아직 전쟁의 상처가 가시지 않았다. 큰길가의 집들은 모두 부서지거나 불탄 흔적이 역력했고, 백성들은 무너진 담장에 거적이나 나뭇가지를 덮어놓았다. 구걸하는 사람들의 모습도 적지 않았다. 그 광경을 본 황천도는 목이 메었다.

"아직……"

"그나마 나아진 거다. 주상 전하께서 삼전도에서 돌아오셨을 때는 거리에는 온통 해골뿐이었단다."

터벅터벅 걷던 강철견이 긴 한숨과 함께 대답했다. 그리고 힘없이 덧붙였다.

"모든 게 멈춰버렸다. 관청은 서리들이 모두 잡혀가거나 도망쳐서 텅 비어버렸고, 관료들도 뿔뿔이 흩어져버렸지. 환궁한 주상 전하의 수라상도 제대로 챙기지 못할 지경이었다면 상황을 짐작할 수 있겠지?"

황천도는 대답 대신 고개를 끄덕거렸다. 그리고 무심코 거리를 살피다가 깜짝 놀랐다. 길가에 지게를 짊어지고 서 있는 진짜 아버지, 황음치를 발견했기 때문이다. 허옇게 센 머리카락에 구부정한 모습으로 서 있던 황음치는 반쯤 입을 벌린 채 새문 안으로 들어온 속환인들을 한 명 한 명 바라보는 중이었다. 혹시나 돌아올지 모르는 아들을 기다리고 있는 것 같았다. 하마터면 무너질 뻔했던 그는 흑립으로 얼굴을 가리고 앞을 지나갔다.

집은 이제는 야주개(夜照峴: 경희궁 앞 당주동과 신문로 1가 사이의 낮은 언덕을 가리킨다) 언덕이라고 불리는 고개 중턱에 있었다. 새문 거리와 경복궁 사이에 위치한 탓인지, 거리와 접한 다른 집들처럼 완전히 불타거나 무너지지 않았다. 솟을대문의 문짝이 사라지고 담장 군데군데가 무너진 게 전부였다. 앞장선 강철견이 말했다.

"조상님이 도우셨는지, 앞쪽 집까지는 불에 타버렸는데 우리 집은 이 정도에 그쳤다. 들어가자꾸나."

안으로 들어가자 사랑채와 담장, 그리고 안채로 이어지는 중문이 보였다. 짐을 정리하던 노비들이 들어서는 그를 보더니 일제히 두 손을 모으고 코가 땅에 닿도록 인사를 했다. 집이 낯설었지만 다행히 몇 년 전에 이사를 온 곳이라 진짜 강은 태도 모를 수밖에 없었다. 사랑채로 그를 이끈 강철견이 댓돌 위에 신발을 벗으면서 말했다.

"생각 같아서는 크게 잔치라도 베풀고 싶지만 온 나라가 슬픔과 비통함에 젖어 있는데 그럴 수 없었다."

"별말씀을요."

짧게 대꾸한 황천도도 댓돌 위에 신발을 벗고 사랑방으로 들어갔다. 그리고 붉은색 비단에 솜을 채운 보료에 앉은 강철견 앞에 무릎을 꿇었다.

"절을 올리겠습니다, 아버님."

다시 절을 올리고 방석 위에 앉자 회한에 가득 찬 강철견의 얼굴이 보였다.

"내 너를 너무나 고생시킨 것 같구나. 19년씩이나 낯선 땅에서 얼마나 고생이 많았느냐."

"한나라 무제의 사신 소무는 흉노 왕의 신하가 되는 것을 거절하고 쥐와 풀뿌리로 연명하면서도 절개를 지켰습니다. 소인이 비록 소무에 비할 바는 아니지만 조선의 사대부이옵니다. 나라를 위해서 젊음을 바친 것을 어찌 고생이라 하겠습니까."

황천도의 말에 강철견이 흡족한 표정을 지었다.

"역시 절개와 충의를 잊지 않았구나. 내 오늘은 너와 함께 밤새워 얘기를 나누고 싶구나."

그때 사랑방의 분합문이 열리고 찻잔과 주전자가 놓인 쟁반을 든 부인이 들어왔다. 보료 앞의 서안에 쟁반을 내려놓고 찻잔에 차를 따른 그녀가 말했다.

"차를 준비했습니다. 천천히 드시면서 말씀들을 나누시지요."

"고맙다. 네 생각을 하면 일찍 보내야겠지만 오늘만 양보하거라."

강철견의 얘기에 부인은 별다른 표정의 변화 없이 고개를 숙이고 밖으로 나갔다. 그러면서 흘끔 눈이 마주쳤지만 역시 내색하지 않았다. 짧은 순간이었지만 그 안에 담긴 완강한 거부감이 느껴졌다. 그럴 리야 없지만 혹시나 가짜라는 걸 눈치채지나 않았는지 걱정스러웠다. 그의 속마음은 짐작조차 못하는 강철견은 찻잔을 들고 향을 음미했다.

"네가 포로로 잡혔다는 소식을 듣고 어미가 상심에 빠져 병석에 누웠다. 시름시름 앓다가 세상을 떠난 이후에 며느리가 이 집안의 일을 도맡아 처리했지."

"참으로 다행입니다."

강철견이 차를 마시는 모습을 본 황천도는 똑같은 자세로 차를 한 모금 마셨다. 찻잔을 내려놓은 그가 황천도에게 그동안 있었던 일들을 얘기해줬다. 강철견은 아들이 자원해서 출정한 것을 인정받아 다시 관직에 나갔다. 그리고 평산부사였던 이귀의 밑에서 반정에 합류하면서 성공가도를 달렸다.

"반정이 있던 날 약속 장소인 홍제원에 무사들이 모이지 않아서 실패할 줄 알았다. 하지만 우여곡절 끝에 숙정문을 부수고 안으로 들어가서 폐주를 몰아낼 수 있었단다."

반정에 가담한 공으로 정사공신(靖社功臣: 인조반정이 성공한 이후 가담한 사람들에게 내린 칭호) 3등에 오른 이후 강철견은 반정을 이끌었던 이귀가 세운 어영군에 들어가면서 어영천총까지 올랐다. 그리고 십여 년 전 나이가 많다는 이유로 관직에서 물러났지만 사람들은 여전히 그를 어영천총이라고 불렀다. 작년 병자년에는 늙은 몸을 이끌고 남한산성으로 들어가서 임금을 모신 탓에, 전쟁이 끝나고 어영대장에 임명되면서 가선대부(嘉善大夫: 종2품의 문무관에게 주는 품계)를 제수받았다. 물론 일흔 살이 넘었다는 이유로 관직에 나아가지 않았지만 그 영예만으로도 충분했다. 정3품 이상의 은퇴한 당상관을 대우해주기 위한

봉조하(奉朝賀)에 임명된 것이다. 글자 그대로 말단 무관직을 전전하던 가문을 일으켜 세웠다. 강은태의 말대로 자식을 발판삼아 관직에 나갔다는 사실을 확인한 황천도는 쓴웃음을 지었다. 자신에 관한 얘기를 한참 하던 강철견은 집안 얘기로 넘어갔다. 친척 이름이라든지 옛날 일들이 튀어나왔지만 강은태에게 들었던 내용들을 기억해내면서 차근차근 대답하거나 아는 척을 하면서 넘어갔다. 다행스럽게도 얼마 지나지 않아서 화제는 부인으로 넘어갔다.

"며느리가 장사 수완이 좋아서 집안을 일으켰단다."

강은태에게서 아내에 관한 얘기를 들은 적이 있었던 그는 가만히 고개를 끄덕거렸다.

"어떤 장사를 했단 말입니까?"

"남초(南草: 담배를 지칭한다. 당시에는 남초, 담바고, 남령초, 연초 등으로 불렸다)를 본 적이 있느냐?"

"청나라 황제가 금령을 내렸기 때문에 대놓고 피우는 자는 없습니다만 많이들 피웁니다."

황천도의 설명을 들은 강철견이 나무로 만든 베개인 퇴침에 달린 서랍을 열어서 안에 든 작은 나무상자를 서안 위에 올려놨다.

"바로 이게 남초다. 요즘은 사랑채에 온 손님에게 차 대신 남초를 주는 집이 점점 늘어난다는구나."

상자를 열자 잘게 썬 잎사귀가 보였다. 손가락으로 살짝 문지른 황천도가 물었다.

"부인이 이걸 판단 말입니까?"

"그렇단다. 부산의 왜인들이 들여온 모양인데 이걸 피우면 가래가 가라앉고 마음이 편안해진다고 해서 앞다퉈 피운단다. 이번에 속환사를 따라간 원속인들 중에서도 이걸 가져가서 속환가를 마련하려고 한 자들이 적지 않았다. 부산의 왜관을 통해서 들여온 왜지삼(倭枝三: 담뱃잎을 잘게 잘라서 가공한 것으로, 담배 전래 초기에는 일본에서 가공한 것을 최고로 쳤다)은 물론이고 비슷하게 만든 향지삼(鄕枝三: 조선에서 담뱃잎을 잘게 잘라서 가공한 것)도 모아서 한양에서 팔고 있단다. 이 집도 며느리가 고른 것이다."

만면에 미소를 띤 강철견의 말에 황천도는 가만히 고개를 끄덕거렸다. 아버지는 밤늦도록 집안 돌아가는 얘기를 들려줬다. 진짜 행세를 해야만 하는 그에게는 귀중한 얘기라서 하나도 빼놓지 않고 들으려고 애를 썼다. 해가 떨어지고 저녁상을 물린 다음에는 곰방대로 남초를 피웠다. 처음에는 눈을 뜰 수 없을 정도로 매워서 눈물을 흘리고 말았다. 그러자 강철견이 껄껄 웃으면서 말했다.

"처음에는 꽤나 매울 거다. 참고 피우면 되느니라."

강철견의 말대로 몇 번 곰방대를 빨자 신기하게도 매운맛이 사라지고 마음이 편안해졌다. 남초를 피우는 와중에도 강철견의 얘기는 끊이지 않았다. 가장 큰 관심사는 역시 관직에 다시 나가는 일이었다. 아직 덜 자란 그의 머리카락을 본 강철견이 말했다.

"일단 머리가 길어서 상투를 틀 수 있을 때까지는 되도록 바깥출입을 삼가는 게 좋겠다."

"그리하겠습니다."

강철견이 심양 시절의 일을 묻자 황천도는 차분한 목소리로 지난 세월을 얘기했다. 그렇게 밤이 깊어질 무렵, 밖에서 헛기침 소리와 함께 말소리가 들려왔다.

"아버지, 저 왔습니다."

그러자 강철견이 말했다.

"호준이냐? 안으로 들어오너라. 형님이 돌아왔느니라."

잠시 후, 사랑방의 분합문이 열리고 스무 살 정도 된 젊은 선비가 들어왔다. 중치막에 흑립 차림의 그는 두 손을 공손히 모으고 절을 한 다음 황천도의 옆에 앉았다. 하얀 살결에 바짝 마른 얼굴에 매부리코를 하고 있어서 날카로운 인상을 주었다.

"부산에서 왜지삼이 늦게 도착해서 지금에야 돌아왔습니다."

"고생했다. 형에게 인사를 올리거라."

강철견의 말이 떨어지기가 무섭게 벌떡 일어난 젊은 선비가 몇 걸음 뒤로 물러나서 큰절을 올렸다.

"어릴 때부터 말씀을 많이 들었습니다. 이렇게 돌아오시니 기쁘기 그지없습니다, 형님."

황천도는 강은태에게서 들은 집안 얘기들을 다시금 떠올려 봤지만 도통 눈앞의 젊은 선비에 대해서는 들은 기억이 없었다. 혹시나 의심을 품고 시험하는 게 아닌가 싶어서 덜컥 겁이 났다. 다행히 강철견이 젊은 선비를 소개했다.

"아마 본 것은 처음일 것이다. 네 서제(庶弟: 어머니가 다른 남동생) 호준이니라."

그때서야 강은태에게서 출정 직전 어머니가 외아들을 전쟁터로 나가는 것과 남편이 다른 곳에서 낳은 자식을 집안에 들이는 것을 몹시 서운해했다고 한 얘기가 떠올랐다. 황천도는 활짝 웃으면서 강철견을 돌아봤다.

"삭주부사로 계실 때 낳았다는 아이가 이 아이입니까? 이리 장성했으리라고는 생각도 못했습니다."

"그래. 싹싹하고 머리도 좋아서 집안일을 잘 챙겨주었느니라……"

강철견의 말끝이 흐려졌다. 아마 서자가 아니었다면 과거 시험을 볼 수 있도록 밀어줬을 것이라는 말을 하고 싶었으리

라. 그의 얘기를 듣는 척하면서 이호준을 훔쳐봤다. 시선이 닿아 있음을 의식했는지, 표정의 변화는 없었지만 성마른 턱이 가만히 흔들리는 게 느껴졌다. 서자라고는 하지만 맏아들 노릇을 했다가 밀려날 판국이니 좋아할 리는 만무했다. 하지만 이호준은 별다른 내색을 하지 않은 채 그가 돌아온 것을 축하했다. 잠깐 얘기를 나눈 그가 물러난 후 강철견은 술을 들이라고 명했다. 그리고 일렁거리는 등잔불을 벗삼아 새벽녘까지 얘기를 나눴다. 마침내 술에 취한 강철견이 퇴침에 머리를 대고 눕자 황천도는 조심스럽게 몸을 일으켜서 사랑방 밖으로 나왔다.

어둠에 잠긴 저택이 보였다. 늦은 밤이어서 그런지 인기척이 느껴지지 않았다. 밖으로 나오기는 했지만 어떻게 해야 할지 갈피를 잡지 못했던 그는 등뒤에서 들리는 인기척 소리에 고개를 돌렸다. 남색 치마저고리 차림의 앳된 계집종이 졸음이 가득한 얼굴로 황천도를 바라봤다. 아까 부인의 장옷을 들고 가마 옆에 서 있던 그 계집종이었다.

“아씨께서는 안채에 계십니다. 말씀이 끝나시면 작은사랑으로 모시라고 하셨습니다.”

“알겠다.”

안채로 오라고 할 줄 알았던 그는 뜻밖의 얘기를 듣고 당황했다. 하지만 오히려 잘됐다는 생각이 들었다. 계집종은 사방등(四方燈: 사각형의 틀에 촛불을 넣고 들고 다닐 수 있도록 만든 등불)을 들고 종종걸음으로 작은사랑으로 안내했다. 대문을 열고 들어서면 오른쪽에 기역자로 자리잡은 큰사랑의 뒤편에 안채와 담장 하나를 사이에 둔 작은사랑의 처마에는 청사초롱이 환하게 빛나고 있었다.

"안에 이불을 펴놨습니다. 편히 쉬십시오."

황천도는 인사를 하고 돌아서는 계집종에게 물었다.

"네가 집사람의 안잠자기냐?"

"향월이라 하옵니다."

향월이라는 이름을 듣는 순간, 그는 오랫동안 잊고 있었던 한 여인의 이름이 떠올랐다. 분합문을 열고 작은사랑 안으로 들어서자 이불과 요가 깔려 있는 게 보였다. 도포를 벗어서 횃대에 걸어놓은 그는 이불 속으로 들어갔다. 축축하게 젖은 흙 냄새도 나지 않았고, 빨지 않은 이불에서 풍겨오는 악취도 느껴지지 않았다. 이불 속에 들어가서 퇴침을 베고 눕자 참았던 피곤함이 몰려왔다. 편히 쉬라는 향월이의 목소리와 함께 밖의 등불이 사라져갔다. 홀로 남아서 어둠 속에 누운 그는 잠들기 전 천장을 올려다봤다. 무늬가 들어간 종이를 바른 천장이 보였다. 이곳이 어디인지 곰곰이 생각하는데 잠이 찾아왔다. 낯선 곳에서 낯선 사람으로서 살아가야 하는 첫날 밤이 지나갔다.

다음날 눈을 뜬 그는 발치에 놓인 모시 저고리와 바지, 그리고 망건을 봤다. 늦게 눈을 뜬 탓인지 강철견은 이미 외출한 상태였다. 그가 일어날 기미를 보이자 향월이가 미음을 가져다주었다. 황천도는 미음이 올려진 개다리소반을 놓고 물러나는 그녀에게 물었다.

"부인은 무얼 하고 있느냐?"

"탕약을 달이고 계시는 중입니다."

아무것도 하지 않았는데 누군가 먹을 것을 가져다준다는 게 신기했다. 미음을 깨끗하게 비운 그는 모시로 된 저고리와 바지를 입었다. 얼마 후, 부인이 탕약이 든 그릇을 들고 방안으로 들어왔다.

"편히 주무셨습니까, 서방님?"

공손한 그녀의 말에 황천도는 미소 띤 얼굴로 대답했다.

"신경써준 덕분에 달게 잘 수 있었소."

"몸이 많이 상하신 것 같아서 약을 준비했습니다. 드시옵소서."

시커먼 탕약을 조심스럽게 들이켠 그가 얼굴을 찡그리자 부인이 살포시 웃었다.

"이렇게 다시 뵐 수 있게 되어서 꿈만 같습니다."

"나도 그렇소. 내가 없는 동안 집안을 잘 지켜줘서 고맙소, 부인."

탕약이 든 그릇을 내려놓은 황천도는 옥가락지를 낀 부인의 손을 살짝 잡았다. 하지만 그녀는 조심스럽게 손을 뺐다. 어색한 분위기가 만들어지자 부인이 자그마한 한숨을 쉬었다.

"소식을 듣고 하루하루가 고통스러워서 불공을 드리지 않으면 견딜 수가 없었답니다."

한숨을 쉬는 부인의 얼굴에 원망과 분노가 드리워진 것이 보였다. 하긴 1년도 채 같이 살지 못한 남편이 20년 만에 돌아왔으니 그 누구보다 혼란스러웠으리라. 위로의 말을 건네려던 찰나, 부인이 고개를 들고 물었다.

"스님께서 써주신 부적이 효험을 본 것 같습니다."

부적이라는 얘기를 듣는 순간, 황천도는 숨이 탁 막혔다. 십 년 넘게 붙어 있으면서 온갖 얘기들을 다 들었지만 부적 얘기는 들은 적이 없었다. 황천도의 얼굴 표정을 살핀 그녀의 눈매가 매서워졌다.

"제가 서방님의 저고리 안에 꿰맨 부적 말입니다. 돌아오실 때까지 소중하게 간직하겠다고 하지 않으셨습니까?"

그녀의 얘기를 듣는 순간 황천도는 강은태의 마지막 순간이 떠올랐다. 오두막에 가서 가지고 오려고 했던 것은 낡아빠진 저고리가 아니라 그 속에 꿰매어놓은 부적이었던 것이다. 아마 부인과의 소중한 기억이라서 그에게 얘기하지 않았던 것으로 보인다. 심양에 머물면서, 그리고 한양으로 돌아오는 내내 기억을 더듬어서 완벽하게 준비했다고 생각했지만 뜻하지 않은 암초를 만난 셈이다. 뒤늦게 정신을 차린 그가 대답했다.

"나도 그러고 싶었는데 포로가 되고 옷을 모두 빼앗기면서 잃어버리고 말았소. 하도 오래된 일이라 그만 깜빡했소이다. 미안하오, 부인."

간신히 얘기를 하고 나서 그녀의 눈치를 살폈다. 냉담한 눈으로 황천도를 바라보던 부인이 입을 열었다.

"너무 오랫동안 떨어져 있어서 그런지 서방님이 낯설어 보이십니다."

가늠할 수 없는 그녀의 말에 황천도는 가슴이 철렁 내려앉았다. 애써 내색하지 않기 위해서 필사적으로 두려움을 누르면서 말했다.

"하긴 떨어져 있던 세월을 생각하면 그럴 만도 하지요. 앞으로 정을 쌓으면서 지냅시다."

"알겠습니다. 당분간 탕약을 드시고 몸을 보전하십시오."

말을 마친 그녀가 빈 탕약 그릇과 함께 작은사랑을 나갔다. 몸을 꿰뚫을 것 같은 긴장감이 뒤늦게 몰려오면서 아찔한 현기증이 느껴졌다. 그후, 며칠 동안 최대한 말을 아끼고 집안 돌아가는 정황을 살폈다. 다행스럽게도 강철견은 황천도가 가짜라는 생각은 꿈에도 하지 않아서 집안에서도 그의 정체를 의심하지는 않았다.

부인은 일이 바빠서인지 탕약을 갖다줄 때만 얼굴을 비쳤다. 집안은 실질적으로 부인의 손에 움직였다. 그녀는 집안의 노복들을 챙기는 것은 물론 남초를 사고파는 일을 했다. 바깥일은 서자인 이호준이 도맡아 처리했다. 부인은 하루종일 안방에서 장죽을 문 채 장부를 펴놓고 남초의 가격과 수량을 확인하고 어디로 얼마나 보내야 할지 결정했다. 친아버지가 돌아가시면서 상속받은 재산을 가지고 장사를 시작한 것인데, 청나라에 가족을 속환하러 가는 원속인들이 가볍고 비싼 남초를 사가서 큰돈을 벌었다. 덕분에 녹봉만으로는 턱도 없는 큰 집과 수십 명의 노복들을 거느릴 수 있었다. 강은태의 말대로 장사에 익숙했던 그녀는 딱 부러지고 매서운 성격이라서 집안을 휘어잡아, 안잠자기인 향월이를 비롯한 노복들은 숨도 크게 쉬지 못했다. 시아버지인 강철견 정도만 자유로울 뿐이었다.

점심 무렵, 작은사랑에서 책을 읽던 그에게 강철견이 찾아왔다.

"바깥출입을 할 수 있겠느냐?"

"물론입니다."

"그럼 나갈 차비를 하거라. 나와 함께 가야 할 곳이 있다."

혹시나 모르는 사람을 만나지 않을까 속으로 걱정했지만 강철견의 얘기가 그를 안심시켰다.

"당주동에 사는 역관 조씨네 집에 갈 것이다. 다른 곳은 몰라도 그곳은 인사를 하러 가는 게 좋겠다."

"알겠습니다. 채비를 하지요."

책을 덮은 그는 횃대에 걸어놓은 도포를 입고 흑립을 썼다. 옷매무새를 살펴보고 밖으로 나오자 댓돌 위에 태사혜(太史鞋: 사대부가 신던 신발로 가죽이나 헝겊으로 만들었으며 앞코가 높았다) 한 켤레가 놓여 있었다. 태사혜를 신고 대문으로 나가자 미리 나와 있던 강철견이 그를 맞이했다. 대문이 열리는 기척이 나자 바로 앞집에 사는 이호준이 모습을 드러냈다. 환하게 웃은 그가 강철견에게 물었다.

"출타하십니까, 아버님?"

"당주동에 갔다 오마."

"가마가 그러면 말이라도 타고 가시지요."

이호준의 얘기를 들은 아버지는 손사래를 쳤다.

"나라가 어지러운데 사대부가 조심해야지. 멀지 않으니 걸어서 다녀오마."

"잘 다녀오십시오."

두 사람은 고개를 꾸벅 숙인 이호준을 뒤로하고 거리로 나왔다. 다행히 조씨 집안은 황음치와 함께 자주 드나들었던 터라 어렵지 않게 길을 갈 수 있었다. 한참 말없이 걷던 강철견이 조심스럽게 물었다.

"듣자하니 아직 합방을 안 한다더구나."

뜻밖의 물음에 다소 놀란 황천도는 최대한 태연하게 얘기했다.

"제가 아직 몸이 완전하지 않아서 말입니다."

"그렇기야 하다만 네 나이가 아직 사십이 넘지 않았으니 후사를 도모해볼 만하다. 호준이가 있다고는 하지만 아무래도 적자가 있어야 하지 않겠느냐?"

"힘써보겠습니다."

아들이라고 믿은 황천도의 얘기에 강철견이 흡족한 미소를 지었다.

"그래야 한다. 우리 집안을 지탱해줬다고는 하지만 사대부 집안에서 장사를 하는 것이 어찌 떳떳하단 말이냐. 이제 별 만큼 벌었으니 바깥일은 정리하고 아이를 낳아서 후사를 돌보는 것이 옳도다."

이런저런 얘기를 주고받으면서 당주동에 있는 조씨 집에 도착했다. 이십 년 전 아버지 황음치와 함께 숱하게 드나들었던 곳이지만 다른 사람으로서 들어가는 길은 낯설었다. 집은 예전보다 한층 더 커졌고, 부리는 하인들도 늘어났다. 강철견을 알아본 하인이 꾸벅 절을 하고는 사랑채로 그를 안내했다. 때마침 대청에 앉아서 장죽으로 남초를 피우던 조득배가 두 사람을 보고 반색을 했다. 살집이 두툼하게 붙고 볼이 축 늘어진 것이 아버지 조충도와 꼭 빼닮았다. 조득배가 황천도의 어깨를 꽉 붙잡고 말했다.

"고생했네. 정말 자네가 이렇게 살아 돌아오다니 꿈만 같네 그려."

"다 자네가 힘써준 덕분이지."

옆에 앉은 강철견의 말에 조득배가 고개를 절레절레 저었다.

"제가 한 게 뭐가 있다고요. 그나저나 엊그제 돌아온 걸로 알고 있는데 이렇게 바깥출입을 해도 됩니까?"

"춘득이 장례를 치른다고 해서 왔네."

"겸인에 불과한데 어찌 그리 신경을 쓰십니까?"

놋쇠로 만든 재떨이에 장죽을 내려놓은 조득배의 얘기에 강철견이 고개를 저었다.

"내 아들놈을 속환하려다가 멀리 이역 땅에서 뜻하지 않게 세상을 떠났으니 마땅히 찾아와야지. 상은 어디서 치르고 있는가?"

"고가네 집에서 합니다. 저도 아침나절에 갔다 왔지요. 사람을 보내서 통지를 할 터이니 여기서 남초 한 대 피우고 천천히 가십시오."

"그럼세."

강철견의 얘기를 들은 조득배가 섬돌 아래 기다리고 있던 하인에게 장죽 두 개를 가지고 오라고 일렀다. 그러고는 황천도를 쓰윽 쳐다봤다.

"옛날이랑 많이 달라졌군."

"뭐가 말인가?"

그의 날 선 물음에 조득배가 재떨이에 걸쳐놓은 장죽을 집어들면서 말했다.

"말이 없어지고 숫기도 사라진 것 같아서 말이야. 하긴 이십 년 동안 야인들 밑에서 고생했으니 그럴 만도 하지. 몸이 회복되는 대로 놀러오게. 옛날처럼 기생을 불러다가 쌍륙에 승경도 놀이를 하면서 밤을 지새워보세."

"그, 그렇게 하지."

머뭇거리면 더 이상해질 것 같아서 말을 얼버무린 황천도는 강철견과 함께 나란히 남초를 피웠다. 여전히 목이 칼칼하고 매웠지만 어제보다는 견딜 만했다. 강철견과 조득배가 대화를 나누는 사이 그는 주변을 둘러봤다. 집 안팎은 여전했지만 부리는 하인들은 낯설었고 몇 명은 아는 얼굴이었다. 그들 사이에 끼어서 굽실거리던 옛날 모습을 떠올리던 황천도는 어떤 기억이 떠올랐다. 그것이 무엇을 의미하는지 깨닫자 등골이 서늘해졌다. 잠자코 두 사람의 대화를 듣던 황천도는 남초를 다 피운 강철견이 일어나자 따라서 몸을 일으켰다. 그리고 배웅하기 위해 대문까지 따라나오던 조득배에게 물었다.

"그런데 말일세. 내가 자네와 기생을 끼고 쌍륙이랑 승경도 놀이를 한 적이 있던가?"

몇 년 전 강은태가 그에게, 조득배가 늘 자신에게 잡기를 알려주려고 했다며 질색했던 기억이 났다. 황천도가 쏘아붙이자 조득배가 머쓱한 표정으로 웃었다.

"꼬장꼬장한 성격은 어디 안 갔군. 농이었네."

상대방이 꼬리를 내리면서 그는 속으로 안도의 한숨을 쉬었다. 이미 대문 밖으로 나간 강철견을 따라나가려는 찰나, 물지게를 짊어지고 허겁지겁 들어오던 키가 큰 남자 종과 부딪칠 뻔했다. 그에게 무안당한 조득배는 남자 종에게 화풀이를 했다.

"어디에서 게으름을 부리다 이제 온 거야!"

스무 살 가까운 나이처럼 보였지만 아직 장가를 못 갔는지 상투를 올리지 못한 남자 종은 뒤통수를 긁으면서 굽실거렸다.

"저, 그게 말입니다. 우물가에 사람들이 많아서요."

"누굴 닮아서 그렇게 게으른지 모르겠다. 항아리에 물 다 채울 때까지 밥 먹을 생각하지 마."

황천도는 조득배의 호통을 뒤로한 채 대문 밖으로 나왔다. 겸인 고가수의 집은 종침교(琮沈橋: 종로구 내자동 종침교회 앞에 있는 다리) 근처에 있었다. 앞장서 걷던 강철견이 말했다.

"본디 중인의 장례식에 양반이 참석하지는 않는다. 하지만 춘득이가 우리 집안일을 잘 처리해줬고, 너를 속환하기 위해서 먼 길을 갔다가 뜻하지 않게 죽었으니 가는 것이 마땅하다."

"저도 그리 생각합니다."

종침교를 건너서 고가수의 집안으로 두 사람이 들어서자 마당에 쳐놓은 천막 안에서 떠들던 조문객들이 일제히 입을 다물었다. 거친 베로 만든 상복을 입은 고가수가 좁은 대청에 앉아서 곡을 하는 게 보였다. 댓돌 위에 태사혜를 벗고 올라간 강철견을 본 고가수가 옷고름으로 눈물을 닦았다.

"여기에는 어인 일로 오셨습니까?"

강철견이 고가수의 손을 꼭 잡았다.

"내 아들을 위해서 먼길을 마다않고 갔다가 뜻밖의 참변을 겪게 되었네. 내 미안해서 몸 둘 바를 모르겠네."

"아이고……"

강철견의 손을 꼭 잡은 고가수가 통곡을 했다. 오늘의 이 슬픔을 만든 장본인인 황천도는 그런 모습들이 몹시 불편했다. 고가수를 위로하던 강철견이 곁눈질로 바라보자 황천도도 옆에 무릎을 꿇고 앉았다.

"참으로 안타까운 일입니다. 삼가 조의를 표합니다."

눈을 내리깐 그는 고가수의 눈과 마주치지 않은 채 시간을 보냈다. 춘득의 일도 그랬지만 예전에 아버지 황음치와 함께 드나들 때는 물론 오월이와 혼례를 치르고 나서는 아예 조충도의 집에서 살면서 매일 고가수와 마주쳤었다. 혹시나 알아차리지 않을까 하는 불안함에 그는 고개를 들 수 없었다. 얘기를 마친 강철견이 일어날 기미를 보이자 황천도는 재빨리 따라 일어났다. 댓돌 위에 놓인 태사혜를 신고 마당을 가로질러 가는데 등뒤에서 고가수의 목소리가 들렸다.

"아들놈이 죽기 직전에 제게 간찰을 보낸 게 있습지요."

순간, 죽은 춘득의 몸에서 강철견의 집주소가 적힌 봉투를 찾아낸 기억이 떠올랐다. 강은태를 만나고 돌아간 날 아버지에게 따로 편지를 쓴 모양이었다. 황천도가 가만히 있는 사이 고가수가 말을 이어갔다.

"그런데 말입니다. 그 편지에서는 역질에 걸렸다는 얘기는 도통 찾아볼 수가 없지 뭡니까?"

"그게 정말인가?"

걸음을 멈춘 강철견이 묻자 문상객들의 시선이 온통 쏠리는 것을 느꼈다. 도포를 입은 몸이 주체하지 못할 정도로 떨려오면서 머리가 멍해졌다. 천천히 고개를 돌리자 어느새 눈물을 멈춘 고가수의 얼굴이 보였다. 침을 꿀꺽 삼킨 황천도는 최대한 침착하게 말했다.

"나랑 만났던 첫날에는 괜찮았네. 그런데 함께 객잔에 머물 때 열이 오르기 시작했다네. 본래 요동 땅의 역질은 걸렸다 하면 건장한 사람도 하루 만에 쓰러지게 만드는 법이지."

"제 아들놈이 며칠 동안 누워 있었습니까?"

"닷새 정도네."

어떻게 대답할까 고민하던 그는 최대한 조심스럽게 말했다. 그러자 고가수가 미심쩍은 눈빛을 번뜩였다.

"그 정도였으면 저에게 간찰을 보낼 여유는 있었을 텐데 말입니다."

"사실 첫날 저녁부터 의식이 거의 없었네. 저녁을 먹을 때부터 얼굴이 안 좋았지. 낯선 땅에 와서 심신이 피로한가 싶어서 일찍 자라고 일렀네. 그때 역질에 걸렸다는 걸 눈치챘어야 했는데 내 불찰일세."

일단 얘기를 시작하자 놀랄 만큼 술술 흘러나왔다. 고가수도 의심을 품은 정도였지, 어떤 일이 벌어졌는지에 대한 확신까지는 가지지 못한 것 같았다. 신경이 곤두서면서 눈이 따끔거리고 아려왔다. 연거푸 껌뻑거리자 눈시울이 뜨거워지는 게 느껴졌다.

"의식이 없는 상태에서도 아버지를 계속 찾았네. 힘써 도우려고 했지만 할 수 있는 게 별로 없었지. 간찰을 보내야 마땅했지만 자네 집주소도 알지 못했고 경황이 없어서 그냥 우리 집에 보내면서 얘기할 수밖에 없었네. 정말 미안하네."

얘기를 들은 고가수는 마당에 엎드려 통곡을 했다. 위기를 넘긴 황천도는 도포의 소매로 눈물을 닦으며 밖으로 나왔다.

강철견은 집으로 돌아올 때까지 아무 말도 하지 않았다. 대문을 들어서는데 낯선 가마가 보였다. 걸음을 멈춘 황천도가 말했다.

"손님이 온 모양입니다."

"내가 특별히 청한 손님이 온 모양이구나."

대수롭지 않은 듯 말했지만 황천도는 가슴이 철렁 내려앉았다. 앞장선 강철견을 따라 큰사랑으로 향했다. 문을 열고 안으로 들어가자 도포 차림의 노인이 몸을 일으키는 게 보였다.

"어서 오시게, 자암(紫巖: 이민환의 호)."

"오랜만입니다."

황천도는 돌아선 그를 단번에 기억해냈다. 그와 강은태가 후르사에게 팔려갔을 때 귀국한다고 찾아왔던 종사관 이민환이었다. 20년 전보다 늙었지만 눈빛과 말투는 여전했다. 보료 위에 앉은 강철견이 근황을 묻자 이민환이 콜록거리면서 대답했다.

"곧 지방관으로 갈 모양입니다."

"저런, 환갑이 된 자네를 어디로 보낸단 말인가?"

"오랑캐에게 항복해서 치욕을 입은 저를 벌하지 않는 것에 감사해야지요. 그런데 어쩐 일로 저를 보자고 하신 겁니까?"

"예전에 자네가 소식을 전해줬던 아들이 돌아와서 불렀네."

고개를 숙이고 있던 황천도는 조심스럽게 이민환을 바라봤다. 자신은 단 한 번만 봤지만 죽은 강은태와는 종군하는 내내 같이 지냈던 인물이기 때문이다. 혹시나 하는 마음에 바짝 긴장한 황천도를 물끄러미 바라보던 이민환이 혀를 찼다.

"그때만 해도 이렇게 시간이 오래 걸릴 줄은 몰랐습니다. 세월이 저리 지났는데도 얼굴의 상처는 여전하군요."

황천도는 비로소 강철견이 이민환을 부른 목적을 눈치채고는 온몸에 소름이 돋았다. 겉으로는 따뜻하게 환영했지만 혹시나 하는 마음에, 함께 종군하고 심양에서 만났던 이민환을 부른 것이다. 애써 침착함을 유지한 그가 공손하게 인사를 건넸다.

"그때 찾아와주셔서 위로해주신 덕분에 끔찍한 세월을 견딜 수 있었습니다."

"나만 돌아가서 미안한 마음에 들렀던 것이네. 그나저나 도원수 밑에서 종군했을 때 자네랑 나랑 참 많이 다퉜는데 말이야."

"외람된 말씀이십니다. 어찌 제가 감히 그랬단 말입니까? 다만……"

고개를 바짝 숙인 황천도가 조심스럽게 말끝을 흐렸다. 그러자 이민환과 강철견이 눈빛을 반짝거렸다. 마른침을 삼킨 그가 말을 이었다.

"종사관 나리께서 좌우영을 휩쓰는 후금군을 보고 황홀하다는 말씀을 하셔서 조금 마음이 상했던 기억이 납니다. 우리 군대를 죽이는 적군을 보고 어찌 그런 말씀을 하시는지 이해할 수 없어서 말입니다."

황천도의 말에 이민환이 길게 헛기침을 했다.

"혼잣말처럼 중얼거렸는데 그걸 들은 모양이군. 그때는 너무 경황이 없었어."

"사실은 제가 결례를 저질렀습니다. 상황이 급박하다고 해도 종사관께 깃발을 높이 들고 싸움을 독려해야 하지 않겠느냐고 외쳤으니까 말입니다."

강은태에게 들었던 얘기를 떠올린 황천도의 차분한 말에 이민환이 고개를 끄덕거렸다.

"그것도 기억나네. 나 역시 같은 생각이었지만 도원수의 지시를 받든 몸이라 어쩔 수 없었지."

"혼란스러운 상황이었으니까요. 제가 너무 젊고 어리석었습니다."

"아닐세. 아니야."

손사래를 친 이민환이 보료 위에 앉아서 지켜보던 강철견에게 다른 얘기를 꺼냈다. 시험을 무사히 넘겼다는 생각에 황천도는 속으로 안도의 한숨을 쉬었다. 그리고 곧바로 들어온 주안상의 술과 안주를 즐기며 나누는 두 사람의 얘기를 잠자코 들었다. 조정과 청나라에 관한 얘기들을 나누던 이민환이 밤이 깊었다면서 일어났다. 그를 배웅하러 대문 밖까지 나온 황천도는 쐐기를 박기로 결심하고는 강철견을 바라봤다.

"예전에 저에게 조선은 사대부의 나라라고 하셨습니다. 반정이 일어나고 폐주가 쫓겨난 지금도 같은 생각이십니까?"

움찔한 강철견은 주변을 둘러보고는 아무도 없다는 걸 확인한 다음에 고개를 끄덕거렸다.

"반정 이후 더더욱 그러해졌지. 우리 집안은 그 덕분에 크게 일어날 수 있었고 말이야."

"다행입니다."

황천도의 말에 강철견이 대답했다.

"들어가서 쉬어라."

"아버님도 쉬십시오."

몇 걸음 뗀 강철견이 그를 돌아봤다.

"며느리와는 아직 동침을 안 하고 있느냐?"

그가 고개를 끄덕거리자 강철견이 혀를 찼다.

"아직 후사를 볼 수 있는 나이니까 합방을 서두르거라."

"그리하겠습니다."

큰사랑으로 들어가는 강철견의 뒷모습을 지켜보던 황천도는 작은사랑으로 향했다. 뜻하지 않은 위기들이 있었지만 잘 넘긴 셈이었다. 댓돌에 태사혜를 벗고 대청으로 올라간 그는 한숨을 돌렸다. 춘득이 죽기 전 편지를 보냈다는 사실이 마음에 걸렸지만 일단 주변 사람들도 그의 진짜 정체를 간파하지 못했다. 문득 낯선 자리, 낯선 곳에 있다는 사실이 뼈저리게 느껴졌다. 수없이 생각하고, 연습하며, 다짐했건만 그가 서 있는 곳은 여전히 낯설고 위태로웠다. 아무도 없는 사랑방 안으로 들어가서 한숨을 돌리는데 드르륵거리며 분합문이 열리는 소리가 들렸다. 오지로 된 병을 쟁반에 받쳐든 부인의 모습이 보였다. 서안 위에 쟁반을 올려놓은 그녀가 말했다.

"계장(桂漿: 꿀과 계핏가루 등을 찬물에 섞어서 만든 음료)이옵니다. 매일 탕약만 드셔서 입안이 깔깔하실 듯해서 준비했습니다."

다정하게 말하고 있지만 여전히 거리감이 느껴졌다. 눈앞의 남편이 가짜라는 사실을 본능적으로 눈치채고 있는 것일까? 오늘 겪었던 험난한 일들을 떠올린 그는 마음속에 깃든 어둠을 좀처럼 걷어낼 수가 없었다. 달콤하면서도 톡 쏘는 계장을 한 모금 마신 황천도는 침묵을 지키고 있는 그녀에게 말했다.

"부인. 이제 합방을 할 때가 된 것 같소만……"

후사를 보고 싶다는 강철견의 얘기도 그렇고, 잠자리만 같이한다면 그녀가 설사 나중에 사실을 안다고 해도 어찌하지 못할 것이라는 생각이 담긴 말이었다. 황천도의 얘기를 들은 그녀의 표정이 미묘하게 변했다.

"아버님이 그리 말씀하셨습니까?"

역시 눈치가 빠르다고 속으로 생각한 그는 고개를 끄덕거렸다. 그러자 그녀가 한숨을 쉬면서 입을 열었다.

"솔직히 말씀드리자면 저는 아직 부군이 낯섭니다."

"그게 무슨 말씀이시오, 부인?"

황천도는 애써 태연한 척 물었다. 그러자 부인이 살포시 웃으면서 말했다.

"너무 오랫동안 떨어져 지낸 탓이겠지요. 익숙해진 후에 합방을 하는 게 좋겠습니다."

정중했지만 사실상의 거절이었으며, 의심을 품고 있다는 얘기나 다름없었다. 아버지의 의심이라는 큰 고비를 넘겼다고 안심했지만 뜻밖의 난관에 부딪친 것이다. 황천도는 애써 태연한 척하면서 고개를 끄덕거렸다.

"내가 너무 성급했던 모양이오. 그리합시다."

"그럼 쉬십시오."

그녀가 분합문을 열고 밖으로 나가는 모습을 물끄러미 보던 황천도는 눈꼬리가 땅겼다. 강철견을 포함해서 20년 만에 돌아온 그를 다들 미심쩍어하거나 혹은 이상하게 여긴 게 분명했다. 가슴이 답답해진 그는 대청에 나가서 바람을 쐬었다. 담장 너머로 달이 뜨는 것이 보였다. 이렇게 하루종일 아무것도 하지 않았는데 먹고사는 데 걱정이 없다는 게 신기했다. 때마침 중문 쪽에서 향월이를 데리고 나오는 부인을 봤다. 잠시 당황하던 부인은 가볍게 인사하고는 대문 밖으로 나갔다. 장옷을 쓰지 않은 차림인 것으로 봐서 멀리 가지는 않는 것 같았다. 대문을 나서는 부인의 뒷모습을 지켜보던 황천도는 미친 듯이 떨려오는 손을 도포의 소매 속에 숨겼다.

다음날 아침, 두 사람이 문안 인사를 하러 큰사랑으로 들어가자 강철견이 그녀에게 물었다.

"어제저녁 늦게까지 돌아오지 않았더구나. 어딜 갔던 것이냐?"

"고가수가 찾아와서 앞집에서 잠깐 만났습니다."

"그자가 왜?"

한쪽 눈을 찡그린 강철견의 물음에 부인이 황천도를 살짝 살펴보고는 입을 열었다.

"서방님을 속환하러 갔던 춘득이가 죽었습니다. 사실 호준 도련님을 보내야 했는데 일이 여의치 않아서 제가 가달라고 부탁했으니 저한테도 책임이 있지 않겠습니까?"

그녀가 또박또박 얘기하자 강철견이 헛기침을 했다. 심기가 불편하다는 뜻이었지만 부인은 말을 멈추지 않았다.

"거기다 새로운 겸인도 맞아들여야 하고요."

"이제 바깥일은 호준이에게 맡기는 게 어떠하냐? 이제는 집안 살림을 맡아주면 좋겠는데 말이다."

강철견의 얘기에 사랑방 안에는 아연 긴장감이 흘렀다. 고개를 든 그녀가 또박또박 말했다.

"아버님. 호준 도련님이 영민하다고는 하나 경험이 부족합니다. 당장은 무리입니다. 몇 년만 말미를 주십시오."

강철견이 아무 대답도 하지 않자 황천도가 얼른 끼어들었다.

"제 생각에도 당장은 무리일 듯싶습니다. 말미를 좀 주시지요."

아들의 말에 잠시 생각하던 강철견은 그녀에게 말했다.

"그리하마. 하지만 내년까지는 호준이에게 바깥일을 모두 넘기거라."

"그리하겠습니다."

이런저런 얘기들이 끝나고 큰사랑에서 나온 그녀는 황천도에게 고맙다는 말을 남기고 그대로 안채로 들어가버렸다. 작은사랑으로 돌아가려던 그는 호준이 부르는 소리에 고개를 돌렸다. 장부를 옆구리에 낀 호준이 씩 웃으면서 다가왔다.

"문안 인사 드리신 겁니까?"

"아버님 뵈러 왔느냐?"

웃음을 띤 얼굴로 묻자 호준이 옆구리에 낀 장부를 바라보면서 말했다.

"네. 그전에 형수님한테 보여드릴 게 있어서요."

"방금 안채로 들어갔다. 들어가보아라."

"알겠습니다. 그리고 밖에 조씨 집안의 하인이 와 있습니다."

"조씨 집안이라면 조득배 말이냐?"

대문 쪽을 흘끔 쳐다본 그가 묻자 호준이 고개를 끄덕거렸다.

"네. 형님을 만나러 온 모양입니다."

호준이 안채로 들어가고 조득배가 보낸 하인이 모습을 드러냈다. 종종걸음으로 다가온 하인이 간찰을 내밀면서 말했다.

"주인마님께서 답을 듣고 오라고 하셨습니다요."

뜰에 서서 그대로 간찰을 뜯은 황천도는 머리가 무거워졌다. 애초에는 바깥출입을 할 수 없다며 거절하려고 했다. 하지만 긴히 상의할 일이 있다는 내용을 보고 마음을 바꾼 그는 기다리는 하인에게 말했다.

"곧 간다고 하여라."

하인이 돌아가고 그는 외출 준비를 했다. 아직 머리가 다 자라지 않아서 상투를 틀지 못한 머리를 감추는 게 관건이었다. 머리를 최대한 상투처럼 끌어모으고 망건을 두른 다음 흑립을 썼다. 그리고 도포를 입고 거리를 나선 그는 종침교에 있는 조득배의 집에 도착했다. 대문 밖에는 말 두 필과 말구종이 나란히 서 있었다. 장죽을 물고 대문 밖으로 나오던 조득배가 그를 보고는 반색했다.

"어서 오게. 날씨가 좋아서 반송정(盤松亭: 새문 밖 천연정에 있는 정자로, 주변의 소나무 숲 풍경이 아름답다고 전해진다)에서 한잔하려고 자네를 불렀네."

"팔자도 좋군."

황천도의 얘기에 말 등에 훌쩍 올라탄 조득배가 말했다.

"나라님이야 죽을 맛이겠지만 나 같은 장사치들은 눈치를 볼 필요가 있겠나? 어서 가세."

황천도가 말에 오르자 말구종들이 고삐를 잡고 앞으로 나갔다. 두 사람을 태운 말 뒤로는 도시락과 물통이 든 보따리를 든 하인, 요강과 돗자리를 든 하인, 그리고 장죽을 든 하인이 따랐다. 새문을 나온 행렬은 아현 고개를 넘어서 새문으로 향했다. 반송정은 새문 밖 의주대로 옆에 있는 소나무 숲에 있었다. 주변 경치가 좋은데다 소나무 숲에 둘러싸여서 한적해 보였다. 정자에 도착한 조득배가 말에서 내려 정자로 올라갔고, 황천도도 뒤를 따랐다. 그러자 하인들이 잽싸게 자리를 펴고 도시락과 물통을 꺼냈다. 돗자리에 앉은 조득배가 말했다.

"오랜만에 나왔으니 술이나 한잔하세."

대나무 물통에 든 것은 물이 아니라 삼해주(三亥酒: 정월에 담그는 전통주)였다. 작은 놋쇠 대접에 반쯤 따른 삼해주의 향기를 맡은 조득배가 흡족한 표정을 지었다.

"역시 술은 밖에서 마시는 게 제맛이지. 자네도 어서 들게."

하인들이 안주가 든 대나무 도시락을 꺼내고 옷고름에 달아 둔 수저집에서 젓가락을 꺼내서 바쳤다. 삼해주는 향기로웠고 맛도 제법 달달했다. 그가 단숨에 술잔을 비우자 조득배가 껄껄거렸다.

"이제는 제법 마시는군. 많이 있으니까 천천히 마시게."

술잔을 내려놓은 황천도가 물었다.

"장례는 잘 치렀나?"

오늘 따라나온 목적이었다. 처음에는 이런저런 얘기를 하다가 물으려고 했지만 술이 한잔 들어가자 갑자기 신중함이 사라지고 호기심이 치솟아버렸다.

"누구? 아! 춘득이 말이군. 아비가 울고불고하긴 했지만 어쩔 수 있나. 그런다고 죽은 자식이 살아 돌아오는 것도 아닌데 말이야."

"자식을 뜻하지 않게 먼저 잃었으니 가슴이 아프겠지."

황천도가 빈 잔에 다시 삼해주가 채워지는 것을 내려다보면서 말하자 조득배가 코웃음을 쳤다.

"자기 아들이 그렇게 갑자기 죽을 리가 없다면서 이상하다고 떠들어대고 있어. 어제저녁에는 아들에게서 온 간찰을 가지고 자네 집으로 가던데. 혹시 자네를 찾아갔나?"

조득배의 얘기를 듣자 술이 채워진 잔을 드는 손이 부르르 떨렸다. 애써 태연한 표정을 지은 황천도가 대답했다.

"아니, 호준이네 집에서 집사람과 만난 모양이야."

"호준이면, 서자 말이지? 왜 자네 집을 놔두고 거기서 모인 거야?"

조득배의 얘기를 들은 황천도는 신경이 곤두섰지만 겉으로는 태연한 척 대답했다.

"새로 겸인을 들이는 문제도 있고, 나 때문에 아들이 죽었으니까 부인 입장에서는 위로하는 게 마땅하겠지."

"아들이 죽기 직전에 간찰을 보냈는데 거기에는 역질 얘기가 안 나왔다고 하더군. 나에게 와서 자네한테 그걸 물어달라고 해서, 감히 누구를 의심하느냐고 호통을 쳐서 쫓아버렸네. 아마 자네 부인에게도 그 얘기를 했을 거야."

심장이 두근거렸다. 그의 집에 갔을 때 나름 해명하고 넘어갔다고 생각했지만 고가수는 여전히 의심을 거두지 못한 모양이었다. 문제는 고가수가 부인과 만나서 이런저런 얘기를 했다는 것이다. 거기에는 호준도 분명 끼어 있었을 것이니 세 사람 모두 황천도가 진짜 강은태가 아니라는 진실에 한 발자국 다가간 셈이었다. 불현듯 다가온 진실이 등골에 축축하게 달라붙은 게 느껴졌다. 두려움을 잊기 위해, 그리고 두렵다는 것을 드러내지 않기 위해 그는 술을 벌컥벌컥 들이켰다.

"고가수는 너무 늙었네. 거기다 우리 아버지 총애를 믿고 너무 날뛴단 말이야. 그래서 장례가 끝나고 적당할 때 내보낼 생각이네."

"자네 집안 문제니까 알아서 하게."

"그 작자와 너무 가까이하지 말게. 자기 아들 죽음을 핑계로 뭘 빨아낼지 궁리하고 있을 테니까 말이야."

"설마 자식 죽음을 가지고 그렇게 하겠나?"

황천도의 반문에 헛기침을 한 그가 말했다.

"오랫동안 봐와서 그런 놈들을 잘 알아. 돈 앞에서는 자식이고 체면이고 내던질 자라 이 말일세."

"주의하겠네."

셋이 무슨 얘기를 나눴는지 알아보는 게 급선무라고 생각한 황천도는 빈 잔을 내려놓고 젓가락으로 나물 무침을 집어먹었다. 그런 황천도의 모습을 본 조득배가 말했다.

"자네 부인 말일세. 몇 번 보지는 못했지만 참으로 아까워. 사내로 태어났다면 큰일을 했을 텐데 말이야."

"나도 같은 생각이야. 규방에 갇혀 지내기에는 아까운 인물이지."

단단하면서도 차가운 그녀의 모습을 떠올린 황천도가 대꾸했다. 그런 그의 눈치를 살핀 조득배가 은근하게 말을 건넸다.

"하지만 부인을 그렇게 두면 자네가 곤란해질 수 있다네. 부인에게 쥐여사는 남편이라고 놀림거리가 될 수 있다 이 말일세."

"내가 없는 동안 우리 집안을 이끌어온 사람일세. 말을 삼가시게."

"자네가 날 어찌 생각하는지는 모르겠지만 아끼는 마음에서 충고하는 것일세. 우린 뼛속부터 장사꾼 집안이고 나 역시 그러하네. 자네 안사람은 천부적인 장사꾼이야."

잠깐 침묵이 흘렀다. 황천도는 이자가 왜 이렇게까지 충고하려고 하는지 이해가 가지 않았다. 강은태는 늘 그에게 조득배가 돈만 아는 더러운 장사꾼 놈이라고 얘기했다. 뭔가 바라는 게 있어서 이렇게 나오는 게 아닐까 하는 생각이 들자 오늘의 초대와 이런 얘기들이 이해가 가기 시작했다. 상황을 이해한 황천도가 표정을 풀었다.

"빙빙 돌리지 말고 하고 싶은 얘기를 해보게. 날 친구라고 생각한다면 말일세."

"본래 자네와 우리 집안은 서로 돕고 지내는 사이였네."

황천도는 조득배의 얘기에 귀를 기울이면서 대화하기 위해서 강은태에게 들었던 얘기들을 떠올렸다.

"그렇지. 우리 조부님께서 의병에 가담하셨을 때 자네 아버님을 만나셨지."

"그래. 그 인연은 한양에 올라온 이후에도 쭉 이어졌고 말이야. 우리가 자네 집안이 한양에 머물 수 있도록 힘을 써주었고, 자네 집안은 우리를 돌봐줬고 말이야. 우리 집안이 병정리(兵政吏: 병조정색서리의 줄임말로, 무반의 인사권을 가진 병조의 서리를 지칭한다)가 아님에도 불구하고 단골리(丹骨吏: 한양의 서리가 지방 양반들에게 각종 정보를 제공하고 대신 각종 이득을 취하는 사적인 관계를 지칭한다)가 된 것도 다 자네 아버님 덕분이지."

조득배의 얘기를 듣던 황천도는 맞장구를 쳤다.

"내 집사람도 자네 아버님이 소개해주었지 않은가?"

"맞네. 그런데 그게 문제야. 자네 부인이 우리 집안을 슬슬 밀어내려고 하고 있어."

이 얘기를 하고 싶었던 것이라고 속으로 생각한 황천도는 진지한 표정으로 귀를 기울이는 척했다.

"그게 무슨 소리인가? 자네 집안을 밀어내다니?"

"본래 바깥일은 우리와 상의했었지. 그런데 자네 부인은 우리 얘기를 간섭하는 걸로 여겨서 들은 척도 하지 않으려고 그런다네. 우리가 붙여준 춘득이도 어떻게 구워삶았는지 완전히

자기편으로 만들어버렸지 뭔가. 이번에 새로운 겸인을 뽑을 때도 나와 상의 없이 고가수를 불렀네. 아니면 아예 고가수가 자네 집안의 겸인으로 옮겨갈지도 모르고 말이야."

조득배의 얘기를 듣는 순간 뒷머리가 띵했다. 그의 정체를 가장 의심하고 있는 고가수가 집안에 들어온다면 무슨 일이 벌어질지 몰랐기 때문이다.

"고가수라면 오랫동안 자네 집에서 일한 겸인이 아닌가?"

"아버지를 믿고 너무 오만방자하게 굴어서 내가 꾸짖은 적이 몇 번 있네. 그랬더니 앙심을 품고 험담을 하고 다니기에 며칠 전에 크게 혼을 냈다네. 눈 하나 깜짝 안 하고 물러나더군. 뭔가 믿는 구석이 있는 것 같아서 뒷조사를 했더니 자네 부인이랑 이런저런 얘기가 오고간 모양일세."

조득배의 속내를 알아챈 황천도는 안도감이 들었다. 적어도 그들과 맞설 동료를 얻은 셈이기 때문이다.

"저런, 나는 몰랐네."

황천도의 얘기를 들은 조득배의 얼굴이 풀어졌다.

"이십 년 동안이나 집안에 없었으니 당연하지. 하지만 집안 일을 소홀히 했다가는 큰 낭패를 보기 십상일세."

"충고 고맙네. 내가 집안 사정을 잘 몰라서 말일세."

조득배와 대화를 하면서 어떤 일을 해야 할지 머릿속에 떠올랐다.

"그럼 겸인으로 적당한 이가 있겠나?"

"있다마다. 내포에 사는 우리 친척 중에 제법 똘똘한 아이가 하나 있네. 집안에서는 역관을 시키려고 하는데 그쪽에는 관심이 없어서 말일세."

"아버님과 상의해보고 알려주겠네."

얘기가 뜻하는 대로 풀렸다고 생각했는지 조득배의 얼굴이 풀어졌다.

"규헌, 자네가 중심을 잡아야 하네."

"많이 도와주게."

"자, 이제 그런 머리 아픈 얘기는 그만하고 술이나 더 하는 게 어떻겠나?"

재빨리 화제를 돌린 조득배가 술잔을 들었다. 가볍게 고개를 끄덕거리는 것으로 동의한 황천도도 술잔을 들어서 단숨에 비웠다.

이런저런 얘기를 하면서 술을 비운 두 사람은 해가 떨어질 기미를 보일 즈음에야 집으로 돌아가는 말 위에 올라탔다. 얼큰하게 취한 조득배가 안장 위에서 잡가를 흥얼거렸다. 멀리 새문이 보일 즈음, 황천도가 조득배에게 말했다.

"잠깐 들렀다 갈 곳이 있어서 여기서 헤어져야겠네."

"어디 몰래 숨겨둔 기녀라도 만나러 가는 겐가?"

조득배가 딸꾹거리면서 묻자 황천도는 피식 웃으면서 대꾸했다.

"잠깐 들를 곳이 있어서 말이야."

그가 말에서 내리려고 하자 조득배가 손사래를 쳤다.

"어허, 양반 체면에 어딜 걸어가려고 그러시나? 말을 빌려줄 터이니 타고 갔다 오게."

괜찮다고 몇 번이고 얘기했지만 조득배가 고집을 꺾지 않았다. 결국 말을 타고 가게 되었다. 그냥 집으로 돌아갈까 생각해봤지만 언제 올지 기약할 수 없을 것 같았다. 결국 말구종에게 말했다.

"아현 고개 아래 삼반령으로 가주게."

"알겠습니다요."

공손하게 대답한 말구종이 천천히 앞장서 걸었다. 이십 년 가까이 지났지만 주변 풍경은 변하지 않았다. 다 쓰러져가는 초가집들과 군데군데 허물어진 돌담장이 모습을 보이기 시작하자 가슴이 두근거렸다. 겨우 진정한 그가 말구종에게 말했다.

"여기서 잠깐 기다리게. 내 금방 갔다 오겠네."

말구종이 길가의 돌 위에 걸터앉는 것을 본 그는 어린 시절

맨발로 뛰어다녔던 길을 걸어갔다. 길 밖으로 가지를 드리운 상수리나무를 지나자 집이 보였다. 흙벽이 여기저기 떨어져나가고, 지붕의 이엉은 때를 맞춰서 갈지 못해서 군데군데 썩어 들어가는 게 보였다. 그가 고양이 이마보다 좁다고 투덜거리던 쪽마루도 여전했고, 안방에 딸린 자그마한 부엌도 그대로였다. 싸리 담장 앞에 서서 집을 바라보던 그는 얼마 전 새문 근처에서 마주쳤던 늙은 아버지를 떠올리고는 속으로 한없이 울었다. 돌아오기를 꿈꿨지만 다른 사람으로 살아가야만 했다. 그는 울음을 참으면서 중얼거렸다.

"조금만 기다리세요. 제가 꼭 호강시켜드릴게요."

먼발치에서라도 보고 싶었지만 불이 밝혀지지 않은 것으로 봐서는 아직 돌아오지 않은 것 같았다. 눈물을 삼키고 돌아서는데 엉거주춤 서 있는 아버지 황음치가 보였다. 얼굴에 검버섯이 피고 머리가 완전히 하얗게 센 것을 빼고는 예전과 다름없었다. 한쪽 어깨에 지게를 걸치고 있던 황음치는 황천도를 보더니 코가 땅에 닿도록 인사를 했다.

"아이고, 여긴 어쩐 일이십니까, 나리?"

누군지도 모르고 무슨 일로 왔는지도 모른 채 무조건 고개를 숙인 것이다. 당장이라도 끌어안고 울고 싶었지만 그럴 수는 없었다. 애써 태연한 목소리로 말했다.

"길을 잘못 든 모양이네."

"아이고, 그러십니까? 저쪽 길로 가시면 아현 고개가 나오고, 거기에서 바로 오른쪽이 새문입니다요."

눈도 제대로 마주치지 못하는 아버지의 모습에 그는 가슴이 찢어지는 것 같았다.

"알겠네."

짧게 대답하고 돌아서는 그의 귓가에 황음치의 주저하는 듯한 목소리가 들려왔다.

"저, 혹시 지난달에 속환이 돼서 돌아오신 분 아닙니까? 새문에서 뵈었던 것 같기도 하고 말입니다요."

용케 기억하고 있었다는 생각과 함께 소름이 오싹 돋았다. 흑립을 꾹 눌러쓴 그가 반쯤 고개를 돌리고는 대꾸했다.

"맞네."

"제, 제 아들놈도 잡혀갔습지요."

말끝이 흐려진 아버지가 고개를 떨구는 게 보였다.

"착하고 말 잘 듣는 놈이었는데 내가 밭 열 뙈기에 눈이 멀어서 그만 전쟁터로 내보내고 말았지요. 그곳은 어떻습니까?"

떨리는 목소리가 가시처럼 마음에 박혔다. 아버지가 자신을 잊지 않고 있다는 사실이 물씬 느껴졌다. 요동치는 감정을 추스른 그가 침착하게 대꾸했다.

"사람 사는 곳이 많이 다르겠나? 그저 시키는 대로 농사일 하고 말썽만 안 피우면 그럭저럭 살 만한 곳일세."

"그, 그렇겠지요? 정말 그렇겠지요?"

떨리는 아버지의 목소리를 더이상 듣기 괴로웠던 그는 휘청휘청 앞으로 걸어갔다. 아버지는 멀어져가는 그의 등뒤에 인사를 하면서 연거푸 말했다.

"고맙습니다, 나리. 정말 고맙습니다."

참았던 눈물이 주르륵 쏟아지면서 도포 자락을 적셨다. 몇 걸음 더 걷자 입에 곰방대를 물고 이쪽을 바라보는 말구종이 보였다. 아마 호기심에 못 이겨 바라본 것 같았다. 울고 있는 걸 들키면 곤란할 것 같아서 걸음을 멈추고 눈물을 닦아낸 황천도는 헛기침을 하며 걸어갔다. 곰방대를 등뒤로 숨긴 말구종이 서둘러 고개를 숙였다.

"일은 다 보셨습니까요, 나리?"

"심양에서 만난 사람이 누굴 찾아달라고 해서 갔는데 잘못 온 모양일세. 돌아가세."

등자를 밟고 안장에 앉은 그는 말머리가 돌려질 때까지 집과 아버지가 있던 곳에서 눈을 떼지 못했다.

다음날 아침, 황천도는 다른 때처럼 문안 인사를 하러 부인과 함께 강철견의 사랑방에 들어갔다. 보료 위에 앉아서 임금에게 하사받은 환도를 닦고 있던 강철견은 절을 하고 방석 위에 앉은 그를 보고 말했다.

“이제 한 달 정도 후면 상투를 틀 정도로 머리도 자랄 것이니 슬슬 활을 좀 잡아보는 게 어떻겠느냐?”

생각지도 못한 상황에 아차 싶었지만 태연한 얼굴로 말했다.

“아직 팔을 들어올릴 때마다 어깨가 많이 아픕니다.”

“아직도 그러하냐?”

“포로로 잡혀 있을 때 도주하다가 잡힌 적이 있었는데 그때 오랑캐에게 채찍으로 수십 대를 맞은 이후로 도통 힘을 쓰기가 어렵습니다.”

얼굴을 찌푸린 그의 얘기를 들은 강철견이 혀를 찼다.

“금수만도 못한 놈들 같으니. 급한 건 아니니까 천천히 쉬면서 하려무나.”

“알겠습니다.”

이런저런 강철견의 얘기가 끝나갈 즈음 황천도가 입을 열었다.

“춘득이 장례도 끝났으니 새로 겸인을 들여서 집 안팎의 일을 돌봐야 하지 않겠습니까?”

그러자 부인이 살짝 입을 벌린 채 바라보는 것이 느껴졌다.

아마 부인도 이 문제를 얘기할 적당한 시기를 가늠하고 있었을 것이다. 황천도의 얘기를 들은 강철견이 물었다.

"그렇지. 적당한 겸인을 찾아야겠는데 봐둔 이가 있느냐?"

질문을 받은 그는 잠깐 고민하는 척하다가 대답했다.

"조득배가 친척을 한 명 소개해줬습니다. 아버님만 괜찮으시다면 제가 만나보고 싶습니다만……"

"그러는 게 좋겠구나. 네가 만나보고 좋으면 받아들이거라."

두 사람 사이에 얘기가 오가는 걸 지켜보던 부인이 다급하게 끼어들었다.

"젊은 사람보다는 경험이 있는 사람이 낫지 않겠습니까?"

"경험이 있는 사람이라니?"

강철견의 반문에 부인이 초조한 얼굴로 얘기했다.

"고가수가 어떨까 싶습니다. 오랫동안 겸인 노릇을 했고, 관청 곳곳에 모르는 이가 없으니 우리 일에도 크게 도움이 되지 않겠습니까?"

황천도는 역시 조득배의 짐작이 맞았다고 생각했다. 부인은 고가수를 데려옴으로써 조씨 집안과 사실상 결별할 속셈이었던 것이다. 부인의 얘기를 들은 강철견이 마뜩잖은 표정을 짓는 것을 본 황천도가 재빨리 끼어들었다.

"하지만 그자는 오랫동안 조씨 집안에서 겸인으로 일하지 않았소? 자칫하다가는 조씨 집안과 쓸데없는 다툼이 일어날 지도 모르오."

"고가수가 조씨 집안의 겸인을 그만두고 오면 문제가 없지 않겠습니까?"

치맛자락을 움켜쥔 부인의 날 선 목소리가 큰사랑 안에 울려퍼졌다. 바늘로 찔러도 피 한 방울 안 나올 것 같은 부인이 무너지는 모습을 본 황천도는 속으로 빙그레 웃었다. 그는 부인 대신 보료에 앉아 있는 강철견에게 말했다.

"아버님, 부인의 말이 맞기는 합니다. 하지만 저는 춘득이 때문에 마음에 걸립니다."

"춘득이가 왜?"

강철견의 물음에 황천도는 주저하는 모습을 보이다가 입을 열었다.

"아버님도 알다시피 고가수의 아들 춘득이는 저 때문에 죽은 것이나 진배없습니다. 그런데 그 아비를 데려오게 된다면 어찌 마음 편하게 부려먹을 수 있겠습니까? 거기다, 만약 문제가 생겨서 아버지나 제가 꾸짖을 일이 있을 때 아들 일을 들먹거리지 말라는 법이 어디 있겠습니까?"

"하긴 장례식장에서도 무례하게 굴었지. 아들을 잃은 아비의 통분함이라 이해하고 넘어갔다만 따지고 보면 괘씸한 일이지."

그때의 일이 떠올랐는지 수염을 부르르 떨면서 진저리를 친 강철견이 쐐기를 박았다.

"새로운 겸인은 조득배의 소개를 받은 자를 채용하는 게 좋겠다."

"아버님……"

부인이 다급하게 가로막았지만 오히려 꾸지람만 듣고 말았다.

"바깥일은 이제 네 남편에게 맡겨야 하지 않겠느냐?"

아랫입술을 지그시 깨문 부인이 공손한 목소리로 알겠다고 대답하며 고개를 숙였다. 그것으로 겸인을 들이는 문제는 끝나고 말았다. 사랑 밖으로 나온 부인은 앞장서 걷다가 뒤따라오는 그를 향해 휙 돌아섰다.

"어찌 저와 상의도 없이 겸인을 들이는 문제를 결정하신 겁니까?"

너무나 표독스러운 목소리에, 중문 앞에서 기다리고 있던 향월이가 깜짝 놀라는 게 보였다. 가슴이 터질 것처럼 두근거렸지만 최대한 담담하게 말했다.

"집안의 겸인을 들이는 문제를 어찌 부인과 상의한단 말이오? 그러는 부인은 고가수를 겸인으로 들이는 것을 나와 상의한 적이 있었소?"

파랗게 질린 부인의 손이 부들부들 떨리는 게 보였다. 떨리는 손으로 치맛자락을 움켜쥔 부인은 몸을 돌려서 안채 쪽으로 성큼성큼 걸어갔다. 중문 앞에 서 있던 향월이가 황급히 비켰지만 부인은 손을 들어서 따귀를 때렸다.

"건방진 것! 어딜 가로막는 게냐!"

뺨을 맞은 향월이는 연신 고개를 숙이며 죄송하다고 했지만 부인은 앙칼진 목소리로 한참을 꾸짖은 후에야 안으로 들어갔다. 풀이 죽은 향월이는 고개를 숙인 채 부인을 따라 안채로 들어갔다. 부적 때문에 그의 정체를 의심하는 부인과 갈등을 일으키는 건 여러모로 좋지 않았지만 고가수가 집안으로 들어오는 것은 무슨 일이 있어도 막아야만 했다. 한숨 돌린 그는 작은사랑으로 들어갔다.

또다른 낯선 땅에서

—인조 15년(1637년) 8월, 한양

"인사 올립니다. 조수팽이라고 합니다."

갓 스물을 넘긴 푸릇푸릇한 얼굴을 한 조수팽이 납작 엎드려 절을 했다. 오늘 아침 강철견이 지켜보는 가운데 배코를 치고 상투를 튼 황천도는 마음이 좀 편안했다. 장죽을 물고 보료위에 앉은 그는 조득배의 소개로 일하게 된 겸인의 얼굴을 천천히 뜯어봤다. 두툼한 매부리코에 각지고 가는 턱, 그리고 제법 정성껏 다듬은 팔자수염을 가진 얼굴은 도통 속을 들여다볼 수 없었다. 조득배는 믿을 만하다고 큰소리를 쳤지만 정신을 바짝 차리는 수밖에는 없었다. 그는 단정하게 앉은 조수팽에게 말했다.

"얘기는 많이 들었네. 앞으로 이 집안일을 잘 맡아서 처리해 주게."

"성심성의껏 일하겠습니다."

"대략 들어서 알고 있겠지만 자네 앞날은 내 일을 얼마나 잘 처리해주느냐에 달려 있네."

그러자 조수팽의 눈빛이 반짝거렸다.

"소인이 어찌하면 되겠습니까?"

"일단 아랫것들을 잘 다독거려서 마음을 사게. 그들은 대부분 집사람이 사들여서 부인 말이라면 벌벌 떨고 있지."

"대략 얘기는 들었습니다. 집안의 호령은 사랑채에서 나와야 기강이 서는 법이지요."

"섣불리 움직이지 말고 차근차근 움직이게. 안사람은 자신이 원하는 겸인을 들여놓지 못해서 자네를 아주 미워하고 있으니까 말이야. 집안 돌아가는 것은 뭐든 알아내고, 나에게 고하게."

황천도는 그의 말 한 마디 한 마디를 놓치지 않기 위해 경청하는 조수팽의 모습을 보면서 묘한 우월감을 느꼈다. 예전에 양반들이 속내를 들여다보는 것 같은 말들을 할 때마다 깜짝깜짝 놀라곤 했는데 이렇게 돌아가는 정황을 알고 있었기 때문에 가능한 일이었다. 얘기를 들은 조수팽이 조심스럽게 말했다.

"안주인 마님에게는 이따 따로 인사를 올리겠습니다."

"그렇게 하게. 그리고 부인이 하는 남초 장사가 어떻게 돌아가는지, 그리고 그렇게 번 돈을 어디에다 쓰는지도 알아봐주게."

"외가 쪽 친척들이 운종가에서 장사를 하고 있습니다. 남초도 그쪽을 통해서 거래가 있을 것이니, 집안일을 어느 정도 정리한 후에 알아보겠습니다."

"잘해주기 바라네."

장죽을 입에서 뗀 그가 말하자 조수팽이 고개를 바짝 숙였다.

"믿고 맡겨주십시오."

주저하던 황천도는 일어나려는 그에게 말했다.

"그리고 한 가지 더……"

"말씀하십시오."

"조득배의 집 안잠자기였던 오월이라는 계집종이 있었네. 지금 어디 있는지 알아봐주게. 급한 건 아니니까 서두르지 않아도 되네."

"알겠습니다."

대답한 조수팽이 나간 이후에 선불리 움직였다는 후회가 물밀듯이 밀려왔다. 그동안 조득배의 집을 드나들면서 유심히 살펴봤지만 오월이는 보이지 않았다. 그렇다고 차마 대놓고 물어볼 수는 없었기 때문에 답답함만 커져갔다. 조수팽을 통해서 알아본다면 그나마 덜 위험할 것이라는 생각에 조심스럽게 한 발을 내디딘 것이다.

지난 한 달 동안 집안은 살얼음판 같은 분위기가 이어졌다. 자신이 밀던 고가수가 겸인이 되지 못하자 부인은 노골적으로 싫어하는 기색을 드러냈다. 하지만 그는 모른 척하고 사랑방에서 책을 읽는 것으로 시간을 보냈다. 그사이 변발을 했던 머리카락이 다 자라서 배코를 치고 상투를 틀어올릴 수 있었다. 수염도 제법 무성해져서 이제 눈치 보지 않고 외출할 수 있을 정도가 되었다. 그사이 고가수가 몇 번 호준의 집으로 와서 세 명이서 한참 동안 얘기를 나누다가 돌아가곤 했다. 답답하고 불안하긴 했지만 기다리는 수밖에는 없는 노릇이었다. 조수팽이 나가고 작은사랑에 홀로 남은 황천도는 사서의 하나인 『중용』을 읽었다. 몇 장 넘기는데 분합문이 열렸다. 고개를 들자 긴장한 표정의 조수팽이 보였다.

"큰사랑으로 오시랍니다."

"아버님이 말인가?"

책을 덮은 그의 물음에 조수팽이 고개를 끄덕거렸다.

"네. 고가수가 찾아왔습니다."

큰사랑으로 건너가자 강철견의 맞은편에 앉아 있는 고가수와 부인의 모습이 보였다. 한 달 사이에 눈에 띄게 늙어버린 고가수는 고개를 숙여 인사를 했다. 정자관(程子冠: 사대부들이 집에서 쓰는 관모로 층이 있고 위쪽이 터져 있다)을 쓰고 장죽을 물고 있던 강철견은 황천도가 자리에 앉자 고가수를 쳐다봤다.

"아들이 왔으니 할 얘기가 있으면 해보게."

헛기침을 한 고가수가 두 사람을 번갈아 바라보다가 입을 열었다.

"아들 시신을 수습하러 심양에 갈 생각입니다."

"시, 심양이라니?"

황천도보다 놀란 것은 강철견이었다. 눈을 부릅뜬 그의 물음에 고가수가 바짝 엎드렸다.

"금쪽같은 큰아들을 잃고 나서 너무나 원통해서 그렇습니다. 가서 시신이나마 수습해 와야 아비 된 도리를 다하지 않을까 싶습니다."

강철견의 시선이 자연스럽게 향하자 황천도는 침통한 얼굴로 말했다.

"심정은 이해하네만 역질로 죽은 시신들은 모두 거둬들여서 남문 밖 벌판에서 화장을 해버렸네."

"그렇다면 화장한 곳의 흙이라도 가져오겠습니다."

격앙된 고가수의 말이 사랑방 안에 쩌렁쩌렁 울렸다. 그러자 강철견이 조심스럽게 말을 건넸다.

"심정은 이해하네만 먼길을 갔다가 자네까지 상할까 걱정이네."

"앞으로 살날도 많이 남지 않았습니다. 죽기 전에 아들의 흔적이나마 찾아보고 싶습니다."

조용히 듣고 있던 부인이 끼어들었다.

"서방님을 위해 먼길을 떠났다가 변을 당했으니 마땅히 도와야 하지 않겠습니까?"

얘기를 듣는 순간, 황천도는 그녀가 굳이 이 자리에 있고자 한 이유를 짐작했다. 고가수가 당장이라도 울 것 같은 얼굴로 강철견을 바라봤다.

"나리는 누구보다도 제 심정을 이해하실 겁니다. 부디 아들의 흔적을 찾아볼 수 있게 굽어 살펴주시옵소서."

깊게 한숨을 쉰 강철견이 그녀에게 말했다.

"여비를 넉넉하게 챙겨주어라. 속환사를 따라갈 수 있는 방도는 내가 알아보마."

흡족한 표정을 지은 부인의 옆모습을 본 황천도는 이를 악물었다. 지난 며칠 동안 고가수와 부인이 머리를 맞대고 내놓은 결론이 바로 이것이었을 것이다. 춘득의 죽음에 어떤 의문이 있다는 결론이 나면 그의 정체에 대해서 의문을 품는 것은 당연했다. 어쩌면 심증을 굳혀놓고 물증을 찾는 것일지도 몰랐다.

"어디 아프십니까? 안색이 안 좋습니다."

생각에 잠겨 있느라 그녀가 빤히 바라보고 있다는 사실을 몰랐던 황천도는 깜짝 놀라서 대꾸했다.

"나를 도와주러 먼길을 왔다가 뜻하지 않은 변을 당하지 않았습니까? 마음이 아픈 게 당연하지요."

"그러시리라 믿었습니다. 노자는 제가 챙길 테니 서방님께서는 춘득이가 묻힌 장소와 머물렀던 객잔을 알려주시지요."

"그렇게 하리다. 자세하게 써서 찾아갈 수 있게 하겠소."

일단 자리를 피해야만 했다. 추석이 다가오니까 제사 준비를 잘하라는 강철견의 말이 끝나자마자 황천도는 서둘러 자리를 떴다. 작은사랑으로 들어가는 그의 등뒤에 부인과 고가수의 따가운 시선이 들러붙는 것 같았다. 확실한 것은 그들이 뭔가 미심쩍어하고 있으며, 그걸 확인하기 위해서 움직이고 있다는 점이었다. 분합문을 천천히 닫고 보료에 앉은 황천도는 망건에 묻어나는 축축한 땀을 소맷자락으로 닦아냈다. 고가수가 심양에 가서 그 시기에 객잔에 둘이 함께 머물지 않았다는 것을 밝혀내는 순간 파멸로 치닫게 될 것이다. 그럴 필요도 없이 후르사에게 가서 돈을 내밀고 어찌된 일인지 알려달라고 해도 문제였다. 비밀을 지키기로 약속했지만 돈을 주겠다고 하면 금방 털어놓을 게 분명했다. 어떻게든 막아야 한다고 중얼거렸지만 그렇다고 자신이 막아설 수는 없었다. 아랫입술을 지그시 깨물면서 어찌해야 할지 고민하던 그의 귓가에 분합문이 열리는 소리가 들렸다. 문을 열고 사랑방 안으로 들어선 부인이 다소곳하게 앉았다.

"언짢은 일들을 생각나게 해드려서 죄송합니다. 하지만 고가수가 하도 억울하다고 매달려서 어쩔 수 없었습니다."

"이해하오. 고가수는 언제 떠나는 것이오?"

"속환사가 다음달 중에 떠난다고 하니까 그때 갈 것이옵니다."

한양에서 심양까지는 넉넉잡고 한 달이면 충분했다. 마음이 잔뜩 헝클어진 그는 뚫어지게 바라보는 그녀의 시선이 더없이 불편했다. 조심스럽게 시선을 피하는데 부인이 물었다.

"혹시나 저에게 숨기는 게 있으십니까?"

"그게 무슨 말이오?"

고개를 돌려서 똑바로 쳐다본 황천도가 묻자 부인이 살짝 시선을 돌렸다.

"아닙니다. 쉬십시오. 고가수에게 노잣돈을 챙겨주는 건 제가 알아서 하겠습니다."

그녀가 분합문을 열고 나가고 나서도 황천도는 한참 동안 숨을 제대로 쉬지 못했다. 부적 문제부터 춘득의 죽음까지 그녀가 가려는 길의 끝에는 강은태의 죽음과 황천도의 진짜 정체가 놓여 있었다. 그냥 속환이 된 걸로 만족하고 압록강을 넘자마자 어디론가 도망쳐서 숨어 살았어야 했다는 후회가 뒤늦게 밀려왔다. 하지만 벌레처럼 살고 있는 아버지 황음치를 떠올린 황천도는 고개를 저었다. 그렇게 살고 싶지는 않았다. 강은태로 살아가고 싶었다. 그래서 아무런 일도 안 하면서도 끼니 걱정을 하지 않고, 솜털처럼 부드러운 비단옷을 입고 따뜻한 솜이불을 덮고 자고 싶었다. 그러기 위해서는 완벽하고도 완벽하게 강은태로 살아야 했다. 일단 이 위기를 넘겨야만 했다. 고민을 거듭하던 그의 머릿속에 한 가지 생각이 떠올랐다. 자리에서 일어난 그는 서둘러 외출 준비를 했다.

"어서 오시게."

사랑에서 그를 맞이한 조득배가 환하게 웃었다. 황천도가 자리에 앉자 장죽을 물고 있던 조득배가 은근한 목소리로 물었다.

"안색이 별로 좋지 않군."

"고가수가 오늘 우리집에 찾아왔었네."

장죽으로 놋쇠로 된 재떨이를 땅땅 때린 조득배가 말했다.

"춘득이의 죽음을 핑계로 뭘 뜯어내려는 속셈이군."

"맞네. 아버지에게 심양에 가고 싶다고 했네."

"뭐라고?"

놀란 조득배의 눈이 커졌다. 남자 종이 불이 붙은 장죽을 가지고 들어오느라 대화가 잠시 중단되었다. 하인이 나가고 문을 닫자 조득배가 얼굴을 잔뜩 찡그린 채 물었다.

"그놈이 심양에 왜 간다는 말인가?"

"아들이 죽은 장소를 직접 눈으로 봐야겠다고 하더군. 아버지는 마지못해 승낙하셨네."

"가서 이상한 점이라도 발견하면 자네 입장이 곤란해지겠군."

조득배의 얘기를 들은 황천도는 이자가 뭘 알고 있는 게 아닌가 하는 마음에 가슴이 철렁 내려앉았다. 다행스럽게도 조득배는 손사래를 치면서 덧붙였다.

"예를 들자면 자네가 역질에 걸린 춘득이를 돌봐준 게 아니라 멀리했다든지 하는 걸 얘기하는 걸세."

"꼬박 닷새 동안 옆에 붙어 있었네."

황천도가 힘주어 말하자 조득배가 씩 웃었다.

"물론 난 자네를 믿네. 하지만 아들의 죽음에 속이 상하고 자네 집의 겸인이 되는 것에도 실패한 고가수라면 다르지. 사소한 잘못이나 실수를 가지고 침소봉대할 가능성이 커."

그도 같은 생각이었다. 문제는 그런 과정에서 진짜 강은태가 죽었다는 점을 알아차릴 수 있다는 점이다. 속내를 감춘 황천도에게 조득배가 계속 말했다.

"더 큰 문제는 작정하고 거짓말하는 것일세. 멀리 떨어진 심양이라 그걸 확인할 수도 없지 않은가."

"설마 아버지가 그자 얘기를 믿겠나?"

아직도 자신이 강은태라고 철석같이 믿는 강철견의 모습을 떠올린 황천도가 말했다. 그러자 조득배가 장죽을 문 채 쓴웃음을 지었다.

"자네 아버지 춘추가 일흔이 넘었지? 내일 돌아가셔도 이상하지 않을 나이지. 집안을 좌지우지하는 건 자네 부인이지. 그리고 고가수는 자네 부인과 친하고, 서자인 호준도 부인 편에 설 것이 틀림없어."

"그 아이가 왜?"

황천도가 짐짓 모른 척하고 묻자 조득배가 혀를 찼다.

"어허, 이렇게 눈치가 없어서야 어찌 가장 노릇을 하겠어. 자네가 없을 때는 호준이가 집안의 장자 노릇을 대신했다네. 대청에 오르지는 못했지만 제사를 지낼 때도 참석했고 말이야. 자네가 돌아오면서 밀려났으니 좋기야 하겠나?"

황천도는 자신을 볼 때마다 미소로 응대하는 호준을 떠올렸다. 그리고 힘없이 장죽을 물었다. 인정하고 싶진 않지만 호준의 입장에서는 황천도, 아니 강은태의 등장이 반가울 리 없었다. 그의 표정을 살핀 조득배가 슬쩍 말했다.

"고가수가 가는 것도 문제지만 자네 일 때문에 간다는 사실만 알려져도 온갖 소문이 돌 것일세. 그러면 집안에서의 자네 위치도 흔들릴 것이고 말이야."

진실이 밝혀지면 그런 것쯤은 아무 문제도 아니라는 말이 입 밖으로 나올 뻔했다. 어쨌든 냉정하게 얘기하는 조득배의 시선은 많은 도움이 되었다. 말을 마친 그는 장죽을 문 채 황천도를 응시했다. 부탁할 말이 있으면 하라는 눈빛이었다.

"고가수가 심양에 가지 못하게 막아주게."

"그건 자네가 아버지를 설득하면 되잖아."

기다렸다는 듯 조득배가 대답하자 그는 고개를 저었다.

"어찌 아버지가 결정한 일을 번복할 수 있겠는가? 만약 아버지가 미리 그 일을 아셨다면 나와 상의하셨겠지. 하지만 고가수는 할말이 있다고만 하고는 나와 아버지가 있는 자리에서 그 얘기를 하고 눈물로 읍소했네."

"거기다 자네 부인이 옆에서 거들었을 것이고 말이야."

큰사랑의 일을 손바닥처럼 들여다본 것 같은 그의 말을 들은 황천도의 얼굴이 굳어졌다. 조수팽이 떠올랐지만 그는 그 자리에 없었다. 장죽을 문 채 한참 동안 고민에 빠져 있던 조득배가 말했다.

"그자가 속환사에 합류하는 건 아마 자네 아버지가 힘을 쓸 것일세. 어떤 명목으로 들어가는지 알아오면 내가 방도를 찾아보지."

"고맙네."

아직 해결된 것은 아니지만 이번 고비를 넘길 희망이 보인 것이다. 씩 웃은 조득배가 덧붙였다.

"안색이 너무 안 좋네. 바깥바람도 좀 쐬고 그러시게. 조만간 연락할 터이니 나랑 경강(京江: 조선시대 한강을 부르던 명칭으로, 정확하게는 뚝섬과 양화나루 일대를 지칭한다)으로 바람이나 쐬러 가세."

"그렇게 함세."

입에 물고 있던 장죽을 내려놓은 황천도가 일어나자 조득배가 배웅을 위해 따라 일어나면서 농담을 건넸다.

"이게 다 자네가 너무 오랫동안 자리를 비워서 그런 것일세."

농담 아닌 농담을 들은 황천도는 그저 쓴웃음만 지을 수 있었다. 밖으로 나오면서 아버지 황음치의 집으로 가볼까 했지만 너무 오랫동안 자리를 비우면 이런저런 얘기가 나올 듯했다. 집으로 돌아온 황천도는 때마침 큰사랑 뒤쪽의 후원에 서 있던 강철견을 봤다. 한걸음에 다가가 고개를 조아리자 강철견이 눈앞의 소나무를 가리켰다.

"네가 출정하고 나서 새로 심은 백송이란다. 집을 옮길 때마다 같은 자리에 옮겨 심었단다. 어느덧 이렇게 컸구나."

황천도는 키보다 조금 더 자란 백송을 올려다봤다. 가시처럼 돋아난 솔잎 사이로 아기 주먹만한 솔방울들이 드문드문 달려 있었다. 그는 강철견의 늙고 앙상한 어깨에 손을 살짝 올렸다.

"제가 너무 오랫동안 자리를 비워서 죄송할 따름입니다."

"그게 어찌 너의 탓이겠느냐. 너를 오랑캐들이 있는 사지로 보낸 내 탓이 아니겠느냐."

떨리는 어깨를 통해서 그가 울고 있음이 느껴졌다. 강은태가 가문의 영광과 자식에 대한 애정 사이에서 갈팡질팡하던 아버지에 대해서 얘기하던 때가 떠올랐다.

"아버님은 해야 할 일을 하셨을 뿐입니다. 너무 심려치 마시옵소서."

"내가 고가수의 부탁을 승낙한 일로 혹여 마음 상하지는 않았느냐?"

"그럴 리가 있겠습니까?"

"거절하는 것이 집안의 체면을 살리는 일이겠지만 그전에 아들을 잃은 아비의 눈물을 외면하기가 쉽지 않았느니라. 거기서 무엇을 보고 들었든지 입을 열지 않기로 다짐을 받을 것이다. 그러니 너무 심려하지 말거라."

황천도는 가볍게 고개를 끄덕거리면서 대답했다.

"알겠습니다."

강철견으로서는 당연한 일이겠지만 문제는 고가수의 배후에 있는 부인이었다. 황천도의 대답을 들은 강철견이 물었다.

"그래, 요즘 작은사랑에서 무얼 하고 있느냐?"

대답이 궁색해진 황천도가 머릿속에 떠오른 얘기를 가지고 대답했다.

"귀환기를 쓰고 있는 중입니다."

"귀환기?"

"예, 지난 이십 년간 오랑캐들에게 잡혀 있으면서 보고 들은 것, 그리고 속환된 과정을 정리하려고 말입니다."

"잘한 일이다. 남들은 우리가 무인 집안이라 학문을 게을리 한다고 우습게 보지 않느냐. 반드시 완성해서 우리 집안이 문무를 겸비했다는 것을 알려야 할 것이다."

"그리하겠습니다."

대답을 하고 돌아서려는 찰나, 강철견이 조심스럽게 물었다.

"아직도 며느리와 합방을 하지 않는다 들었다. 무슨 문제라도 있는 것이냐?"

"아닙니다. 아직 제 몸이 완쾌되지 않아서 적당한 시기를 기다리고 있는 것뿐입니다."

"전에도 얘기했듯이 아직 후사를 볼 수 있는 나이다. 집안이 아무리 융성한다고 한들 전해줄 후손이 없다면 아무 소용이 없는 법이니라."

의심으로 가득한 부인의 눈빛을 떠올린 황천도가 힘없이 대답했다.

"깊이 명심하겠습니다."

그날 이후, 황천도는 사랑방에 틀어박혀서 귀환기를 썼다. 부인은 남초를 사고파는 일 때문에 하루에도 두세 번씩 바깥출입을 했다. 그때마다 이호준이 그림자처럼 따라붙었다. 조수팽은 집 안팎을 부지런히 다니면서 눈 역할을 대신해줬다. 귀환기를 쓰면서, 두 사람을 부렸던 후르사의 이름과 농장 위치를 적었다. 그리고 심양관에 갔던 일과, 심양의 남문 밖에 있는 심양강의 벌판에서 죽은 역질 환자들을 불태웠다는 것, 머무른 객잔 이름을 적었다. 때마침 그가 조선으로 돌아올 즈음 남문 밖에서 역질로 죽은 사람들을 태웠기 때문에 넘어갈 것 같았지만, 머물던 객잔은 거짓으로 적었다. 고가수가 못 찾으면 그사이 없어진 것 같다고 둘러댈 생각이었다. 심양의 객잔만 해도 백 곳이 넘을 것이니 일일이 뒤진다고 해도 허탕을 칠 게 분명했다. 후르사의 존재가 가장 마음에 걸렸지만 춘득이 죽기 전날 보낸 간찰에 언급했을 가능성이 높았기 때문에 일단 사실대로 적었다. 떠나기 전, 후르사에게 신신당부하긴 했지만 돈 앞에서 어떤 얘기를 할지는 장담할 수 없었다.

그렇게 불안하고 초조한 사흘쯤 지날 무렵, 바깥이 떠들썩했다. 조수팽이 들어와서 조득배가 찾아왔음을 고했다. 밖으로 나가자 대문 밖에 진을 치고 있는 조득배의 모습이 보였다. 그가 황천도를 보고 활짝 웃었다.

"날이 좋으니 유람이나 가세."

허리가 안 좋아서 침을 맞던 강철견이 때마침 나오자 조득배가 넉살 좋게 웃으며 인사했다.

"오랜만입니다, 어르신. 잠깐 아들을 데리고 나갔다 오겠습니다."

"그렇게 하게나. 안 그래도 글을 쓴다고 방에만 있어서 걱정하고 있던 참일세."

강철견이 도로 침을 맞으러 큰사랑으로 들어가고 조수팽이 나서서 그의 외출 준비를 했다. 안장을 얹은 말을 끌고 오도록 했다. 접이식 의자인 호상을 밟고 안장에 오른 황천도가 조득배에게 물었다.

"어디로 갈 셈인가?"

"양화진으로 가지. 바람도 쐬고, 볼 것도 있고 말이야."

두 필의 말이 나란히 새문을 나가 아현 고개를 넘었다. 두 사람이 탄 말 뒤로는 호상과 돗자리, 음식들을 짊어진 남자 종들이 따라왔다. 그중 공고상(公故床: 야외에서 음식을 차릴 때 머리에 이고 가던 상)을 머리에 올린 남자 종 한 명이 유난히 낯이 익어서 몇 번이고 돌아보다가 겨우 누군지 알아챘다. 강철견과 함께 처음 조득배의 집에 갔을 때 마주쳤던 떠꺼머리였다. 등에 짐을 짊어진 그는 무릎까지 바지를 걷어올린 채 바닥을 내려다보면서 터벅터벅 걸었다. 한창 더운 8월이라 말도 사람도 땀에 젖어 번들거렸다. 쥘부채를 펼쳐서 살살 흔들던 조득배가 아현 고개를 넘어서 경강이 멀리 보이기 시작하자 조수팽에게 눈짓을 했다. 그러자 조수팽이 뒤따르던 하인들의 걸음을 늦췄다. 제법 떨어져서 말을 해도 들리지 않을 거리가 되자 조득배가 입을 열었다.

"조보(朝報: 조선시대 승정원에서 발행한 관보)를 보니 속환사는 닷새 후에 출발한다고 하네. 고가수는 말구종으로 합류할 것이고 말이야."

"말구종으로 간다고?"

"원속인들이 종종 쓰는 방법일세. 많은 뇌물을 주고 하인으로 들어가서 심양에 가는 것이지. 아마 자네 아버지가 힘을 좀 쓴 듯싶지만, 돈이 만만치 않게 들어갔을 것이야. 종침교에 있는 자기집을 가쾌(家儈: 오늘날의 부동산 중개인으로, 집주릅이라고도 불렸다)에게 내놨다고 하는데 그것만으로는 부족했을 거야. 그런데 며칠 만에 나머지 돈을 가져왔다더군."

조득배의 얘기를 들은 황천도는 나머지 돈의 출처를 눈치 챘다.

"집사람이 돈을 보태줬겠군."

황천도의 말에 조득배가 고개를 끄덕거렸다.

"그런 것 같네. 두 사람이 심양에서 뭘 찾으려고 하는지는 모르겠지만 큰 기대를 걸고 있는 것만은 틀림이 없어."

"막을 방법은?"

"의주부에 우리 집안이 단골리 노릇을 해주는 관리들이 있네. 간찰을 써서 보냈으니 너무 걱정 말게. 뇌물을 받고 사절단에 들어간 자들을 단속해서 붙잡아둘 걸세."

"고맙네."

"친구 좋다는 게 뭔가. 그나저나 내가 왜 자네를 이곳으로 데려왔는지 알고 있는가?"

황천도가 모르겠다고 대답하자 조득배가 씩 웃으면서 조수팽에게 말했다.

"망원정(望遠亭: 양화대교 서북쪽에 있는 조선시대 이름난 정자)으로 가세나."

말머리를 튼 행렬은 경강이 잘 내려다보이는 망원정으로 향했다. 남자 종들이 정자 아래에서 음식을 준비하는 동안 두 사람은 정자 위로 올라갔다. 햇볕이 제법 뜨거웠지만 정자 안은 지붕이 가려주어서 더위를 피할 만했다. 팔각형의 정자에서는 북적거리는 마포와 양화진 나루, 그리고 멀리 잠두봉까지 한눈에 들어왔다. 아까 눈여겨봤던 떠꺼머리 남자 종이 대나무 돗자리를 깔고 물러났다. 조득배가 잠시 소피를 보러 간다고 자리를 뜬 사이 조수팽이 다가와 속삭였다.

"저 아이입니다."

"뭐가?"

영문을 모르겠다는 표정으로 되묻자 조수팽이 덧붙였다.

"지난번에 알아보라고 하셨던 오월이라는 계집 말입니다. 그 계집의 자식이 바로 저놈입니다."

너무나 놀란 황천도는 아무 말도 하지 못하고 계단을 내려가는 떠꺼머리 남자 종을 바라봤다. 코와 턱선은 오월이를 닮았고, 약간 처진 눈매와 툭 튀어나온 이마는 그를 닮은 것 같았다. 오월이가 아이를 낳았을 것이라고는 생각지도 못했던 황천도는 큰 충격을 받았다. 가까스로 정신을 수습한 그가 물었다.

"이름이 뭐라 하더냐?"

"상이라고 부른답니다."

"오월이는?"

"십 년 전에 역병으로 죽었다고 합니다."

그녀의 모습을 떠올린 황천도는 애써 태연한 척 물었다.

"그러고 나서 저 아이는 조씨 집안에 남겨졌군."

황천도의 말에 조수팽이 고개를 끄덕거렸다.

"어미가 노비면 자식도 노비 신분이니까요. 그런데 어인 일로 사정을 알아보라고 하신 겁니까?"

"오월이의 비부도 나와 함께 종군하였었네. 여러 번 얘기를 해서 궁금해서 알아봤던 것일세."

"오월이의 비부라면 황천도 말씀이십니까?"

"네가 그자를 어찌 아느냐?"

조수팽의 입에서 자신의 진짜 이름이 튀어나오자 황천도는 깜짝 놀라고 말았다.

"내가 알려줬네."

어느 틈엔가 정자로 올라온 조득배가 자리에 앉으면서 말했다.

“자네가 궁금해한다고 해서 이상하게 여겼는데 그런 인연이 있었군. 황천도는 어찌 되었나?”

“내가 풀려날 때까지 함께 갇혀 있었네. 그후로는 나도 소식을 몰라.”

“하긴 그놈한테는 여기나 거기나 다를 바가 없겠지. 오월이가 종종 그 녀석 얘기를 하는 바람에 기억했었어. 계집종 주제에 열녀 흉내를 내서 좀 짜증이 나서 말이야.”

황천도는 터져나오려는 눈물을 애써 참았다. 여기서 울거나 다른 모습을 보인다면 조득배조차 자신을 이상하게 여길 게 틀림없었다. 그는 일부러 고개를 돌려서 해를 바라봤다. 따가운 햇살 때문에 찌푸려진 얼굴 사이로 슬픔을 묻어두기 위해서였다. 겨우 진정하는 사이 하인들이 부지런히 움직여서 음식을 차렸다. 하인들 사이에서 오월이의 아들을 본 황천도는 시선을 경강의 양화 나루 쪽으로 돌렸다. 그가 떠나기 전만큼은 아니지만 제법 많은 배들이 나루터를 드나들거나 머물러 있었다. 배들이 있는 나루터에는 짐을 짊어진 사람들이 바쁘게 움직였는데 정자에서 보면 꼭 개미 새끼들이 움직이는 것 같았다. 배의 짐을 나르거나 물고기 잡는 것으로 생계를 잇는 강대 사람들이었다.

작은 공고상에 술과 안주가 차려졌다. 오랑캐가 쳐들어와서 임금이 삼전도에서 머리를 땅에 박고 항복한 것이 불과 1년 전이라는 사실이 믿기지 않았다. 도성이 빠르게 재건되면서 상처가 아문 것처럼 보였다. 끌려갔거나 죽은 사람들의 빈자리는 가족들의 아픔으로만 남았다. 이런저런 생각에 빠져 있던 그에게 조득배가 술을 권했다.

"무슨 생각을 그리하시나?"

"아닐세. 그래, 굳이 이곳으로 날 불러낸 이유가 무엇인가?"

술잔을 든 황천도의 물음에 조득배가 피식 웃었다.

"성미가 급한 건 예나 지금이나 여전하군. 나는 사흘에 한 번씩은 여기 와서 경강을 내려다보고 간다네. 포구에 드나드는 배들의 숫자를 보려고 말일세."

"그걸로 뭘 하려고?"

조득배는 대답 대신 정자 아래 있던 자신의 겸인에게 손짓했다. 잠시 후, 겸인이 오동나무 상자를 가지고 조심스럽게 올라왔다. 조득배는 겸인이 놓고 물러난 오동나무 상자를 턱으로 가리키면서 말했다.

"열어보게."

머뭇거리던 황천도가 오동나무 상자를 열자 여름과 어울리지 않는 냉기가 확 치솟았다. 안에는 이끼에 싸인 무언가가 놓여 있었다. 축축한 이끼를 조심스럽게 벗겨내자 뜻밖의 물건이 보였다. 눈이 휘둥그레진 황천도가 물었다.

"이, 이것은 얼음 아닌가?"

"맞네. 여름의 무더위를 식혀주는 얼음이지."

손으로 얼음을 꺼낸 조득배가 공고상 위에 올려놨다. 뜨거운 햇볕이 내리쬐면서 얼음이 차츰 녹아내렸다. 이 더운 여름에 대체 어디서 얼음이 났을까 궁금해하던 황천도의 귓가에 조득배의 목소리가 들렸다.

"나라에서 한강에 빙고를 두고 겨울에 채취한 얼음을 보관하는 것은 자네도 알고 있겠지?"

"물론이지."

이건 강은태에게서도 들은 적이 없는 일이었다. 최대한 조심스럽게 대답한 황천도에게 조득배가 말했다.

"얼음은 여름에 여러모로 쓸모가 많지. 자네 빙어선(氷漁船)이라는 얘기를 들어본 일이 있는가?"

"없네."

"쉽게 말하자면 붙잡은 생선을 얼음에 재워서 경강으로 들여오는 배일세. 생선을 오래 보관하려면 말리든지 소금을 뿌리는 수밖에는 없었지. 하지만 번거롭고 비용이 들지. 거기다 생선을 먹는 이들은 늘 신선한 걸 원하고 말이야. 빙어선을 이용하면 이 더운 여름날에도 최소한 닷새는 상하지 않도록 할 수 있지. 그뿐인가? 반촌에서 잡은 육고기들도 이 얼음을 쓰면 쉬 상하지가 않네."

조득배가 설명하는 사이 공고상 위의 얼음은 금방 녹아서 물로 변해버렸다. 황천도가 신이 나서 떠드는 조득배에게 물었다.

"그렇게 쓸모가 있다면 돈이 되겠군."

"되다마다. 이게 바로 하얀 황금이란 말일세."

벌떡 일어난 조득배가 난간에 기댄 채 양화 나루를 가리켰다.

"경강의 입구에 해당되고 한양과 가깝지. 그래서 서해와 경강에서 잡은 어물들이 모인다네. 그 말은 이곳에서 얼음이 가장 많이 소모된다는 것이지. 나라에서 만든 빙고에서는 그런 곳에 얼음을 쓰는 걸 허용하지 않는다네. 남은 방법은 사빙고를 세워서 직접 얼음을 만드는 것이야."

황천도는 조득배의 얘기를 들으면서 이해가 가는 구석과 그렇지 않은 부분이 같이 머릿속에 떠올랐다. 중인 신분에 장사꾼 집안인 그가 돈 벌 기회를 노리는 것은 당연했다. 문제는 왜 그가 이 얘기를 자신에게 구구절절하게 설명하는지였다. 그의 표정을 읽은 조득배가 씩 웃었다.

"왜 자네한테 그런 얘기를 하는지 궁금한 모양이군. 이곳에 먼저 자리잡은 주인 때문이지."

"주인이라니?"

황천도의 물음에 조득배가 도로 자리에 앉으면서 말했다.

"진주 강씨 집안이라네. 이백 년 전부터 이곳에 사빙고를 세우고 얼음을 팔고 있지."

그 얘기를 듣자 조득배의 속셈이 이해가 갔다. 그의 집안, 정확하게는 강철견의 권세가 필요한 것이다.

"내 아버지 도움이 필요한가?"

"물론이지. 빙고는 세우는 일은 그렇다 쳐도 진주 강씨 집안과 대적하려면 조정에 든든한 뒷배가 필요해. 하지만 자네 아버지는 너무 고지식하셔서 도통 말이 안 통하고, 반대로 자네 부인은 너무 장삿속이 밝아서 말이야. 돈이 된다 싶으면 우리도 제치고 이 일에 뛰어들 걸세."

황천도가 아무 말 없이 술잔을 비우자 조득배가 바짝 당겨 앉았다.

"자네라면 나와 충분히 말이 통하리라 믿네. 자네 아버지를 움직여주게."

잠깐 뜸을 들인 조득배가 씩 웃으면서 덧붙였다.

"그러면 나도 자네를 힘껏 돕지."

"아버지에게 얘기는 하겠네만 어찌될지는 모르겠네."

한 번에 넘어가지 않겠다고 다짐한 그의 대답에 조득배가 씩 웃었다.

"당연한 일이겠지. 나도 한 번에 설득될 거라고는 믿지 않네. 하지만 자네 아버님의 춘추가 일흔이 넘으셨어. 서두르는 게 좋을 걸세."

"틈을 봐서 얘기하겠네."

"역시 자네는 말이 통해서 좋단 말이야."

호탕하게 웃은 그가 술잔을 집어들었다. 그후로도 이런저런 얘기가 오고갔지만 황천도의 눈과 마음은 정자 아래에서 이리저리 움직이는 오월이의 아들에게서 떨어지지 않았다. 겸인의 꾸지람을 들으며 이리저리 움직이는 모습이 안쓰러워 보였지만 차마 내색할 수는 없었다. 음식 냄새가 퍼졌는지 정자 주변으로 걸인들이 모여들었다. 남자 종들이 눈을 부릅뜨고 쫓아냈지만 시간이 지나자 점점 늘어났다. 결국 얘기는 서둘러 마무리되었다.

황천도는 말에 오르면서 이런저런 생각들을 정리했다. 조득배의 속셈이 확실해진 이상 서두르지 않기로 말이다. 그가 고가수 문제를 확실하게 처리한 후에 강철견에게 얘기해도 늦지 않을 것이다. 문제는 강철견과 오랜 얘기를 나누다가 혹시나 진짜 정체를 들키지 않을까 하는 두려움이 든다는 것이었다.

부인과 고가수, 이호준은 각기 자신의 문제나 원한 때문에 의심을 품고 있지만, 아버지의 본능을 건드리게 된다면 어떤 일이 벌어질지 장담할 수 없었다. 애초 생각은 강철견이 죽을 때까지 조용히 기다리는 것이었지만, 부인과 고가수가 움직인 이상 어떤 형태로든 대응해야만 했다.

말에 올라타는데 조득배의 겸인들이 따라왔던 남자 하인들에게 남은 음식을 나눠주는 게 보였다. 공고상을 짊어지고 왔던 오월이의 아들도 음식을 받으려고 애걸했다.

"할아버지가 아프셔서 며칠째 누워 계십니다. 뭐라도 좀 주십시오."

"일없다. 배곯기 싫으면 열심히 일을 하든지."

겸인이 쏘아붙이자 오월이의 아들은 아무 말도 하지 못했다. 안장에 걸터앉은 조득배가 겸인이 건네준 장죽을 물면서 얘기했다.

"좋은 소식 기다리겠네. 난 올겨울부터 시작하면 좋겠어."

황천도는 대답 대신 고개를 가볍게 끄덕거렸다. 그가 출발하는 뒷모습을 지켜보던 황천도는 조수팽을 손짓으로 불렀다.

"아랫것들은 먼저 보내고, 남은 음식들을 가지고 따르게."

"알겠습니다."

말구종 한 명만을 먼저 남겨놓고 하인들을 따로 보낸 조수팽이 음식들이 든 보따리를 따로 챙기고는 물었다.

"어디 들르실 곳이 있습니까?"

"아현 고개 옆에 삼반령이라는 곳이 있네. 그곳으로 가세."

지난번처럼 혼자 가고 싶었지만 보는 눈들이 워낙 많았다. 말구종이 고삐를 잡아당기자 말이 천천히 움직였다. 조득배가 고가수를 막는다면 일단 큰 고비는 넘기는 셈이다. 문제는 부인을 필두로 한 주변인들의 의심을 어떻게 잠재우느냐였다. 더 생각하기는 싫었지만 의심을 없애는 방법은 한 가지뿐이었다. 고민에 잠겨 있는 사이 그를 태운 말이 삼반령에 도착했다. 초가집들이 줄지어 서 있는 좁은 골목길 앞에서 말을 멈춘 조수팽이 물었다.

"여기가 삼반령입니다. 어디로 갈까요?"

대답 대신 말에서 내린 황천도는 조수팽이 들고 있던 보따리를 들었다.

"금방 돌아올 터이니 여기서 잠깐만 기다리고 있게."

"소인이 모시겠습니다."

조수팽이 얼른 대답했지만 황천도는 따라오지 말라는 손짓을 하고는 골목길을 걸어갔다. 진흙이 깔려서 질퍽한 길을 걸어서 예전에 살던 집에 도착한 그는 숨을 죽이고 집 주변을 살폈다. 누군가와 마주치지 않을까 겁이 났지만 다행스럽게도 다들 일을 나갔는지 마을은 고요했다. 이렇게 오다가 눈에 띄게 되면 문제가 생길 수 있지만 아버지가 아파서 며칠째 누워 있다는 소리를 듣고는 그냥 지나칠 수가 없었다. 한 뼘도 안 되는 쪽마루에 음식이 든 보따리를 올려놓는데 구멍이 숭숭 뚫린 독창문 안쪽에서 쿨럭거리는 기침 소리가 들려왔다. 힘겹게 들리는 기침 소리에 황천도는 보따리를 든 손을 부르르 떨었다. 당장이라도 뛰어들어가서 손을 잡고 아들이 돌아왔다고 얘기하고 싶었지만 꾹 참는 수밖에는 없었다.

보따리를 놓은 황천도는 아버지가 누워 있는 집을 향해 큰절을 올리고 돌아섰다. 싸리문 밖으로 나오는데 바로 옆집의 측간에서 누군가 나오는 소리가 들렸다. 흑립을 푹 눌러쓴 황천도는 조수팽과 말구종이 기다리고 있는 곳으로 서둘러 돌아갔다. 말에 올라탄 그는 두 사람 몰래 마을 쪽을 힐끔 쳐다봤다. 당장이라도 늙은 아버지가 맨발로 뛰어나올 것 같았고, 차라리 그랬으면 하고 바랐다. 하지만 아버지는 끝끝내 모습을 드러내지 않았고, 황천도는 말에 탄 채 강철견의 집으로 끌려가야만 했다. 흔들리는 말 위에서 황천도는 강은태를 죽이고 이 끔찍한 운명 속으로 끌려들어오게 만든 자신의 오른손을 내려다봤다.

대문 앞에서 부인과 호준이 얘기를 나누고 있는 모습이 보였다. 두 사람의 옆에는 장옷을 든 향월이가 다소곳하게 서 있었다. 말을 타고 오는 황천도를 본 향월이가 먼저 인사를 하자 두 사람의 대화도 중단되었다. 호준이 한걸음에 달려와서 인사를 했다.

"이제 돌아오십니까, 형님?"

기분이 침울해져 있던 황천도는 활짝 웃는 호준의 얼굴을 보고는 조금 마음이 가라앉았다. 그사이 부인은 대문 안으로 사라졌다.

"일이 있어서 잠깐 나갔다 왔느니라. 계속 집에 있었느냐?"

"네. 장부를 정리하다가 잠깐 바람을 쐬러 나왔습니다."

속마음은 어떤지 모르겠지만 호준은 계속 예의바른 미소로 그를 대했다. 황천도는 대문을 넘어서 집안까지 따라 들어오는 호준에게 물었다.

"그나저나 이제 스물이 다 되어가는데 어찌 혼례를 올리지 않느냐? 적당한 혼처를 못 찾은 것이냐?"

"아버님께서 혼처를 몇 군데 알아봐주셨는데 제가 싫다 하였습니다."

"어째서? 마음에 들지 않으면 내가 알아봐줄까?"

반쯤은 농담이었지만 호준의 눈빛은 차가움으로 반짝거렸다.

"반쪽짜리로 사는 아이를 또 만들어서 무얼 하게요?"

무심코 상처를 드러낸 호준의 입술이 일그러졌다.

"무슨 말을 그리하느냐? 아버님이 너를 서자라 차별한 적이 있느냐? 아니면 내가 괄시를 한 적 있단 말이냐?"

"물론 아니지요. 그렇다고 제 신세가 바뀌는 건 아니지 않습니까?"

차갑게 대꾸한 호준은 고개를 숙여 인사하고는 대문 밖으로 나갔다. 홀로 남은 황천도는 작은사랑으로 들어갔다. 부인은 안채로 들어갔는지 모습이 보이지 않았다.

닷새 후, 심양으로 속환사가 출발했다. 조득배의 말대로 고가수는 말구종으로 사절단에 합류했다. 황천도는 조마조마한 심정으로 의주대로를 거슬러올라가는 속환사의 행렬을 지켜봤다. 얼마 후, 의주에서 이런저런 편법으로 속환사에 합류한 피로인들의 가족이 모두 적발되었다는 소식이 들려왔다. 부인은 조정이 어찌 이럴 수 있느냐며 분개했고, 황천도도 눈앞에서는 맞장구를 쳤지만 속으로는 안도의 한숨을 쉬었다.

또다른 이름

—인조 15년(1637년) 9월, 한양

의주에서 심양으로 넘어가지 못한 이후 어쩐 일인지 고가수는 돌아오지 않았다. 9월에 접어들면서 집안은 추석 때 지낼 제사 준비로 바빠졌다. 그사이, 조수팽은 집 안팎을 살피면서 그의 눈 노릇을 했다. 강철견은 아들이 돌아온 이후 첫번째 제사라면서 차질 없이 준비하라고 일렀다.

고가수가 찾아온 것은 그렇게 한창 정신이 없을 때였다. 소식을 듣고 부인과 함께 큰사랑으로 향하는 황천도의 가슴은 쿵쾅거렸다. 사랑방에 앉아서 강철견과 얘기를 나누던 고가수는 오랜 객지 생활 탓인지 지치고 피곤해 보였다. 하지만 눈빛만큼은 묘하게 빛이 났다. 부인과 황천도가 방석 위에 앉자 고가수가 느릿한 목소리로 말했다.

"그동안 소식을 전해드리지 못해서 죄송합니다. 속환사를 따라 국경을 넘어가려다가 정식 사절이 아니라는 이유로 제외되고 말았습니다."

"저런."

얘기를 들은 강철견이 혀를 찼다. 조득배를 통해서 정황을 알고 있던 황천도는 가만히 고개를 끄덕거렸다.

"그래서 속환사를 따라가던 역관에게 알아봐달라고 부탁을 했습지요."

얘기를 들은 황천도는 속으로 아차 싶었다. 왜 다른 사람에게 알아볼 수도 있다는 점을 간과한 것일까 속으로 자책했지만 겉으로는 아무렇지도 않은 표정으로 얘기를 들었다. 돌연 고가수가 고개를 돌려서 황천도를 바라봤다. 주름살에 눌려 찌그러진 눈이 보였다. 고가수가 천천히 고개를 숙였다.

"그동안 도련님을 의심하고 무례하게 굴었던 점을 사죄드립니다."

뜻밖의 얘기에 황천도는 물론 강철견까지 어리둥절해했다.

"그게 무슨 말인가? 내 아들을 의심했다니?"

"사실은 그게……"

짧은 순간 고가수의 시선이 부인을 스쳐지나가는 것이 보였다.

"아들이 도련님을 속환하러 갔다가 뜻하지 않게 세상을 떠나면서 온갖 생각들을 하게 되었습니다. 그래서 무례한 짓을 저질렀습니다. 심양에 간 역관이 역질에 걸려서 죽은 사람들을 태웠다는 것을 확인해줬습니다. 그리고 후르사라는 농장 주인을 만나서 속환될 당시의 정황에 대해서도 들었고 말입니다."

후르사라는 이름이 나오자 황천도는 옛날 일들이 떠올랐다. 피처럼 붉게 저무는 태양을 보면서 터덜터덜 오두막집으로 돌아오면 괜히 기분이 좋았다. 조선과는 다른 그곳의 흙냄새 때문이었을까? 아니면 죽을 고비를 넘기고 살아 있다는 황홀함 때문이었을까? 그가 상념에 빠져 있는 사이 고가수는 계속 얘기했다.

"후르사라는 오랑캐가 제 아들놈과 도련님이 만나고 속환가로 천 냥을 미리 준 후에 심양성으로 가는 것을 두 눈으로 봤다고 했답니다."

"내 아들을 대체 왜 의심했던 것이냐?"

조용히 듣고 있던 강철견이 묻자 고가수는 납작 엎드렸다.

"송구하옵니다. 지난번에 속환되어온 자들 중에서 신분을 속인 자들이 있다는 풍문을 듣고서는 그만 헛된 생각을 품었

사옵니다."

"신분을 속인 자들이라니? 그럼 내 아들을……"

격노한 강철견이 말을 잇지 못했다. 고가수의 의심이 진실의 바로 코앞까지 다가갔던 것을 알게 된 황천도 역시 입을 열 수 없었다. 분노한 강철견이 주먹으로 서안을 내리쳤다.

"감히 내 아들을 의심하다니, 어찌 그런 망상을 하였단 말이냐?"

"죄송하옵니다. 제가 아들을 잃고 뭔가에 미쳤나 봅니다. 역관의 말을 듣고 모든 의심이 풀어졌지만 차마 면목이 없어서 발걸음을 떼지 못했사옵니다."

고개를 숙인 고가수의 어깨가 떨렸다. 주먹을 쥔 손을 부들부들 떨던 강철견은 차가운 목소리로 말했다.

"앞으로 내 앞에 나타나지 말게. 다시 나타나면 그때는 용서치 않을 것이야."

"용인으로 떠날 것이옵니다. 그곳에서 죄송한 마음을 품으면서 남은 생을 살겠나이다. 부디 이 못난 놈을 용서해주시옵소서."

부들부들 떨면서 일어난 고가수가 강철견에게 절을 하고는 사랑방 밖으로 나갔다. 아무 말 없이 지켜보던 황천도는 강철견을 바라봤다. 화를 참는 모습이 역력했다. 침묵은 제법 길게 이어졌다. 견디다못한 황천도가 입을 열었다.

"아버님……"

"집안이 장사와 얽혀 있으니 한낱 겸인에 불과한 자가 감히 저런 망발을 하는 것이다. 어찌 우리 집안이 이런 꼴이 되었는지 모르겠다."

"다 저의 불찰입니다. 그러니 저를 꾸짖어주시옵소서."

"네가 무슨 잘못이 있다고? 있다면 전쟁터로 널 보낸 내 잘못이 더 크지. 저런 마음을 품은 자를 겸인으로 들일 뻔했다니, 생각만 해도 아찔하구나."

황천도는 옆에 앉은 부인이 한 손으로 치맛자락을 꽉 움켜잡는 게 보였다. 앞의 장사 얘기도 그렇고 고가수를 겸인으로 추천한 것을 직접적으로 비난한 것이니 기분이 좋을 수가 없으리라. 어느 정도 화를 가라앉힌 강철견이 두 사람에게 말했다.

"밖으로 알려지면 좋을 것이 없으니 이번 일은 이렇게 마무리하는 게 좋겠다."

"그리하겠습니다."

옆에 앉아 있던 부인이 얘기하기 전에 황천도가 얼른 대답했다. 그러자 강철견이 그만 나가보라는 손짓을 했다가 뭔가 생각났다는 표정으로 부인을 바라봤다.

"이왕 얘기가 나온 김에 한 마디만 더 하자꾸나. 너는 한 집안의 며느리가 해야 할 일 중에 가장 중요한 일이 무엇이라고 생각하느냐?”

굳은 표정의 부인이 아무 말도 하지 않자 강철견이 엄한 표정으로 말을 이어갔다.

“후사를 잇는 것이니라. 은태도 이제 마흔이고 네 나이도 이제 적다고 할 수는 없다. 그런데 아직도 합방을 하지 않는다고 들었다. 네가 우리 집안에 끼친 공이 적지 않은 것은 인정하지만 후사를 이을 수 없다면 아무 소용이 없느니라.”

강철견의 말 한 마디 한 마디에 가슴이 후벼 파인 부인은 애써 태연한 표정을 지었지만 얼굴이 하얗게 질려버렸다. 강철견은 작정한 듯 얘기들을 쏟아냈다.

“은태는 오랫동안 너를 홀로 놔둔 미안함에 따로 얘기하지 못하는 것 같더구나. 하지만 너는 이 집안의 후사를 이을 책임이 있는 몸. 합방을 해서 아이를 낳을 생각이 없다면 스스로 결정을 내려야 할 것이니라.”

얘기를 듣고 있던 황천도가 끼어들었다.

“아버님. 부인은 제 몸을 생각해서 여유를 둔 것입니다. 다른 뜻이 있어서 그런 것은 아닙니다.”

그때, 긴 한숨과 함께 부인이 얘기했다.

“제 집안이 만약 뼈대 있는 양반 집안이었으면 이런 말씀을 하셨겠습니까?"

"그, 그게 무슨 뜻이냐?"

고분고분할 줄 알았던 며느리의 말에 강철견이 눈을 부릅떴다. 부인은 눈물이 그렁그렁한 얼굴로 차분하게 말했다.

"저는 지난 이십 년간 이 집안을 먹여 살렸습니다. 아버님의 녹봉으로 이런 집과 수많은 노비들을 거느릴 수 있었겠습니까? 근데 그런 것들은 모두 잊어버리고 어찌 저에게 그런 말씀을 하실 수 있으십니까? 정녕 너무하십니다."

마침내 눈물을 쏟은 부인이 자리를 박차고 밖으로 나갔다. 강철견은 놀란 나머지 벌린 입을 다물지 못했다. 황천도가 재빨리 나섰다.

"제가 잘 타이르겠습니다. 그러니 너그럽게 용서해주십시오."

"저런 불손한 말을 하는 걸 그냥 넘기란 말이냐?"

"이런 문제가 밖에 알려지면 집안 체면이 말이 아니게 됩니다. 노여움을 가라앉히시면 제가 대신 꾸짖겠습니다."

펄펄 뛰는 강철견을 겨우 진정시킨 황천도는 작은사랑으로 돌아왔다. 그런데 뜻밖에도 부인이 기다리고 있었다. 술과 육포가 올려진 작은 쟁반이 서안 위에 놓인 게 보였다. 그가 보료 위에 앉자 부인이 술이 든 주전자를 잡으면서 말했다.

"술 생각이 간절해서요. 저와 한잔하시겠습니까?"

"그럽시다."

부담스럽기는 했지만 이 문제를 마무리지을 수 있을 기회인 것 같아서 응했다. 그가 따라준 술을 단숨에 들이켜자 부인이 육포를 찢어서 입에 넣어주었다. 황천도가 술을 따라주자 그녀가 찰랑거리는 술잔을 내려다보면서 말했다.

"시어머니는 돌아가시기 전날까지 저를 보고 남편을 잡아먹은 년이라고 하셨지요. 사실 서방님이 전쟁터에 나간 건 제 뜻과는 아무 상관이 없었습니다."

"알고 있소. 하나밖에 없는 외아들을 전쟁터로 보내고 생사를 알 수 없으니 속상하셔서 엉뚱하게 부인에게 분풀이를 했던 것 같소이다."

"저는 숨도 크게 못 쉬고 조심 또 조심했는데도 말끝마다 천한 장사꾼 집안이라고 하셨지요. 그럴 때마다 피눈물이 났습니다. 그럴 때마다 당신이 돌아오기를 기다리고 또 기다렸습니다."

"부인……"

단숨에 술잔을 비운 그녀는 힘없이 웃었다. 황천도도 따라서 술잔을 비웠다.

"이제는 끝이다 싶어서 포기했는데 어느 날 서방님이 돌아오셨습니다. 처음에는 기뻤는데 막상 제 눈앞에 나타난 당신은 너무나 낯설었습니다."

"그거야 너무 오랫동안 떨어져 있어서 그런 것 아니겠소?"

황천도의 대답을 들은 그녀가 얼굴을 뚫어지게 바라보다가 한마디했다.

"그것뿐이라면 좋겠습니다."

"고가수처럼 내가 가짜라고 믿었던 게요?"

술의 힘이었을까? 차마 입 밖으로 꺼내지 못했던 얘기가 술술 나왔다. 황천도의 물음에 그녀는 술잔을 내려놓으며 얘기했다.

"저에게 당신 속을 볼 수 있는 재주가 있다면 좋겠습니다. 어쨌든 혼란스럽습니다."

"부인이 의심을 내려놓으면 되지 않겠소? 내가 가짜라면 집안일부터 예법들을 꿰뚫어보지는 못했을 것이외다."

자신감에 넘친 그의 얘기에 부인이 술잔을 만지작거렸다. 그러고는 갑자기 말했다.

"내일 아버님에게 사죄드리겠습니다. 남초를 사고파는 일은 호준 도련님에게 맡기고 저는 집안일을 챙기도록 하지요. 하지만 합방만큼은 뒤로 미루고 싶습니다."

"언제까지 말이오?"

격앙된 그의 물음에 자리에서 일어난 부인이 한쪽 손을 가슴에 얹으면서 얘기했다.

“제 마음이 정리될 때까지 조금만 기다려주십시오.”

그녀가 나가고 홀로 남은 황천도는 남은 술을 연거푸 들이켰다. 하나의 고비를 넘겼지만 또다른 고비는 아직 사라지지 않았다. 술을 비우고 답답해진 속을 가라앉히기 위해 대청으로 나왔다. 한낮의 더위가 식어버린 밤이 그를 맞이했다.

대청에 서서 어둠을 바라보는데 삐걱거리며 중문이 열리는 소리가 들려왔다. 반쯤 열린 중문으로 고개를 숙인 향월이가 눈물을 훌쩍거리면서 종종걸음으로 걸어가는 게 보였다. 아마 부인에게 혼이 나고 서러움에 못 이겨 뛰쳐나온 모양이었다. 그런 일을 너무나 많이 겪어봤던 황천도는 울고 있는 향월이의 마음이 이해가 갔다. 자신의 잘못이 아니라 주인의 기분에 따라 혼이 나거나 심하면 매질까지 당한 것이 하루이틀이 아니었기 때문이다.

호기심에 이끌린 그는 댓돌 위에 놓인 태사혜를 신고 천천히 뒤따라갔다. 담장을 따라 걸어간 향월이가 향한 곳은 행랑채 뒤편의 곳간이었다. 그중 제일 오른쪽 곳간의 문을 열고 안으로 들어가는 것을 본 그는 조심스럽게 따라갔다. 문 옆에 난 봉창으로 안을 들여다보자 커다란 나무통 앞에서 저고리를 벗는 그녀의 뒷모습이 보였다. 어두운 밤에 남몰래 목욕을 하려는 모양이었다. 황천도는 물속에 들어간 향월이가 콧노래를 흥얼거리는 소리를 들으며 돌아섰다.

다음날, 황천도는 조수팽을 물러서 간찰 한 통을 건넸다.

"지금 즉시 조득배에게 전해주게."

품속에 간찰을 집어넣은 조수팽이 소매에서 작게 접은 종이를 꺼내서 내밀었다. 종이에 적힌 노비들의 숫자와 농토를 보면서 황천도는 집안을 일으켜세웠다는 부인의 말이 농담이 아니었음을 깨달았다. 거기다 조수팽이 알아낸 것만 해도 상당했지만 그밖에도 적지 않을 것 같았다.

"이건 그동안 집 안팎을 조사한 것들입니다. 솔거노비와 외거노비들의 숫자, 외거노비들이 바치는 신공(身貢: 노비들이 주인에게 내는 일종의 세금으로 무명을 바쳤다)의 액수와 시골에 사둔 땅, 그리고 남초 거래를 하는 장사치들의 명단입니다."

종이를 펼친 그는 꼼꼼하게 읽어내려가다가 조수팽에게 물었다.

"시골에 땅은 얼마나 있던가?"

"진위에 농막(農幕: 농사를 짓는 논 근처에 작게 지은 집)이 있고 외거노비들이 모여 살고 있습니다. 따로 사람을 보내서 알아보겠습니다."

"남초 장사는 어떤 식으로 하는지 알아냈느냐?"

황천도의 물음에 조수팽이 조심스럽게 대답했다.

"황해도와 함경도에서 남초를 재배하는 농민들에게 미리 돈을 주고 사들입니다. 그렇게 거둬들인 남초는 진위에 있는 농막에서 잘 말려서 작두로 잘게 썬 다음 하량교(河梁橋: 청계 3가에 있던 다리) 남쪽에 있는 절초전(切草廛: 가늘게 썬 담배를 파는 상점)에 맡겨서 팝니다. 동래의 왜관에서 흘러나오는 왜지삼도 제법 거래하는 모양입니다. 풍문으로는 한양의 남초 가격을 좌지우지할 정도로 많은 양을 취급한다고 합니다."

"그런가? 호준이는 어떤 식으로 관여하던가?"

"진위에서 올라오는 남초들의 수량을 확인하고 장사꾼들에게 넘겨주는 일을 합니다. 안주인 마님께서 직접 나서지 못할 바깥일을 맡고 있는 모양입니다. 하량교의 절초전은 안주인 마님의 본가 쪽과 연관이 있는 듯합니다. 하량교 쪽에 진위에서 올라온 남초들을 보관하는 창고들도 맡고 있는 듯합니다."

얘기를 마친 조수팽이 머뭇거리다가 입을 열었다.

"그리고 운종가에서 들은 소문이 있사온데……"

"무슨 소문?"

"그게……"

"괜찮으니까 어서 말하게."

황천도의 채근에도 계속 주저하던 조수팽은 조심스럽게 다가와서는 귓속말을 속닥거렸다.

"그냥 뜬소문이옵니다. 그러니 그냥 그렇다고만 알아두십시오."

귓속말을 들은 황천도는 완강하게 합방을 거부하던 그녀를 떠올리면서 가슴이 차가워지는 걸 느꼈다. 애써 태연함을 유지한 그는 아무렇지도 않게 말했다.

"알겠네. 간찰은 서둘러 전하고 가급적 빨리 처리해달라고 이르게."

"그리하겠습니다."

조수팽이 나간 후 황천도는 서안 아래에 있던 책을 꺼내서 귀환기를 적어내려갔다.

며칠 후, 조득배에게서 연락이 왔다. 외출 준비를 한 그는 조수팽과 함께 말을 타고 운종가로 향했다. 오랑캐에게 짓밟혀서 폐허가 되었던 한양은 언제 그랬느냐는 듯 상처를 잊고 예전으로 돌아갔다. 운종가는 이름에 걸맞게 사람들이 구름처럼 많았다. 종침교를 지나서 하랑교 쪽으로 가는데 거리 양옆으로 말린 남초 잎이 잔뜩 쌓여 있는 것이 보였다. 장죽을 문 장사꾼들이 그 앞을 지키고 있었다.

앞장서 걷던 조수팽이 걸음을 멈춘 곳은 하량교의 절초전 앞이었다. 넓은 마루에서는 더위 때문에 웃통을 벗어던진 일꾼들이 누렇게 말린 남초를 작두로 가늘게 썰고 있었다. 그렇게 잘려 바닥에 떨어진 남초는 맨상투 차림의 다른 일꾼이 쓸어서 나무상자에 나눠 담았다. 마루 한쪽에는 주인으로 보이는 망건을 쓴 늙은이가 쥘부채로 살살 부채질을 하면서 장부를 넘기고 있었다. 절초전에서는 도포 차림에 흑립을 쓴 선비부터 노비까지 끊임없이 드나들면서 남초를 샀다. 망건을 쓴 늙은이 옆에는 커다란 나무 궤짝이 놓여 있었다. 늙은 주인과 눈인사를 나눈 조수팽이 말에서 내린 황천도에게 말했다.

"안쪽에서 기다리고 있답니다."

"여긴 어딘가?"

그가 안으로 들어서면서 낮은 목소리로 묻자 조수팽이 대꾸했다.

"안주인 마님이 거래하는 곳과 경쟁하는 절초전입죠. 드나드는 사람들이 워낙 많아서 남의 눈에 오히려 안 띌 겁니다."

마루를 가로질러 발이 쳐 있는 문을 지나자 넓은 마당이 보였다. 앞장선 조수팽이 설명했다.

"아까 지나친 곳이 물건을 팔거나 만드는 전방이고, 이곳은 상점 주인들이 장부를 정리하거나 도중(都中: 시전의 상인들이 결성

한 일종의 조합) 일을 보는 도가(都家)입니다. 사방이 담으로 막혀 있어서 은밀히 얘기를 나누기에 이곳보다 좋은 곳이 없지요."

조득배는 천막이 쳐진 마당 한쪽에 놓인 평상 위에 앉아 있었다. 그의 옆에는 덩치가 작은 사내가 흑립에 중치막 차림으로 앉아 있는 게 보였다. 신을 벗고 평상 위의 방석에 앉자 조득배가 옆에 앉은 덩치 작은 사내를 힐끔 쳐다봤다.

"바로 이자일세."

조득배의 시선을 받은, 작은 덩치에 좁은 어깨를 가진 사내가 가만히 고개를 숙였다. 나이는 그보다 많은 것 같았지만 양반 신분인 황천도에게 고개를 조아렸다.

"역관 홍치용이라고 합니다. 하문하실 게 있다는 말씀을 들었습니다. 어떤 것이 궁금하십니까?"

"네가 고가수의 부탁을 받은 적이 있느냐?"

황천도의 물음에 홍치용이 고개를 끄덕거렸다.

"속환사를 수행할 때 함께 지내면서 친해졌습니다. 그러다 의주에서 가짜 수행원들을 적발해낼 때 그 사람도 발각되었는데 저에게 돈을 주면서 부탁을 했습니다."

조수팽이 가져온 장죽을 입에 문 황천도가 다시 물었다.

"어떤 걸 알아봐달라고 했느냐?"

"우선 심양성 남문 밖 벌판에서 역질로 죽은 사람들을 불태운 적이 있는지, 그리고 심양관 근처의 어떤 객잔 이름을 알려 주면서 이곳에 젊은 선비 둘이 머문 적이 있는지를 알아봐달라고 했습니다. 아! 후르사라는 오랑캐의 농장에서 일하다가 속환된 강은태라는 사람에 대해서도 알아봐달라고 하였지요."

"그래서 어찌하였느냐?"

"일단 심양관 근처의 객잔을 둘러봤습니다만 그 사람이 얘기한 곳은 찾지 못했습니다. 심양성 안에만 해도 객잔이 수백 개입니다. 없어지고 새로 생기는 것들도 많으니까 그랬던 것 같습니다. 하지만 성 밖에서 시신을 태웠다는 것은 확인했습니다. 때마침 제가 갔을 때도 역질로 죽은 사람들의 시신을 태우는 중이었습니다."

침을 꿀꺽 삼킨 홍치용이 계속 말을 이어갔다.

"마지막으로 후르사라는 오랑캐의 농장으로 찾아갔습지요. 주인에게 물었습니다."

"뭐라 하던가?"

"십 년 넘게 부리는 동안 별다른 말썽을 부리지 않았고, 황천도라는 자와 가깝게 지내서 따로 오두막을 짓고 살았다고 했습니다. 그러다가 젊은 조선 사람이 찾아와서 속환가의 절반을 내놓고 데려갔다고 말하더군요. 나머지 돈은 어음으로 받기로 하고 다음날 떠나보냈다고 했습니다."

후르사가 거짓말을 한 덕분에 모든 문제가 넘어간 게 확실했다. 아마 일이 생기면 속환하면서 받은 돈을 돌려줘야 할지 모른다고 걱정했던 탓이리라. 속으로 안도의 한숨을 쉰 그는 여유를 가지고 물었다.

"속환가를 가져온 젊은이는 병색이 있어 보였다고 했느냐?"

"멀쩡해 보였다고 했습니다. 하지만 역질이라는 게 워낙 급한 병이라서 아침에 멀쩡한 이가 저녁때 쓰러져서 다음날 죽는 일이 워낙 흔해서 말이죠."

"그래, 고가수가 그 얘기들을 듣고 뭐라고 하던가?"

"아들이 멀쩡하게 농장에 나타났다는 얘기를 듣고 눈에 불을 켜고 저에게 거듭 물었습니다. 하지만 속환 과정에 별문제가 없었고 역질이 돌았던 게 사실이라고 하자 알았다면서 종이에다 부지런히 적더군요."

종이에 적었다는 얘기를 들은 황천도가 조심스럽게 물었다.

"왜 종이에 적은 것이냐?"

"저도 그게 궁금해서 물었더니, 누군가에게 고해야 하는데 늙어서 깜빡깜빡한다며 적어야 한다고 그랬습니다."

홍치용의 얘기를 들은 그는 장죽을 물고 남초를 힘껏 빨아들였다. 연기가 사르르 뱃속으로 들어오면서 긴장감이 풀어졌다. 황천도가 아무 말도 하지 않자 홍치용이 자연스럽게 다음 얘기로 넘어갔다.

"다음날, 심양성 안의 객잔을 둘러봤지만 못 찾아서 농장으로 다시 갔습지요. 혹시나 그 오랑캐가 알고 있지 않나 해서 말입니다. 하지만 그자도 모른다고 해서 헛걸음을 하고 말았지요. 그리고 황천도라고 친하게 지낸 자가 있었는데 혼자 남게 되자 상심한 나머지 불을 질러 스스로 목숨을 끊었다고 합니다."

얘기를 들은 황천도는 속으로 안도의 한숨을 쉬었다. 어쨌든 떠나기 전에 후르사와 담판을 지어놓은 것이 결정적인 도움이 되었다. 그래도 고가수가 직접 갔다면 결과가 달라졌을지도 몰랐다. 안심이 된 그는 편한 마음으로 몇 가지 더 물어보고는 홍치용을 보냈다. 몇 번이고 굽실거린 홍치용이 밖으로 나가자 조득배가 그에게 얘기했다.

"자네랑 부인이랑은 전생에 원수지간이었나보군. 딴사람도 아니고 부인이 자네 뒤를 캐다니 말이야."

조롱하는 듯한 말투였지만 그의 귀에는 들리지 않았다. 몸을 일으킨 그는 따라 일어나려는 조득배에게 말했다.

"도와줘서 고맙네. 양화 나루의 빙고 문제는 추석 때까지 아버님께 고하고 자네가 원하는 방향으로 진행될 수 있게 힘써 보겠네."

"자네만 믿고 일을 진행하지. 그런데 어딜 그렇게 서둘러 가는 겐가?"

"황천도가 죽었다고 하지 않았나. 아까 아버지가 있다고 했으니 마땅히 가서 위로를 해줘야지."

그러자 조득배가 심드렁하게 말했다.

"굳이 그럴 필요가 있겠어? 그냥 아랫것에게 쌀 한 가마니 정도 보내면 되잖아."

"내가 힘들고 어려울 때 함께 있었네. 직접 찾아가봐야지."

조득배를 남겨두고 절초전을 나온 황천도는 조수팽에게 말했다.

"지난번 갔던 아현 고개 삼반령으로 가세나."

"알겠습니다."

운종가를 지나 새문으로 가는 동안 황천도는 머릿속으로 상황을 정리하려고 애를 썼다. 부인은 그의 정체에 의심을 품고, 아들 춘득을 잃은 고가수를 움직여서 심양으로 가서 진실을 확인하려고 했다. 하지만 조득배가 손을 쓴 탓에 직접 가지 못했고, 대신 보낸 역관은 그와 후르사의 거짓말을 그대로 믿고 말았다. 이게 끝일까? 불과 석 달 전의 일이었지만 몇십 년은 된 것 같은 살인의 그날이 떠올랐다. 강은태가 속환시켜준다는 말을 믿고 기다렸어야 했던 게 아닐까? 흑립을 뚫고 들어온 햇살이 칼날처럼 따가웠다. 새문 밖으로 나가서 삼반령에 도착하자 황천도는 말을 세우라고 명했다. 말구종 앞에서 가던 조수팽이 말했다.

"아직 멀었습니다."

"말에서 내려서 걸어가겠다. 안 좋은 소식을 전하는데 코앞까지 말을 타고 갈 수는 없지 않겠느냐."

말에서 내린 그는 성큼성큼 걸어갔다. 가짜 강은태 흉내를 내면서 자신의 거짓 죽음을 아버지에게 알려야 한다는 사실이 가슴 아팠지만 일을 마무리하기 위해서는 어쩔 수 없었다. 죽음을 이런 식으로 알리고 마무리 지으면 더이상 의심을 사는 일은 없을 것이다. 위로를 해준다는 핑계로 아버지를 몰래 돕다가 때를 봐서 사실대로 알려주리라 마음먹은 그는 굳은 표정으로 집안으로 들어갔다. 때마침 독창문이 열리고 상이가 밥상을 들고 엉거주춤 나오는 중이었다. 입 옆에 밥풀을 묻힌 그는 마당에 뒷짐을 지고 서 있는 황천도와 조수팽을 보고는 어리둥절해했다.

황음치가 누운 방안은 낡고 허름했다. 흙벽은 군데군데 떨어져나가서 안에 있는 싸리나무가 드러났다. 이불을 덮고 누워 있던 황음치 역시 어리둥절한 표정으로 두 사람을 맞이했다. 바닥에 앉은 황천도는 어찌할 바를 모르는 아버지 황음치를 바라봤다. 병색이 완연한 얼굴을 보고 가슴 아팠지만 살아남기 위해서 속여야만 했다.

"자네 아들이 황천도 맞느냐?"

"그, 그렇습니다요. 호, 혹시 지난번에 찾아오시지 않으셨습니까?"

"그렇다네. 나는 이십 년 전에 요동으로 출병했다가 포로로 잡혔을 때 자네 아들과 함께 있었네."

아들의 이름이 나오자 아버지 황음치의 얼굴이 부들부들 떨렸다. 차마 얘기할 수 없었지만 여기서 멈출 수는 없었다.

"그런데 참으로 안타까운 일이 벌어지고 말았네."

"안타까운 일이라니요?"

"얼마 전에 속환사를 따라간 역관에게 찾아봐달라고 했었네. 그런데 살고 있던 오두막에 불이 나는 바람에 미처 빠져나오지 못하고 변을 당했다고 하더군."

얘기를 듣고 눈만 껌뻑거리던 황음치가 더듬거리면서 물었다.

"그, 그럼 우리 아들이 죽었다는 말입니까?"

"그렇게 되었네. 집에 돌아가서 종이와 쌀을 좀 보낼 터이니 장례에 보태 쓰게."

"우리 아들이 그리 죽을 리가 없습니다. 저한테 꼭 돌아온다고 약조했습니다요."

아버지 황음치가 침을 튀기면서 고개를 흔들다가 결국은 통곡하는 모습을 보면서 가슴이 찢어질 것만 같았다. 속으로 조금만 참으라는 말만 되풀이하면서 겨우 참아낸 그가 담담하게 말했다.

"안타깝지만 이제 잊어버리고 장례를 잘 치르게나."

자리에서 일어난 황천도가 독창문을 열고 밖으로 나오려는데 황음치가 울었다.

"소인이 밭 열 뙈기에 눈이 어두워서 자식을 전쟁터로 내몰았습니다. 밭을 볼 때마다 가슴이 미어지고 또 미어져서 제발 살아 돌아와달라고 그렇게 빌었는데 하늘도 무심하시지. 아이고, 아들아."

이불을 움켜쥔 채 앞으로 넘어진 아버지의 통곡은 독하게 마음먹은 그의 발목을 잡았다. 돌아선 황천도는 방안으로 들어가서 아버지의 말라비틀어진 손을 움켜잡았다. 그 손 위로 눈물이 떨어지는 걸 본 아버지가 놀란 눈으로 쳐다봤다. 황천도는 간신히 떨리는 입을 열었다.

"아, 아버지."

그러자 어리둥절해하던 아버지가 눈치를 챘다.

"네, 네가?"

"사징이 있어서 이리되었습니다. 조금만 참으십시오."

"아, 아이고."

당장 아버지의 입에서 아들이라는 말이 튀어나올지 모른다는 생각에 황천도는 손을 더욱 거세게 잡았다. 그러자 아버지가 눈물을 삼키면서 고개를 끄덕거렸다.

"이리 와주셔서 너무 감사합니다요. 우리 아들 소식을 전해주셔서 참으로 감사합니다, 나리."

담장 밖에는 이웃집에서 온 구경꾼들이 웅성거리는 중이었고, 상이가 쪽마루 끝에 서서 멍한 눈으로 바라보는 중이었다. 눈물을 머금고 방을 나온 그는 조수팽과 함께 싸리 대문 밖으로 나왔다. 그때 옆집 싸리 담장 쪽에 서 있던 젊은 사내가 고개를 갸우뚱거렸다. 황천도가 쓱 쳐다보자 젊은 사내는 얼른 고개를 돌렸다. 말이 세워져 있는 마을 어귀까지 걸어가던 황천도는 뜻밖에도 이호준을 만났다. 흑립에 중치막 차림의 호준은 장죽을 손에 든 채 걸어오고 있었다. 뒤늦게 황천도를 발견한 호준이 넙죽 인사를 하고는 한걸음에 옆으로 달려왔다. 이번에는 황천도가 먼저 물었다.

"이곳에는 어인 일이냐?"

"동래에서 올라올 왜지삼을 운반할 일꾼을 구하러 왔습니다. 형님은 어쩐 일로 오셨습니까?"

"내가 심양에 포로로 잡혀 있을 때 가깝게 지내던 자가 얼마 전에 죽었다는 얘기를 들었다. 그래서 그자의 아비를 만나 위로해주고 오는 길이다."

"그러셨군요. 조심히 돌아가십시오."

공손하게 얘기한 이호준이 고개를 숙여 인사를 하고는 삼반령 쪽으로 걸어갔다. 황천도는 말안장에 오른 다음 조수팽에게 말했다.

"집으로 돌아가세."

앞장선 조수팽의 뒤를 고삐를 잡은 말구종이 뒤따랐다. 당장 눈물을 쏟고 싶었지만 이제 끝이고 조금만 참으라는 말을 수없이 되뇌는 것으로 울음을 대신했다. 골목길을 거의 빠져나가는데 뒤에서 부르는 소리가 났다. 돌아보니 상이가 헐레벌떡 달려오는 게 보였다. 말을 멈추라고 한 황천도는 헐레벌떡 달려온 그에게 물었다.

"무슨 일이냐?"

"할아버지가 이걸 전해달라고 하셔서요."

황천도의 눈에 들어온 것은 출정 전날 아버지에게 주고 간 놋쇠 동곳이었다.

"이걸 왜 나에게 주는 것이냐?"

애써 태연한 척 묻자 상이가 뒤통수를 긁적거리며 대답했다.

"할아버지가 양반님께서 일부러 찾아와서 소식을 전해주셨는데 드릴 선물이 없다고 하셨어요."

상이에게 건네받은 동곳을 쥐는 순간 손바닥이 찌르르 울려왔다. 아들이 돌아오기만을 학수고대하면서 수중의 동곳을 건넸을 아버지의 심중이 어렴풋하게 느껴졌다. 다른 사람으로 변장한 아들의 거짓말을 묵묵히 들어야 했던 아버지의 아픔을 느낀 황천도는 참았던 눈물이 쏟아지면서 도포 자락을 적셨다. 그가 우는 모습을 본 상이는 엉거주춤 인사를 하고는 집으로 뛰어갔다. 조수팽이 말했다.

"참으로 인정이 깊으십니다. 아랫것들을 위해 친히 소식을 전하시고 슬퍼하기까지 하시다니요."

그 얘기를 듣고 정신을 차린 황천도가 가까스로 입을 열었다.

"장례를 치르는 데 부족함이 없도록 신경써주게."

그후로 평온이 찾아왔다. 아내는 점차 남초 장사에서 손을 떼고 집안일에 열중했다. 덕분에 가뜩이나 엄격했던 집안 분위기가 한층 무거워지면서 하인들이 힘들어했다. 안채에서는 매일 매질하는 소리와 꾸짖는 소리가 들려왔다. 아내의 남초 장사는 호준이 넘겨받고는 매일 창고와 운종가를 오갔다. 그 사이, 황음치는 아들의 뒤늦은 장례를 치렀다. 조수팽을 통해서 장례를 치르는 데 도움을 주었지만 여전히 마음이 무거웠다. 그때마다 황천도는 귀환기를 쓰면서 마음을 다스렸다. 간혹 누구의 이야기인지 헷갈릴 때도 있었지만 개의치 않고 써 내려갔다.

한 가지 마음에 걸린 것은 아내와 호준의 만남이 빈번해지고 길어진다는 것이었다. 처음에는 호준의 집에서 만나다가 이제는 하량교에 있는 남초 창고에서 만나곤 한다는 얘기를 듣고는 마음이 쓰였다. 하지만 남초 장사를 넘겨주는 문제 때문이라고 생각하고 넘어갔다. 평온함은 추석을 얼마 앞둔 그날까지 이어졌다. 뜻하지 않은 장소에서 뜻하지 않은 사람을 만나기 전까지 말이다.

종말

—인조 15년(1637년) 10월, 한양

그날 아침은 떠들썩했다. 강철견이 조하의(朝賀儀: 임금의 생일 같은 조정의 기념일에 열리는 의식)에 참석하는 날이었기 때문이었다. 관복을 차려입은 강철견이 뜰에 세워둔 초헌(軺軒: 바퀴가 달린 가마로 종2품 이상의 관리가 썼다)에 올라탔다. 초헌의 의자에는 표범 가죽으로 만든 깔개인 아닷개가 깔려 있었다. 강철견이 자리에 앉자 기름먹인 종이로 만든 가마 덮개인 안롱(鞍籠)을 옆구리에 낀 조수팽이 앞장선 행렬이 대문 밖으로 움직였다. 황천도는 부인과 함께 대문 밖까지 배웅했다. 조수팽이 우렁찬 목소리로 벽제 소리(고관의 행차 앞에 서서 행인들의 이동을 막는 것)를 냈다.

"에라, 게 들어섰거라."

그러자 문밖의 구경꾼들이 일제히 옆으로 물러났다. 솟을대문을 지나 밖으로 나간 초헌은 새문안길로 향했다. 대문 밖에서 행렬이 벌어지는 것을 지켜본 황천도는 가마가 완전히 보이지 않자 안으로 들어왔다. 부인이 다소곳하게 저녁 잠자리가 어땠는지 물어보면서 가벼운 담소를 나눴다. 얘기를 마친 부인이 안채로 들어가고 황천도는 작은사랑으로 들어갔다. 내일이나 모레쯤 조득배를 보러 간다는 핑계를 대고 아버지를 만나러 갈 요량이었다. 보료 위에 앉은 황천도는 귀환기를 마저 썼다. 한 장을 쓰고 넘기는데 밖에서 호준이 급하게 부르는 소리가 들려왔다.

"형님. 안에 계십니까?"

황천도는 붓을 내려놓고 물었다.

"무슨 일이냐?"

"살펴보셔야 할 일이 있습니다."

심상치 않은 목소리에 황천도는 보료에서 일어났다. 분합문을 열고 밖으로 나오자 낯선 풍경과 낯익은 얼굴이 보였다. 뜰에는 건장한 남자 종들이 소매를 걷어붙인 채 몽둥이를 들고 서 있었다. 그리고 그들 사이에서 황음치가 거적 위에 무릎을 꿇고 있었다. 어떻게 된 상황인지 몰라서 데리고 나온 호준을 돌아보는데, 안채에서 걸어나온 부인의 낭랑한 목소리가 들려왔다.

"감히 남초에 손을 대다니, 그러고도 살아남기를 바랐느냐?"

부인의 호통에 황음치는 앙상한 얼굴로 고개를 저었다.

"무슨 말씀이신지요? 소인은 남초를 훔치지 않았습니다."

"무슨 소리냐? 네놈 집에서 훔친 남초가 한가득 나왔느니라."

부인이 눈짓을 하자 호준이 대청 구석에 있던 보따리를 집어서 황음치 앞에 던졌다. 몽둥이를 든 남자 종 하나가 뜰에 떨어진 보따리를 펼치자 잘게 썬 남초 잎이 보였다.

"네놈 집에서 나온 것이다. 이렇게 명백한 물증이 있는데도 발뺌할 생각이냐?"

"소, 소인의 짓이 아닙니다. 저는 이 보따리는 물론이고, 이 안에 든 남초도 처음 본 것입니다."

황음치는 거듭 억울함을 주장했지만 부인은 작정한 듯 몰아붙였다.

"정녕 말로 해서는 안 되겠구나. 자백할 때까지 매질을 하거라."

우렁찬 목소리로 대답한 남자 종들이 황음치를 거적에 둘둘 말았다. 정신없이 지켜보던 황천도는 일이 심상치 않게 돌아가는 걸 보고는 부인에게 말했다.

"무슨 일이오, 부인?"

그러자 그녀는 거적에 말린 황음치를 턱으로 가리키면서 말했다.

"저자가 우리 창고에서 남초를 훔쳤습니다. 한동안 창고의 남초가 계속 사라졌는데 드디어 꼬리를 잡은 것이지요."

"물건이 저자 집에서 발견되었다고 범인으로 몰 수는 없지 않겠소? 포도청에 고해서 처벌을 받게 하는 게 좋겠소."

"약하게 나가면 아랫것들이 머리끝까지 기어오를 겁니다. 일벌백계를 하지 않으면 아니 됩니다."

광기에 찬 부인의 말과 얼굴을 보는 순간 황천도는 뭔가를 깨달았다. 황급히 호준을 돌아보자 그가 고개를 돌리는 것이 보였다. 하지만 입가에 싸늘한 미소가 걸쳐져 있는 것이 보였다. 함정에 빠졌다는 것이 명백해졌다. 아마 그가 황음치의 집을 드나드는 와중에 뭔가 의심스러운 낌새를 알아낸 게 분명했다. 하지만 물증이 없으니 이런 식으로 황음치에게 누명을 씌워서 눈앞에서 매질을 함으로써 황천도 스스로 입을 열게 만들려는 속셈이었다. 그게 아니면 황음치로 하여금 자백하게 만들려는 게 분명했다. 고가수가 낙향한 이후 한동안 아무런 움직임이 없어서 포기한 줄 알았는데 사실은 완벽하게 준비를 하고 오늘을 기다렸던 것이다. 거기까지 생각이 미치자 그때서야 편을 들어줄 강철견과 조수팽이 집에 없다는 사실을 깨달았다. 그뿐만이 아니었다. 하인들에게 풀어주라고 할까도 고민해봤지만 이런 상황에 나서는 것은 누가 봐도 의심을 사기에 딱 맞았다. 그렇게 되면 이 문제가 계속 불거질 게 뻔했다. 그가 이러지도 못하고 저러지도 못하는 사이에 거적에 둘둘 말린 황음치에게 몽둥이세례가 퍼부어졌다. 늙고 병든 황음치는 몽둥이를 맞을 때마다 신음 소리를 냈다. 그녀는 옆에서 지켜보고 있는 황천도가 들으라는 듯 큰 소리로 말했다.

"자백을 해라. 자백하면 살려줄 것이다."

"소인은 훔치지 않았습니다."

거적에 말린 황음치의 절규가 황천도의 가슴을 찢었다. 그는 부인에게 다가가 말했다.

"다짜고짜 매질부터 하면 어쩌자는 것이오? 일단 차근차근 얘기를 들어보는 게 좋겠소."

"어떤 얘기를요? 물증이 있으니 자백만 받으면 그만입니다."

그의 말을 단숨에 자른 부인이 몽둥이를 맞고 신음하던 황음치를 협박했다.

"사실대로 고하면 살려주겠지만 그러지 않으면 죽음을 면치 못할 것이야."

"억울합니다. 소인은 남초를 훔치지 않았습니다."

황음치가 힘겹게 호소했지만 돌아온 것은 몽둥이찜질뿐이었다. 부인의 싸늘한 목소리가 뒤따랐다.

"거짓을 고하면 죽음뿐이다. 어서 자백하거라."

아버지에게 하는 말이 아니라 자신에게 하는 말처럼 들려왔다. 이렇게 일을 벌이기 위해서 뭔가 심증을 굳힐 만한 사실들을 알아낸 것이 틀림없었다. 아버지의 끔찍한 비명소리가 차츰 잦아들었다. 이렇게 놔뒀다가는 큰일이 날 것 같았다.

"그만하시오, 부인."

"왜요? 이자는 엄연한 죄인입니다. 포도청에 넘기더라도 자백을 받고 넘겨야지요."

차갑게 비웃은 그녀의 말은 다 알고 있으니 자백하라는 말처럼 들렸다. 어찌할 바를 모르고 있던 그의 귓가에 아버지 황음치의 가느다란 신음 소리가 들려왔다. 그녀가 보란듯이 명령했다.

"자백할 때까지 사정을 보지 말고 매우 쳐라!"

남자 종들이 다시 매질을 시작했다. 이번에는 신음 소리조차 내지 못했다. 모든 진실을 밝히고 아버지를 구해야겠다고 마음먹는 순간 대문 쪽이 소란스러워졌다. 집안으로 들어오려던 상이가 남자 종들에게 붙잡혀서 발버둥을 치는 게 보였다.

"아이고, 우리 할아버지 아무 죄도 없어요! 제발 풀어주세요!"

"여기가 어디라고 들어오느냐. 썩 물러가라."

가만히 있던 호준이 나서서 상이를 몰아냈다. 남자 종들에게 떠밀려가던 상이가 외쳤다.

"나한테 보따리를 잠시 맡아달라고 했잖아요. 그래놓고서 왜 우리 할아버지를 도둑이라고 잡아갔어요?"

호준이 서둘러 상이를 대문 밖으로 끌고 나가면서 문을 닫았다. 짧은 얘기였지만 어떤 식으로 일을 꾸몄는지 알 것 같았다. 황천도가 부인을 노려봤지만 그녀는 꿈쩍도 하지 않았다. 매질을 멈추게 한 그녀가 황음치 앞으로 다가갔다. 남자 종 한 명이 바가지의 물을 붓자 거적이 꿈틀거렸다. 그를 등지고 한쪽 무릎을 꿇은 부인이 황음치에게 말했다.

"사실대로 털어놓아라. 그러면 살려주겠느니라."

거적에 말린 아버지의 얼굴은 온통 피범벅이었다. 하얀 머리와 수염도 피에 물들어버렸다. 겨우 고개를 든 아버지는 힘없이 말했다.

"소인은 아무것도 모릅니다."

힘겹게 말한 아버지는 그대로 눈을 감았다. 발끈한 부인이 남자 종들에게 소리를 질렀다.

"바른말을 고할 때까지 매우 쳐라!"

그러자 매질을 하기 위해 몽둥이를 치켜들던 남자 종 하나가 고개를 갸웃거렸다. 그러고는 눈을 감고 있던 아버지 황음치의 상투를 움켜쥐고는 소리쳤다.

"아이고, 입에서 피가 나오는 걸 보니 혀를 깨물었나봅니다."

굳게 다문 아버지의 입에서 검붉은 피가 주르륵 흘러나와서 바닥을 적셨다. 상투를 움켜쥔 남자 종이 혀를 찼다.

"늙은 놈이 보기보다는 독하네, 독해."

불같이 화를 내려던 황천도는 축 늘어진 아버지를 보고 자신을 지키기 위해 혀를 깨물었다는 사실을 깨달았다. 평생 남이 시키는 대로 굽실거리기만 하던 아버지가 처음으로 자신의 뜻대로 결정한 것이 혀를 깨문 것이다. 가짜 행세를 하는 자식을 지키기 위해서 말이다. 혀를 깨물었다는 말을 들은 부인은 당황한 얼굴로 얼른 의원을 불러오라고 소리쳤다. 몽둥이를 내려놓은 남자 종 하나가 대문 밖으로 나가는 걸 본 황천도는 냉정을 되찾았다.

"아버님이 이 일을 아시면 크게 화를 내실 거요."

"저는 도둑을 잡으려고 했던 것뿐입니다."

그녀가 분하다는 듯 이마를 찌푸리며 대답했다.

"적당히 했어야지, 집안에서 사람을 죽이면 집안 체면이 뭐가 되겠소? 아까 손자를 불러서 얼른 시신을 수습하시구려. 남들이 알면 또 무슨 말을 할지 모르겠소이다."

혀를 찬 그는 일부러 짜증을 내는 척했다. 그러는 사이 대문이 열리고 밖에 있던 상이가 뛰어들어왔다.

"할아버지!"

거적 위에 피범벅이 된 채 쓰러져 있는 황음치를 본 상이가 통곡했다. 매질했던 남자 종들이 겸연쩍은 표정으로 하나둘 흩어졌다. 황천도는 그들의 얼굴을 하나씩 마음속으로 기억했다. 그리고 울고 있는 상이에게 말했다.

"뭔가 오해가 있었던 모양이다. 일단 시신을 수습해서 돌아가거라. 자세한 것은 수일 내로 일러주겠다."

얘기를 들은 상이가 여전히 울고 있었다. 더이상 눈물을 참지 못한 황천도는 헛기침을 하고는 작은사랑 안으로 들어갔다. 다행히 부인도 황음치가 죽은 것에 충격을 받았는지, 그가 울고 있다는 사실을 눈여겨보지 않았다. 분합문을 닫고 보료 위에 힘없이 주저앉은 그는 퇴침 안의 서랍에 넣어둔 동곳을 꺼내서 움켜쥐었다. 손이 으스러지도록 꽉 움켜쥐었지만 아픔 대신 슬픔만 느껴졌다. 문밖에서는 상이의 통곡 소리가 가느다랗게 들려왔다.

해가 떨어지고 궁궐에서 돌아온 강철견은 소식을 듣고는 화를 냈다. 황천도와 함께 며느리를 큰사랑으로 부른 그는 두 사람이 앉자마자 호통을 쳤다.

"너는 양반의 체통이 무어라고 생각하느냐? 도둑질을 한 놈을 잡았으면 응당 포도청에 고해서 벌을 받도록 해야지, 어쩌자고 집으로 불러들여서 매질을 하다가 목숨을 거뒀단 말이냐?"

"그것이……"

부인이 변명하려고 하자 강철견은 서안을 손바닥으로 내리쳤다.

"최소한 내가 돌아오는 걸 기다렸다가 고하든지, 아니면 아들에게 맡겼어야지. 양반집 부녀자가 아랫것들을 시켜서 늙은이를 매질해 죽였다는 얘기가 여항(閭巷: 일반 민가를 지칭한다)에 퍼지면 어떡할 셈이냐? 거기다 그 늙은이는 우리 은태가 심양에서 포로로 잡혀 있을 때 함께 지냈던 자의 아비다. 장례를 치르도록 도와줘놓고서는 도둑이라고 잡아들였으니 이런 일이 어찌 벌어질 수 있단 말이냐?"

"제가 잘못했습니다, 아버님."

"꼴도 보기 싫으니까 당장 물러가거라."

아랫입술을 꾹 깨문 그녀는 천천히 일어나서 밖으로 나갔다. 말리지 못한 황천도에게도 불호령이 떨어졌지만 그의 머릿속에는 죽은 아버지에 대한 생각밖에 없었다. 이 일에 가담한 호준 역시 불호령을 피하지 못했다. 호준은 방안에 들어오지도 못한 채 뜰아래 서서 고개를 숙인 채 꾸지람을 들었다.

"서자 된 주제에 집안에 누를 끼치는 짓을 했으니 참으로 가소롭도다. 당분간 집안 출입을 할 생각은 하지 말거라."

서자라는 얘기를 들은 호준의 온몸이 부들부들 떨리는 게 보였다. 황천도는 상심에 빠진 강철견에게 사과했다.

"제가 못나서 벌어진 일입니다. 면목이 없습니다."

"아니다. 장삿속에 눈이 먼 며느리와 서자가 저리 날뛰는 걸 네가 어찌 막을 수 있었겠느냐."

폭풍은 그렇게 지나갔다. 시름에 잠긴 황천도는 늦게까지 술을 마시고 작은사랑으로 건너왔다. 중문 너머 안채에서 들려오는 향월이의 신음 소리를 들었다. 아마도 부인이 애꿎은 향월이에게 화풀이를 하는 것 같았다. 방으로 돌아온 황천도는 서안 위에 덩그러니 놓인 동곳을 내려다봤다. 낮에 벌어진 일이 다시금 떠오르면서 눈물이 앞을 가렸다. 일단 상황을 알아보는 게 우선이었다. 눈물을 참은 그는 조수팽을 불렀다.

"이번 일이 어떻게 벌어졌는지 낱낱이 알아보게. 가급적 빨리."

침울하고 무거웠던 시간은 추석이 코앞으로 다가오면서 자연스럽게 사라졌다. 부인은 작정한 듯 조신하게 제사 준비를 했고, 호준은 모습을 보이지 않았다. 강철견은 아들이 돌아오고 첫번째 추석을 맞이한다면서 크게 기뻐했다. 집안이 한창 바쁜 와중에 조수팽이 작은사랑으로 들어왔다.

"죽은 노인의 손자 얘기로는 호준 도련님께서 물건을 하나 맡아달라고 했답니다."

"남초가 든 보따리 말이냐?"

그의 물음에 조수팽이 고개를 끄덕거렸다.

"그렇습니다. 그러고는 다음날 집으로 아랫것들을 보내서 다짜고짜 도둑이라면서 끌고 왔답니다."

"처음부터 작정한 것이군."

"맞습니다. 그런데 안주인 마님과 호준 도련님이 왜 그런 일을 벌였는지는 도통 알 수가 없습니다."

나 때문이라는 말이 입속에서 맴돌았다. 하지만 다른 묘안이 떠오른 상태였다. 짐짓 무거운 표정을 지은 그는 낮은 목소리로 말했다.

"사실은 내 아내와 호준이가 정을 통하는 사이일세."

"뭐, 뭐라고요?"

놀란 조수팽의 눈이 커졌다. 조용히 하라는 손짓을 한 황천도는 며칠 동안 생각해낸 이야기들을 풀어냈다.

"나와의 합방을 계속 거부할 때부터 이상하게 여겼네. 그러다가 얼마 전에 죽은 노인이 두 사람이 밀통하는 현장을 봤다고 내게 은밀히 알렸지."

"그렇다면 증인을 없애기 위해서 누명을 씌웠다는 말씀이십니까?"

조수팽이 이제야 알겠다는 표정으로 고개를 끄덕거렸다.

"두 사람이 심상치 않은 사이라는 소문이 있다는 걸 따로 아뢴 적이 있긴 하지만 이럴 줄은 몰랐습니다."

"나도 얘기를 듣고 긴가민가했네. 그러다 아내가 먼저 손을 쓴 것이지."

"당장 어르신께 아뢰어야 하지 않겠습니까?"

조수팽이 잔뜩 긴장한 목소리로 묻자 황천도는 고개를 저었다.

"자네도 아내가 손을 쓰는 걸 보지 않았는가. 증인은 죽었고 물증도 없는 상태라, 섣불리 얘기했다가는 오히려 누명을 씌웠다는 얘기를 들을 걸세. 연로한 아버님께서 충격을 받고 쓰러지기라도 한다면 일은 복잡해지고 말 것이야."

"하긴, 집안의 돈과 하인들을 거머쥐고 있는 건 안주인 마님이니까요."

조수팽이 어금니를 지그시 깨물면서 대답했다. 조수팽이 아무런 의심 없이 자신의 말을 믿는 것을 본 황천도가 나지막하게 말했다.

"그러나 이렇게 손놓고 있을 수는 없는 법. 내가 계책을 만들 테니 자네는 실행에 옮겨야 한다."

그러자 바짝 고개를 숙인 조수팽이 대답했다.

"말씀만 하십시오."

"일단 입이 무거운 무뢰배가 몇 명 필요하네. 그리고 지난번에 갔던 절초전이 부인과 사이가 안 좋다고 그랬지?"

"그렇습니다. 근처에 있는 절초전이랑만 거래해서 이만저만 손해를 본 게 아니었답니다. 명색이 어영대장 댁 며느리이니 뭐라고 할 수도 없는 노릇이었고 말입니다."

"그쪽에도 줄을 대서 사람을 몇 빌려달라고 하게."

황천도의 말에 조수팽이 고개를 끄덕거렸다.

"그건 어렵지 않을 겁니다. 그런데 어찌하실 겁니까?"

"그 문제는 나한테 맡기고 자네는 준비를 서두르게. 시간이 없네."

잔뜩 긴장한 조수팽이 밖으로 나가자 황천도는 마른침을 꿀꺽 삼켰다. 계획이 성공한다는 보장이 없었고, 그런다고 원하는 것을 얻을지는 더더욱 미지수였다. 상념에 잠겨 있던 그는 퇴침의 서랍을 열고 안에 있던 동곳을 꺼냈다. 아버지는 도둑이라는 누명을 쓰고 붙잡혀왔다는 것을 알아차리자 혀를 깨물어서 스스로 목숨을 끊었다. 친구를 죽이고 가짜 노릇을 하기로 한 결정이 결국 돌고 돌아서 아버지를 죽게 만든 셈이었다. 피눈물을 쏟고 싶은 심정이지만 아직은 아니었다.

밤이 되기를 기다렸던 그는 밖으로 나갔다. 어둠에 잠긴 집 안은 고요했다. 댓돌에 놓인 신을 신은 그는 조심스럽게 행랑채 뒤편의 곳간으로 향했다. 요 며칠 사이 향월이가 목욕을 하지 않았으니 오늘은 있을 게 틀림없었다. 아니나 다를까 빈 곳간 안에서 물이 찰랑거리는 소리가 들려왔다. 문 앞에 선 그는 심호흡을 하고는 헛기침을 했다. 밖에 누군가 있다는 걸 눈치 챈 향월이가 당황한 목소리로 물었다.

"누, 누구세요?"

황천도는 대답 대신 문을 열고 안으로 들어갔다. 깜짝 놀란 향월이가 손으로 젖가슴을 가렸다.

"나, 나리."

"책을 쓰다가 몸이 좀 결려서 목욕을 하러 왔느니라."

그가 저고리를 벗으며 말하자 향월이는 두 손으로 젖가슴을 가린 채 어쩔 줄 몰라 했다. 그사이 옷을 벗은 황천도는 그녀가 있는 나무통 안으로 들어갔다. 물속에서 그녀의 미끈한 다리가 닿았다. 질겁한 그녀는 밖으로 나오려고 했지만 옷을 모두 벗은 상태라 그럴 수가 없었다. 여자 종을 마음대로 품는 것은 주인의 권리였다. 오월이도 조득배와 그런 식으로 몸을 섞었던 것을 잘 아는 황천도는 태연하게 말했다.

"예부터 형벌은 대부에게까지 오르지 않고 예는 서인에게까지 미치지 않는다고 했느니라. 내 너를 어여삐 여겨서 품는 것이 무엇이 문제이겠느냐?"

"하, 하오나."

손으로 젖가슴을 가린 채 부들부들 떨던 향월이는 차마 말을 잇지 못했다. 그녀가 무엇을 두려워하는지 아는 황천도는 느긋하게 말했다.

"걱정 말거라. 내 너를 측실로 맞이할 것이니라."

"저, 정말입니까?"

깜짝 놀란 그녀의 눈이 휘둥그레졌다. 첩 역시 손가락질받기는 했지만 고단한 안잠자기와는 비교할 바가 아니었다. 늘 부인에게 시달리는 향월이로서는 귀가 솔깃한 얘기가 아닐 수 없었다. 알몸의 그녀를 끌어안은 황천도가 말했다.

"대장부가 어찌 한 입으로 두말을 하겠느냐? 부인이 합방을 굳게 거절하니 나로서도 더이상 참기가 어려워."

"하, 하긴."

주춤거리던 그녀가 두 팔을 벌려서 황천도를 끌어안았다. 그는 향월이의 귓가에 속삭였다.

"나를 조금만 도와주면 앞으로 평생 편안하게 살게 해주마."

"나, 나리."

그녀가 감격에 찬 목소리로 대답하면서 황천도를 힘껏 끌어안았다.

추석이 되자 침울했던 집안 분위기가 어느 정도 밝아졌다. 강철견은 아들이 오고 나서 처음으로 치르는 차례라면서 철저하게 준비할 것을 지시했고, 그러면서 자연스럽게 황음치의 죽음이 잊혔다. 차례는 다른 제사에 비해 간소하게 치러졌다. 사랑채 뒤에 있는 사당에 제사 때 쓰는 병풍인 제병(祭屛)이 쳐졌다. 그리고 옻칠을 한 제사상 위에 제수 음식들이 차례로 놓였다. 의심 많은 부인은 황천도가 어떻게 하는지 틈틈이 지켜봤다. 하지만 황천도는 강은태와 십 년 넘게 지내면서 제수 음식을 어떻게 차리고 놓는지 여러 번 들었다. 아침 일찍 도포에 유건 차림으로 사당에 나온 그는 제수 음식이 놓이는 자리를 꼼꼼하게 살펴봤다. 지켜보던 강철견이 그걸 잊지 않았다면서 대견해하자 부인은 말없이 부엌으로 돌아섰다. 호준이 찾아왔지만 강철견이 냉랭하게 대했다.

"서자 주제에 감히 사당에 들어오겠다는 것이냐?"

"그것이 아니오라 마당에 거적을 깔고 지켜보면 아니 되겠습니까?"

황천도는 강철견이 뭐라고 말하기 전에 나섰다.

"그렇게 하여라."

그는 거적을 직접 깔고 묵묵히 엎드린 호준의 모습을 말없이 지켜봤다. 그가 마음껏 드나드는 사당과 호준이 엎드려 있는 마당은 넘을 수 없는 신분의 벽만큼이나 멀어 보였다. 준비를 마치고 사당 앞에서 두 번 절하는 참신례로 제사가 시작되었다. 절을 하고 일어난 황천도는 사당 안으로 들어가 향을 피우고 술을 따랐다. 그리고 4대조의 위패와 제사상부터 차례대로 술잔을 올리는 헌작례를 했다. 헌작례까지 끝내고 사당 밖으로 나와서 조상들이 찾아와 제사 음식을 드시게 하는 유식례를 거행했다. 황천도는 그사이 호준 곁으로 다가갔다. 거적 위에서 사당을 향해 허리를 굽힌 채 국궁하고 있는 호준의 옆모습에서 짙은 분노가 느껴졌다. 그걸 느끼는 순간, 황천도는 왜 그가 부인과 함께 그의 정체를 밝히는 일에 뛰어들었는지 이해가 갔다.

제사가 끝나고 제사상이 거둬졌다. 술은 퇴주 그릇에 부어졌다. 사당 안으로 들어간 황천도는 신주를 감실 안에 넣었다.

어린 시절 문선생에게 『주자가례』를 배우고 강은태에게 집안 제사에 관해서 들었던 것들이 큰 도움이 되었다. 이제 기회가 찾아왔다. 간단히 아침을 먹은 그는 부인이 제사 음식을 정리하느라 부엌에서 나오지 못하는 틈을 타서 일을 마무리하기로 했다. 향월이에게 단단히 일러두는 게 시작이었다.

"오늘밤이다. 차질 없이 해야 한다."

긴장한 표정의 향월이가 고개를 끄덕거렸다. 작은사랑으로 돌아오자 기다리고 있던 조수팽이 몸을 일으켰다. 보료 위에 앉은 황천도가 물었다.

"준비는?"

"다 끝냈습니다."

"오늘밤에 결행한다. 입단속 잘 시키고, 실수가 없도록 잘 처리하여야 한다."

조수팽이 나가고 어지러움을 느낀 그는 보료 위에 누워서 잠깐 낮잠을 청했다. 꿈에서 그는 강은태와 아버지 황음치를 만났다. 후르사도 보였고, 오월이도 스쳐지나갔다. 달콤하면서도 잔혹한 꿈이 지나가고 눈을 뜬 것은 밖에서 들려오는 조수팽의 다급한 목소리 때문이었다.

"나리, 나리!"

눈을 번쩍 뜬 황천도는 잠에서 덜 깬 칼칼한 목소리로 물었다.

"무슨 일이냐?"

"큰일이 났습니다."

퇴침에 한쪽 팔을 걸치고 잠을 쫓아낸 황천도는 천천히 일어나서 작은사랑의 분합문을 열었다. 이제 막 해가 떨어진 탓인지 핏빛 석양이 기와지붕 너머로 펼쳐져 있는 게 보였다. 댓돌 아래에는 조수팽이 고개를 조아린 채 서 있었다.

"어떤 일이기에 이리 호들갑을 떠는 것이냐?"

"차, 차마 아뢰기 민망한 일이 일어났사옵니다."

주변을 쓱 둘러본 조수팽이 대청에 올라서서 그에게 귓속말을 했다.

"창고에 잡아뒀답니다. 지금 빨리 가셔야 할 것 같습니다."

그러고는 주변에 들리도록 큰 목소리로 말했다.

"서둘러 가보셔야겠습니다."

심상치 않은 분위기를 읽은 집안의 종들이 먼발치서 웅성대는 게 보였다. 그는 짧게 대답했다.

"알겠다."

사랑방으로 돌아와 흑립을 쓰고 도포를 입고 다시 나와서 댓돌 위의 태사혜를 신는데 빗방울이 발등에 떨어지는 게 느껴졌다. 그걸 시작으로 제법 굵은 빗방울이 쏟아졌다. 대사혜를 신은 황천도가 말했다.

"갈모(기름종이로 만든 접이식 모자로, 비가 올 때 흑립 위에 썼다)를 가져오고, 등불을 대령하라."

조수팽이 등불과 갈모를 챙기는 사이 큰사랑에서 강철견이 황망한 표정으로 나왔다.

"이게 무슨 얘기냐? 며느리와 호준이가 밀통을 하다니……"

"소인도 영문을 모르겠습니다. 일단 나가서 알아보겠습니다."

강철견을 뒤로하고 대문 밖으로 나온 그는 사방등을 들고 앞장선 조수팽에게 나지막하게 물었다. 뒤에는 남자 종들이 줄줄이 따라왔다.

"일은 잘되었느냐?"

주변에 아무도 없는 것을 확인한 조수팽이 작게 대답했다.

"하문하신 대로 하였습니다."

"증인들은?"

"여리꾼(운종가에서 손님과 주인을 연결해주는 역할을 하는 아이들)들이 있고, 절초전 주인도 현장을 봤다고 할 겁니다."

황천도는 부슬부슬 내리는 가을비를 맞으며 하량교 쪽으로 걸어갔다. 해가 떨어지고 인정(人定: 조선시대 한양의 야간 통행금지를 알리기 위해 종을 치는 것)이 코앞이라서 그런지 인적이 드물었다. 하지만 하량교 쪽은 등불과 사람들로 북적거렸다. 조수팽이 그들을 헤치고 나가자 남초 창고가 보였다. 황천도는 일부러 넋이 나간 말투로 조수팽에게 물었다.

"여기냐?"

"그, 그렇습니다."

조수팽도 어찌할 바를 모르겠다는 듯 대꾸했다. 구경꾼들 사이에서는 그 여자의 남편이라는 소리가 빠르게 퍼져나갔다.

"내가 직접 살펴보마."

조수팽에게서 사방등을 넘겨받은 그는 천천히 창고 안으로 들어갔다. 매캐한 남초 냄새가 코를 찌르는 가운데 두 사람은 구석에 있었다. 호준은 웃옷이 벗겨진 잠방이 차림이었고, 부인 역시 속적삼과 속속곳 차림이었다. 머리가 헝클어진 채 벽에 기대 있던 그녀는 안으로 들어온 황천도를 보고는 싸늘하게 웃었다.

"어쩐지 이상하다 싶었습니다."

역시 명민한 그녀는 단번에 사태를 파악했다. 반면 호준은 충격에서 헤어나지 못한 모습이었다. 황천도는 일부러 바깥의 구경꾼들에게 들리도록 비통한 목소리로 말했다.

"정숙해야 할 사대부의 아녀자가 시동생과 상간을 하다니, 이 무슨 해괴망측한 짓이오?"

"상간이라니요? 저는 호준 도련님과 결단코 그런 짓을 하지 않았습니다."

서슬 퍼런 그녀의 말에 황천도는 사방등으로 창고 안을 쭉 비추면서 물었다.

"그렇다면 이 깊은 밤에 단둘이 여기서 뭘 하고 있었던 게요? 거기다 그 차림새들은 또 무엇이고 말이오."

"몸종 향월이 년이 호준 도련님이 급하게 찾는다고 해서 왔던 것뿐입니다. 창고 안으로 들어오는데 웬 괴한들이 달려들어서 치마와 저고리를 찢어버리고는 창고 안으로 몰아넣었습니다. 처음에는 도둑인 줄 알고 도와달라고 소리를 쳤는데 달려온 자들이 오히려 간통을 했다고 하더군요. 뒤늦게 함정이라는 걸 알고 나가려고 했는데 저렇게 문을 막고 옷을 가져가버린 통에 이리된 것입니다."

반면 옆에 있던 호준은 큰 충격에 빠졌는지 넋이 나간 얼굴로 말했다.

"저는 아무것도 모릅니다. 향월이한테 형수님이 창고에서 기다린다는 얘기를 듣고 이곳에 왔는데 갑자기 복면을 한 무뢰배들이 제 옷을 벗기고 재갈을 물리고 결박해서 안으로 집어넣었습니다. 그러고 조금 있다가 문이 열리더니 옷이 벗겨진 형수님이 끌려들어오셨습니다."

"그럼 둘이 상간을 한 것이 아니라 괴한에게 붙잡혀서 갇혔단 말이냐?"

그의 물음에 호준은 필사적으로 고개를 저었다.

"상간이라니요. 제가 어찌 형수님에게 흑심을 품겠습니까?"

"나도 얘기를 듣고 설마 했다. 하지만 본 사람들이 있고 아버님도 알고 계시니 넘어갈 수 없느니라."

"억울합니다, 형님. 정말 억울하옵니다."

그가 밖으로 나오자 조수팽과 다른 하인들이 문을 닫았다. 조수팽은 어느새 자물쇠까지 구해와서 문을 잠가버렸다. 황천도는 주변의 구경꾼들을 향해 말했다.

"처음 현장을 발견한 자가 누구냐?"

그러자 구경꾼들 틈에서 괴상한 차림의 사내 한 명이 다른 한 명의 손을 잡고 앞으로 나왔다.

"저랑 제 동무가 처음 봤습니다."

둘 다 낡은 중치막에 색색 가지 천을 허리에 꽂고 노란 초립을 쓴 괴상한 차림새였다. 옆에 있던 조수팽이 남의 눈에 잘 띄어야 하는 여리꾼들이라 저런 차림새였다고 말했다. 황천도 앞에 선 여리꾼이 굽실거리면서 말했다.

"저는 발춘이라 하옵고 제 동무는 송득시라 하옵니다."

"본 대로 고하여라."

"해가 일찍 떨어지고 날씨도 심상치 않아서 손님 발길이 뚝 끊겨서 말입니다. 그래서 일찍 집으로 돌아가려고 득시랑 가고 있는데 갑자기 비가 내려서 창고의 처마 밑으로 잠시 피했습지요. 그런데 창고 안에서 이상한 소리가 흘러나오지 뭡니까."

그러자 주변에서 왁자지껄한 웃음소리가 터져나왔다. 발춘이라는 여리꾼은 뒤통수를 긁적거리며 말을 이어갔다.

"무슨 일인가 해서 문 쪽을 기웃거리는데 때마침 잠겨 있지 않고 살짝 열려 있어서 안을 들여다봤더니 글쎄……"

얘기하기에도 민망하다는 듯 발춘이 손사래를 쳤다. 지켜보고 있던 황천도 대신 조수팽이 나섰다.

"어물쩍거리지 말고 주인마님께 사실대로 아뢰어라."

"처음에는 떠돌이 들병이랑 손님이 눈이 맞아서 그 짓을 하는 줄 알았습니다. 그런데 차림새를 보아하니 그런 것 같지는 않아서 자세히 보니 여자는 나이가 많고 남자는 적어서 이상하다 싶었습니다. 그래서 득시한테 지켜보라고 하고는 한걸음에 절초전으로 달려갔습죠. 얘기를 들은 주인과 일꾼들이 몰려왔는데 주인장이 어영대장 댁 며느리 같다면서 거기에 알려야겠다는 얘기를 들은 게 전부입니다요."

조수팽은 두 여리꾼을 물러나게 한 후 절초전 주인을 불렀다. 황천도가 지난번 조득배와 만났을 때 안면이 있었지만 일부러 모르는 척했다. 탕건에 저고리 위에 토끼털로 만든 조끼인 배자(背子)를 걸친 늙은 절초전 주인은 한 손에 장죽을 들고 느긋하게 말했다.

"손님이 일찍 끊겨서 일꾼들과 탁주를 한 사발씩 걸치고 있는데 발춘이 놈이 헐레벌떡 달려와서는 하랑교 남쪽 창고에 웬 남자와 여자가 있다고 횡설수설하지 뭡니까. 얼마 전에 도둑이 들었다고 했던 곳이라 일꾼들과 함께 횃불을 들고 가봤는데 여자가 안면이 있었습니다. 자꾸 얼굴을 숨기려는 여자를 억지로 확인했더니 어영대장 댁 며느리라서 깜짝 놀라서 꼼짝 못하게 붙잡아놓으라고 하고는 한걸음에 달려가서 고했습니다."

얘기는 주변에 빠르게 퍼져나갔고 그걸로 두 사람의 죄는 확정되었다. 얘기를 들은 황천도가 결정을 내렸다.

"일단 남자는 이곳에 계속 가둬두고, 부인은 집으로 데려가겠소이다. 날이 밝는 대로 의금부에 고해서 죄를 물을 것이니 그리 알고 돌아들 가시오."

얘기를 들은 구경꾼들이 흩어지자 황천도는 따라온 남자 종들을 나눠서 일부는 남초 창고를 지키게 하고 나머지는 부인을 끌고 집으로 돌아왔다. 근처에서 구한 낡은 장옷을 뒤집어쓴 부인은 남자 종들의 삼엄한 감시를 받으며 걸어야만 했다.

집에 도착한 황천도는 부인을 빈 곳간에 가두라고 하고는 강철견이 있는 큰사랑으로 갔다. 방안을 서성거리던 강철견 앞에 무릎을 꿇은 황천도는 큰 소리로 울었다.

"죄송합니다, 아버님. 소인이 미흡하여 집안의 이름에 먹칠을 하고 말았습니다."

"그, 그렇다면 며느리와 호준이가 상간을 했다는 게 사실이냐?"

강철견이 망연자실한 표정으로 묻자 황천도는 고개를 끄덕거렸다.

"처음 발견한 여리꾼과 장사치들의 말을 들어보면 사실인 것 같습니다. 조용히 덮으려고 했지만 본 사람이 너무 많아서 그럴 수가 없습니다. 날이 밝는 대로 의금부에 고해서 죄를 물어야겠습니다."

여리꾼과 장사치들 모두 조득배를 통해서 미리 말을 맞춰놓았다. 향월이를 이용해서 양쪽이 서로 모르는 상태로 한 장소에서 만나게 하고, 건장한 무뢰배들을 시켜서 옷을 모두 벗기고 창고 안에 가둬두게 한 것도 그의 계획이었다. 집안일을 살펴보던 조수팽이 귓속말로 해준, 부인과 호준이 창고에서 자주 만나 밀담을 나눈다는 얘기를 듣고는 떠올린 생각이었다. 부인이 남초 장사를 하면서 조득배를 비롯해 이리저리 원한을

산 사람들이 많아서 일을 꾸미는 것은 어렵지 않았다.

황천도의 얘기를 들은 강철견은 한 손으로 이마를 짚은 채 괴로운 표정으로 말했다.

"그리하여라. 일이 이렇게 된 이상 빨리 처리해야만 뒷말이 안 나올 것이야."

"알겠습니다."

자리를 털고 일어난 그에게 강철견이 주저하는 말투로 물었다.

"그런데 정녕 둘이 상간한 것이 맞느냐? 며느리가 그럴 아이가 아닌데 말이다."

"저도 믿어지지 않습니다만 현장이 발각되었고, 증인들도 워낙 많습니다."

"정녕 믿을 수가 없구나. 믿을 수가 없어."

황천도는 푸념인지 탄식인지 모를 강철견의 얘기를 뒤로한 채 큰사랑 밖으로 나왔다. 밖에서 기다리고 있던 조수팽이 얼른 따라붙었다.

"대감마님은 뭐라고 하십니까?"

"일단 우리 얘기를 믿는 것 같다. 하지만 시간이 지나면 마음이 변할지 모르니 빨리 움직여야 할 것이야."

"날이 밝는 대로 의금부에 소지(所志: 조선시대 관청에 올리던 청원이나 진정서로, 발괄이라고도 불렀다)를 올리겠습니다. 그리고 송사는 솜씨 좋은 외지부(外知部: 변호사 같은 존재로 소송을 대신해주는 역할을 했다)에게 맡기겠습니다."

"돈을 아끼지 말고 신속하게 처리하라 이르게."

단단히 주의를 준 황천도가 돌아서려는 찰나, 조수팽이 주저하는 목소리로 말끝을 흐렸다.

"안주인 마님이 뵙기를 청하옵니다. 일단 얘기는 전해드린다 했습니다만……"

그녀라면 일이 어떻게 돌아가는지 지금쯤이면 알았을 것이다. 잠깐 고민하던 그는 짧게 대답했다.

"보지 않을 것이고 따로 전할 필요도 없느니라."

조수팽이 물러나고 황천도는 작은사랑으로 돌아왔다. 안에서 기다리고 있던 향월이가 벌떡 일어나서 그를 맞이했다.

"주인마님."

"일이 잘되었다. 앞으로 내 집사람을 볼 일은 없으니 안심하여라."

"그래도 조마조마합니다."

울상이 된 그녀가 옷고름을 손에 쥔 채 벌벌 떨었다. 보료 위에 앉은 황천도가 말했다.

"그대로 있었다면 견뎠겠느냐? 하루가 멀다 하고 매질이 그

치질 않았는데 말이다. 거기다 내가 너를 첩으로 들이겠다는 걸 알면 가만있지 않았을 것이다."

황천도의 얘기를 들은 향월이가 고개를 끄덕거렸다. 일이 쉽게 풀렸던 것은 그녀에 대해서 주변 사람들이 가지고 있던 두려움 때문이었다. 그녀의 가혹함이 복종을 불러왔지만 그것은 눈에 보이는 것뿐이었다. 오랫동안 그런 상황에 처해 있었던 황천도는 어떤 말로 설득해야 할지 누구보다 잘 알고 있었다. 쭈뼛거리던 향월이가 조심스럽게 말했다.

"건넌방에 요를 펼까요?"

"그리하여라."

고개를 숙인 그녀의 얼굴에 미소가 번지는 것이 보였다.

다음날, 조수팽은 외지부와 함께 소지를 가지고 아침 일찍 의금부로 향했다. 얼마 후, 의금부에서 누런색 까치등거리 차림의 나장(羅將: 관청에 배속된 하급 관리로서 죄인의 체포와 압송, 고문 등을 맡았다)과, 갈색의 짧은 치마인 두루치를 바짝 여민 다모(茶母: 조선시대 관청에서 술과 차를 따르는 일을 맡은 여자 종으로, 가끔 여자 범죄자의 호송과 체포에 동원되기도 했다)가 찾아왔다. 다모는 곧장 곳간에 갇혀 있는 부인을 끌고 나와서 결박을 지으려고 했다. 부인이 반항하자 다모는 치마 속에 숨겨둔 철편을 꺼내서 휘둘렀다.

"머리가 박살나고 싶지 않으면 순순히 오라를 받아라."

결국 오랏줄에 꽁꽁 묶인 그녀는 대문 밖으로 끌려나갔다. 그녀는 밖으로 나가면서도 큰사랑 쪽을 연신 살폈지만 강철견은 나와보지 않았다. 대문 밖에서 소문을 듣고 찾아온 구경꾼들이 그녀에게 침을 뱉고 욕설을 퍼부었다. 그녀가 붙잡혀가고 황천도는 큰사랑으로 들어갔다. 보료에 앉아서 안절부절못하고 있던 강철견이 물었다.

"어찌되었느냐?"

"방금 의금부로 압송되었습니다. 저도 조금 있다가 가볼 생각입니다."

"이렇게 된 이상 소문이 더 커지기 전에 빨리 마무리를 지어야 하느니라. 의금부 도사 중에 아는 자에게 따로 간찰을 써줄 터이니 전해주어라."

황천도는 담담한 목소리로 대답했다.

"그리하겠습니다. 잠시 후에 떠날 때 다시 인사드리겠습니다."

자리에서 일어나려는 그에게 강철견이 머뭇거리다가 말했다.

"차마 입에 담기 어려운 죄를 저질렀다만 어쨌든 네가 없는 동안 우리 집안을 책임졌던 아이다. 생각 같아서는 찢어 죽여도 시원치 않지만 어찌 그럴 수 있겠느냐. 호되게 매를 쳐서 멀리 지방의 관비로 보낼 터이니 그리 알거라. 호준이도 멀리 보내는 게 좋겠다.”

“아버님 뜻대로 하겠습니다.”

강철견은 그가 문을 닫고 나갈 때까지 계속 자기 탓이라고 자책했다. 황천도는 방으로 돌아와서 향월이가 차려준 아침을 간단히 먹고 집을 나설 준비를 했다. 향월이가 빈 상을 들고 나가자 그는 장죽을 물었다. 출발 전에 마음을 가라앉히기 위해서였다.

재판은 신속하게 진행되었다. 현장이 발각되었고, 여리꾼들을 비롯한 증인들도 잔뜩 있었기 때문이었다. 점잖은 양반집 여인이 시동생, 그것도 서자와 관계를 맺었다는 것은 모두의 공분을 사기에 충분했다. 거기다 두 사람이 공모해서 집안의 적자를 가짜로 모함하기 위해 이런저런 음모를 꾸몄다는 것까지 더해지면서 두 사람의 운명은 사실상 결정되고 말았다. 뒤늦게 소식을 듣고 내포에서 그녀의 친척들이 올라왔지만 손쓸 도리가 없었다. 판결은 한 달 만에 나왔다. 부인은 곤장 스무 대에 진주로 보내서 관비로 삼게 했고, 호준은 태형 열 대에 흑산도로 귀양을 가야만 했다.

부인의 곤장 형이 집행되는 날, 황천도는 조수팽과 함께 의금부로 향했다. 조수팽이 문졸들에게 손을 쓴 덕분에 손쉽게 안으로 들어갈 수 있었다. 형은 의금부 관청 뒤에 있는 감옥 앞에서 이뤄졌다. 감옥의 담장 아래에는 수선화와 민들레가 살포시 고개를 내밀고 있었다. 뜰 한복판에는 형틀이 있었고, 주변에는 곤장을 칠 나장 둘이 한쪽 어깨를 드러낸 채 곰방대를 물고 있었다. 황천도가 조수팽에게 물었다.

"넉넉히 줬겠지?"

"염려 마십시오."

잠시 후, 감옥 문이 열리고 부인이 끌려나왔다. 갇혀 있던 보름 사이 많이 수척해졌지만 눈빛만큼은 여전히 날카로웠다. 황천도는 그녀의 눈에 띄지 않도록 기둥 뒤에 몸을 숨기고 지켜봤다. 형틀에 눕혀져서 손과 발이 묶인 그녀의 입에 재갈이 물려졌다. 곤장을 든 나장들이 어슬렁거리면서 형틀 옆으로 다가왔다. 의금부의 서리(胥吏)가 시작하라는 눈짓을 보내자 나장들이 손바닥에 침을 뱉고는 곤장을 움켜쥐었다. 그중 한 명이 엎드린 채 묶여 있던 그녀의 치마를 걷어서 속곳을 드러낸 다음, 옆에 놓인 항아리에 든 물을 엉덩이에 뿌렸다. 얼굴은 보이지 않았지만 그녀가 긴장한 것이 보였다. 아마 악착같이 견뎌서 살아남기를 바랄 것이다. 하지만 그녀의 운명은 이미 정해져 있었다. 머리 위로 곤장을 치켜든 나장이 있는 힘껏 내리쳤다. 물에 젖은 살이 찢어지는 소리와 함께 그녀의 고개가 치켜올려졌다. 아마 비명을 질렀겠지만 재갈 때문에 아무 소리도 들리지 않았다. 피가 맞은편에 서 있는 나장이 입은 까치등거리에 튄 것이 보였다. 옷자락에 묻은 피를 손으로 떨어낸 나장이 곤장을 움켜쥐고 힘껏 내리쳤다. 동시에 그녀의 고개가 스르륵 내려갔다. 곤장은 그녀의 살을 파헤치고 찢어버렸다. 형틀 아래로 피가 흘러내리는 것이 보였다. 열다섯 대가 넘어갈 즈음 서리가 손을 들어서 나장들을 막은 다음 손짓했다. 그러자 곤장을 내려놓은 나장 한 명이 축 늘어진 그녀의 머리채를 잡고 얼굴을 살폈다. 그러고는 서리를 향해 고개를 흔드는 것이 보였다.

"죽었나봅니다."

숨을 죽이고 지켜보던 조수팽이 침을 꿀꺽 삼키며 말했다. 어제 조수팽이 곤장을 치는 나장들에게 넉넉히 돈을 찔러주고 힘껏 치라고 일러놓았다. 잠시 후, 지게를 짊어진 늙은 오작인(仵作人: 관청에 속해서 시신을 살피는 일을 하는 자)이 나타나서는 그녀의 시신을 수습했다. 그녀가 입고 있던 옷을 작은 칼로 찢어서 따로 챙긴 오작인은 알몸이 된 시신을 거적에 둘둘 말아서 지게에 올려놨다. 거적 끝에 잔뜩 오그라든 그녀의 발가락이 삐죽 튀어나온 게 보였다. 시신을 짊어진 오작인이 뒷문으로 사라지자, 나장 둘이 곰방대를 한 손에 쥐고 다가왔다. 조수팽이 썩 나서서 두 사람에게 말했다.

"일을 잘 처리해줘서 고맙네."

조수팽의 말을 들은 딸기코 나장이 누런 이를 드러내면서 씩 웃었다.

"저런 간악한 년 하나 죽이는 게 무슨 일이라굽쇼."

그러자 옆에 서 있던 다른 나장이 거들었다.

"독하긴 독한 년이었습니다요. 건장한 장정도 이렇게 열 대만 맞으면 명줄이 끊겼는데 이년은 똥까지 지리면서도 버티지 뭡니까? 이러다가는 안 되겠다 싶어서 곤장을 세워서 허리를 냅다 쳤더니 그때서야 숨통이 끊어졌습지요."

나장들이 신이 나서 떠들자 조수팽이 주머니 하나씩을 나눠주었다.

"잘했네. 수고들 했으니 이걸로 가서 목이나 축이게."

돈을 챙긴 나장들이 떠나자 갑작스러운 침묵이 찾아왔다. 모두 떠난 자리에는 부인의 피가 흥건하게 묻은 형틀만이 남아 있었다. 황천도가 굳게 입을 다문 채 묵묵히 서 있자 조수팽이 조심스럽게 물었다.

"조금 있으면 작은 도련님의 태형이 집행됩니다. 보고 가시

렵니까?"

상념에서 깨어난 그는 고개를 저었다.

"이만 돌아가자."

집으로 돌아온 황천도는 곧장 큰사랑으로 갔다. 며칠 새 부쩍 늙어버린 강철견은 며느리가 매를 맞다가 죽었다는 얘기를 듣자 묵직한 신음 소리와 함께 혀를 찼다.

"천벌을 받은 것이지만 안타깝기도 하구나. 시신을 잘 수습해서 가족들에게 넘겨주도록 하여라."

"그리하겠습니다."

그리고 며칠 동안은 일이 정신없이 돌아갔다. 그녀가 하던 남초 장사를 정리하는 일이 만만치 않았던 것이다. 조수팽이 그녀의 말을 유독 잘 들은 종들을 따로 골라내서 멀리 지방으로 팔아넘기고, 진위의 농막으로도 따로 사람을 보냈다. 시구문(屍軀門: 한양의 사소문 중 하나인 광희문을 다르게 부르는 명칭이다. 한양의 시신들을 밖으로 내보내던 문이다) 밖에 버려졌던 그녀의 시신은 처갓집 식구들이 수습해서 고향으로 내려갔다.

그러는 와중에 귀환기의 마지막 장을 쓰게 되었다. 책을 덮고 나서 제목을 생각하던 그는 호를 따서 '규헌잡록'이라고 썼다. 그리고 아래쪽에 짧게 언문으로 '강은태 귀환기'라는 제목을 따로 붙였다. 이제 황천도는 잊고 강은태로 살아가는 것만 남았다. 그는 엄격하면서도 자상한 양반으로 지낼 것이고, 어영대장 아들로서의 체통도 지킬 것이다. 새로 장가를 들어서 어쩌면 늦둥이 아들을 낳을지도 몰랐다. 일그러진 운명과 그것이 가져온 폭풍 같은 일들을 떠올린 그는 서늘한 웃음을 머금으면서 붓을 내려놨다. 아직 해야 할 일들이 몇 개 남았지만 마음은 더없이 홀가분했다.

충격을 받은 강철견이 자리에 누워버리는 바람에 병간호에 정신없이 며칠을 보낸 그는 아침 일찍 조수팽과 함께 파루(罷漏: 조선시대 새벽 4시경에 종을 서른세 번 쳐서 통행금지를 해제하는 것)가 울리자마자 집을 나왔다. 말을 타고 어둑한 새문안길을 따라 숭례문을 나와서 노량진 나루터로 향했다. 10월에 접어들면서 날씨가 제법 쌀쌀해져갔다. 나루가 내려다보이는 언덕에서 말을 묶어놓고 잠깐 남초를 피우는데 멀리서 호준의 모습이 보였다. 유배를 떠나는 호준을 데려가는 형조의 군뢰(軍牢: 관청에서 죄인을 고문하거나 호송하는 일을 맡은 하급 관리) 두 사람이 따라오는 중이었다. 전립을 쓰고 더그레를 입은 군뢰들은 허리에 육모 방망이와 소의 고환을 말려서 만든 쇠좆매를 차고 있었다. 황천도를 본 군뢰들이 걸음을 멈추자 조수팽이 재빨리 달려가서 두 사람을 길가로 데리고 갔다. 황천도는 홀로 남은 호준에게 다가갔다.

"남초나 한 대 피우자꾸나."

눈을 껌뻑거리던 호준은 가볍게 고개를 끄덕거렸다. 말구종이 건넨 장죽을 쥔 황천도는 길옆에 미리 펼쳐놓은 자리에 앉았다. 호준이 따라서 앉자 그가 입을 열었다.

"아내가 매를 맞다가 장독으로 죽었다. 들었느냐?"

"감옥에 있다가 들었습니다. 형님이 손을 쓰신 겁니까?"

장죽 연기를 내뿜은 호준이 물었지만 그는 별다른 대답을 하지 않았다. 그러자 호준이 말했다.

"일이 그렇게 되고 형수님이 저한테 그랬습니다. 아무래도 자기는 살기 힘드니까 저만이라도 살아서 훗날을 도모하라고 말입니다."

호준의 얘기를 단칼에 자른 황천도가 물었다.

"왜 그랬느냐?"

"무엇을 말입니까?"

"왜 내 아내의 음모에 가담했는지 말이다. 정녕 두 사람이 나를 해치고 정을 통하기 위해서 그랬던 것이냐?"

거센 질문을 받은 호준은 장죽을 문 채 하늘을 올려다봤다.

"형수님은 처음부터 형님의 정체를 의심했습니다. 출정할 때 줬던 붉은 부적의 존재를 몰랐고, 아무래도 딴사람 같다고 말입니다. 저는 그럴 리가 없다고 거듭 말했지만 형수님은 자신의 짐작이 틀림없다고 뜻을 굽히지 않으셨습니다."

"그래서 고가수를 심양으로 보내서 내 뒷조사를 한 것이냐?"

"고가수가 먼저 찾아와서 도움을 요청한 겁니다. 자기 아들이 그렇게 갑자기 죽을 리가 없다고, 직접 가서 돌아보겠다고 했습니다. 형수님은 그걸 기회로 형님의 행적을 조사해보면 뭔가 의심스러운 정황이 나오지 않겠느냐고 하셨습니다."

차분하게 듣던 황천도는 아버지인 강철견조차 눈치채지 못한 그의 정체를 꿰뚫어본 그녀의 예리함에 감탄했다. 호준이 계속 얘기했다.

"그런데 고가수가 심양에 들어가지 못하고 역관을 대신 보내서 알아봤는데 의심할 만한 구석이 나오지 않았습니다. 고가수는 포기하고 낙향했지만 형수님은 포기하지 않으셨습니다. 그러다 저잣거리에서 신분을 속이고 속환된 자의 소문을 들으시고는 다시 알아보라 하셨습니다. 또 형님과 같이 황천도라는 자가 포로로 있었다는 것을 듣고는 그쪽을 조사해보라고 일렀습니다."

"너에게 말이냐?"

"네. 형님이 들이신 겸인 때문에 종에게 시킬 수 없다고 하셨지요. 그래서 황천도의 아비가 사는 삼반령으로 갔다가 형님을 만난 겁니다."

그날의 우연한 만남을 기억해낸 황천도는 가만히 고개를 끄덕거렸다.

"그런데 거기서 이상한 얘기를 들었습니다. 황천도의 아비 옆집에 사는 자가, 측간에 갔다가 나오는데 형님이 그 집을 향해 절을 하는 것을 봤다고 했습니다. 처음에는 미안한 마음에 그런가 싶었는데 날짜를 확인해보니까 황천도가 죽은 것이 알려지기 전의 일이었더군요."

호준의 얘기를 들은 황천도는 아차 싶었다. 아무도 못 본 줄 알았는데 누군가 봤고, 그것이 하필 호준의 귀에 들어간 것이다.

"긴가민가해서 형수님께 고했더니 곰곰이 생각하다가 황천도라는 자가 형님 노릇을 하는 게 틀림없다 했습니다."

"그런 얼토당토않은 얘기를 믿었단 말이냐?"

최대한 태연하게 얘기했지만 속은 바짝 타들어갔다. 다행히 호준은 다 끝났다고 생각했는지 담담하게 말했다.

"저는 결단코 아니라고 했습니다. 한낱 천한 종이 어찌 양반의 몸가짐과 예법을 알고, 집안일을 그리 소상히 알 수 있느냐고 말입니다. 하지만 형수님은 뜻을 굽히지 않으셨습니다. 시험해보면 알 수 있지 않겠느냐고 하면서 말입니다."

"그래서 애꿎은 노인에게 도둑 누명을 씌워서 내 눈앞에서 때려죽인 것이냐?"

발끈한 황천도의 말에 호준이 쓴웃음을 지었다.

"죽일 생각은 없었습니다. 처음에는 잡아다가 으름장을 놓고 형님이 아들이라는 것을 자백하라고 했는데 완강하게 아니라고 해서, 형님 앞에서 매를 치면 자식 된 도리로서 정체를 밝히지 않겠느냐고 해서 그만……"

황음치는 아들의 정체를 숨기기 위해 매를 맞으면서 혀를 깨물었다. 아들을 지켜주기 위해서 말이다. 황천도가 아무 말도 없이 남초를 피우자 호준이 조심스럽게 물었다.

"형수님께서는 형님이 우리 둘을 함정에 빠트린 게 가짜라는 명백한 증거라고 하셨습니다. 제 눈앞에 있는 게 정녕 강은태입니까, 아니면 황천도입니까?"

"네가 생각하기 나름이다. 설령 내가 강은태가 아니라 황천도라고 하더라도 집안에서 너의 위치는 변하지 않았을 것이야."

황천도의 얘기를 들은 호준이 빙그레 웃었다.

"형님은 제가 서자라는 굴레를 벗기 위해서 이번 일에 가담했다고 생각하십니까?"

"그게 아니면 내 아내를 정말로 사랑했단 말이냐?"

그의 물음에 호준은 장죽을 물고 깊게 빨아들였다. 그리고 천천히 입을 열었다.

"제 어미가 아직 삭주에 있는 걸 알고 있으십니까?"

"그렇게 들었느니라."

"저는 아버지에게 계속 어머니를 한양으로 모시자고 청하였습니다. 나이도 드시고 옆에서 돌보는 이가 없는 것이 마음에 걸려서 말입니다. 하지만 아버지는 관비인 어머니를 속량시키려면 절차가 번거롭다고 거절하셨지요. 고작 그런 이유로 늙은 어미를 추운 삭주에 홀로 남겨둬야 하는 것이 너무나 가슴이 아파서 집안에 마음을 붙이지 못했던 겁니다. 그러던 와중에 형수님이 따뜻하게 위로해주셨습니다. 그래서 그런 마음을 품게 되었던 것이지요. 형수님은 제 얘기를 차분하게 다 들으시고는 눈물을 흘리셨습니다. 그리고 밤새도록 이런저런 얘기를 나눴지요. 형수님 역시 장사꾼 집안 출신이라면서 은근히 냉대와 괄시를 받았고, 남초 장사를 해서 집안을 일으켰는데도 칭찬은 고사하고 자중하라는 말만 들어서 마음이 많이 상하셨던 겁니다."

"그런다고 정을 통하고 나를 모함한 것이 용서되는 것이 아니다."

"결단코 몸을 섞는 일은 없었습니다. 다만 약조를 하였을 뿐입니다."

"약조라니?"

황천도가 묻자 호준은 결국 눈물을 흘리고 말았다.

"아버지가 돌아가시면 가산을 정리해서 멀리 삭주로 가자고 말입니다. 그곳에서 우리 어머니를 모시면서 셋이 오순도순 살자고 하였습니다. 그래서 저는 형수님의 일을 도우면서 그날이 오기만을 손꼽아 기다렸지요."

하마터면 너도 나랑 비슷한 생각을 했었느냐는 말이 튀어나올 뻔했다. 눈물을 흘린 호준은 장죽의 부리를 으스러지도록 힘껏 물었다. 황천도도 아무 말 없이 장죽을 물었다. 눈물을 거둔 호준이 자리를 털고 일어나면서 말했다.

"부탁이 있습니다, 형님."

"말하여라."

"삭주에 계시는 제 어머니한테는 아무 말도 하지 말아주십시오. 어차피 몸이 안 좋으셔서 사실 날이 얼마 남지 않으셨습니다."

따라서 일어난 황천도가 담담하게 말했다.

"그리하마."

"평안하십시오."

고개를 숙여 인사를 한 호준이 길가로 나섰다. 그러자 길옆

상수리나무 아래에 있던 군뢰들과 조수팽이 얘기를 그쳤다. 장죽을 물고 뒷짐을 진 황천도가 군뢰들에게 말했다.

"서자이긴 하지만 하나뿐인 동생일세. 가는 길이나마 편안하게 해주게."

"그리하지요."

허리를 숙인 군뢰들이 우렁찬 목소리로 대답하고는 호준을 끌고 나루터로 향했다. 파루가 울리고 성문이 열린 지 얼마 안 되어서 그런지 나루터에는 인적이 보이지 않았다. 아침 일찍 배를 댄 뱃사공이 턱없이 긴 하품을 하면서 군뢰들과 호준을 맞이했다. 세 사람이 배를 타자 곰방대를 입에 문 뱃사공은 검게 탄 팔로 힘껏 노를 저어서 강으로 나아갔다. 뒷짐을 진 채 나룻배가 멀어지는 모습을 지켜보던 황천도는 엉거주춤 앉은 호준이 자신을 바라보는 것을 느꼈다. 흔들리는 그의 눈빛을 본 순간 황천도는 멈추라고 얘기하고 싶은 충동을 느꼈다. 하지만 그러지 않았다. 기억을 잊기 위해서라도 사라지게 해야만 했다.

배가 강 중앙에 거의 도달할 즈음, 뱃머리에 앉아 있던 군뢰가 앉아 있던 호준의 뒤통수를 쇠좆매로 내리치는 게 보였다. 호준이 앞으로 고꾸라지자 다른 군뢰도 육모 방망이로 머리를 내리쳤다. 미리 돈을 두둑하게 받은 뱃사공은 노를 잡은 채 딴

청을 피웠다. 쓰러진 호준을 계속 내리치던 군뢰들이 널브러진 호준의 옷을 벗긴 다음 나룻배 밖으로 던져버렸다. 물에 빠진 호준의 몸은 작은 파장만을 남긴 채 금방 사라져버렸다. 호준을 처리한 나룻배는 다시 나루터로 돌아왔다. 모든 것이 끝났다는 생각에 한숨이 저절로 흘러나왔다. 하늘을 잠깐 바라본 그는 말이 있는 곳으로 걸어가면서 뒤따르는 조수팽에게 말했다.

"이제 돌아가세."

"집으로 가시겠습니까?"

"양화진에 잠깐 들렀다 가자."

말에 오른 그에게 조수팽이 물었다.

"목빙고를 보러 가시려고요?"

"둘러도 봐야 하고 할 얘기도 있어서 말이야."

조수팽이 말구종에게 양화진 나루로 가자고 얘기하는 사이 그는 고개를 돌려 나루터 쪽을 바라봤다. 군뢰들은 나룻배를 타고 가던 호준이 갑자기 물에 뛰어들었다고 보고하고 따로 챙긴 돈으로 술을 마시거나 계집을 품을 것이다. 누군가의 죽음은 다른 누군가의 호주머니를 두둑하게 만들었다. 상념에 잠긴 그는 양화진에 도착하기까지 내내 침묵을 지켰다.

조득배가 세운 목빙고는 망원정 아래 산중턱에 있었다. 일꾼들이 터를 파고 나무 기둥을 세우느라 한창이었다. 산 아래 말을 세우고 올라가자 조금 떨어진 곳에서 공사 현장을 지켜보던 조득배가 한걸음에 달려왔다.

"연락도 없이 어쩐 일인가?"

"일이 있어서 나왔다가 잠깐 들렀네. 공사는 잘되고 있는가?"

그의 물음에 조득배는 턱으로 일꾼들을 가리키면서 투덜거렸다.

"게으르기가 굼벵이들 저리 가라야. 호란이 끝난 지 얼마 안 돼서 사람들이 워낙 귀하다보니 어쩔 수 없이 쓰고 있네. 그래도 얼음이 얼기 전까지는 이런 목빙고를 세 개는 세울 수 있을 거야."

"수완이 좋군."

"다 자네 아버지가 아니었으면 이렇게 목 좋은 곳에 빙고를 지을 생각이나 했겠나? 그나저나 요즘 많이 안 좋으시다고 하더니 어떠신가?"

"그 일 때문에 상심이 크신 모양이야. 기억력도 많이 떨어져서 방금 들은 것도 잊어버리시네."

"안타깝군. 아무튼 올해는 시간이 없어서 목빙고로 만들지만 내년에는 석빙고를 널찍하게 지을 걸세. 자네 집안 몫도 클 테니까 기대하라고."

"아무튼 잘해보시게."

"벌써 가려고? 좀 있다 술과 음식들이 올 거야. 들고 가게."

황천도는 만류하는 조득배에게 말했다.

"아버님이 많이 아프셔서 말이야."

"하긴 충격이 크셨겠지. 조만간 효험이 좋은 인삼을 가지고 들르겠네."

돌아서려던 그는 깜빡 잊고 있다가 생각났다는 표정으로 말했다.

"참, 부탁이 하나 있는데 말일세."

"뭔가?"

"죽은 황음치의 손자가 상이 맞지? 그 아이를 사고 싶네."

상이를 사고 싶다는 얘기를 들은 조득배는 고개를 갸우뚱했다.

"말도 안 듣고 일도 잘 못하는 놈인데 왜?"

"아비는 나랑 같이 오랫동안 고생했고, 할아비는 내 아내 때문에 억울하게 죽지 않았나. 불쌍하니 내가 거두려고 하네."

얘기를 들은 조득배는 납득이 간다는 표정으로 말했다.

"그럼세. 싸게 쳐줄 테니까 데려가게."

"고맙네."

해가 중천에 뜰 무렵, 삼반령에 있는 집에 도착했다. 하지만 집은 텅 비어 있었다. 아버지 황음치가 누워서 콜록거리던 안방은 물론이고 부엌과 뒤뜰에도 보이지 않았다. 집 안팎을 살펴본 조수팽이 싸리 대문에서 기다리던 황천도에게 돌아와서 고했다.

"집에 없는 모양입니다. 나중에 제가 따로 오도록 하지요."

"어디 있는지 알 것 같네. 갔다 올 테니까 말구종과 함께 여기서 기다리게."

조수팽을 남겨놓고 집밖으로 나온 그는 곧장 밭으로 향했다. 아버지가 자식을 팔아서 얻은 땅이라며 두고두고 후회했던 그 밭에서는 오월이와 그의 아들 상이가 서 있었다. 괭이를 들고나와서 땅을 고르던 그는 밭둑에 서서 자신을 지켜보던 황천도를 보고는 성난 얼굴로 물었다.

"여긴 어인 일이십니까?"

"지나가던 길에 잠깐 들렀느니라. 할아비의 장례는 잘 치렀느냐?"

"장살된 죄인을 어찌 장례를 치르겠습니까? 활인원의 매골승들이 와서 뒷산에 평토장으로 묻었습니다요."

"네 할아비에게 누명을 씌워서 죽인 자들은 모두 죽었다."

황천도의 얘기를 들은 상이의 눈빛이 반짝거렸다.

"그게 사실입니까요?"

"부인은 매를 맞다가 죽었고, 동생은 유배를 가다가 스스로 물에 뛰어들어서 목숨을 끊었느니라. 그러니 노여움을 풀어라."

"그런다고 죽은 할아버지가 다시 돌아오는 건 아니잖습니까. 아무튼 고맙습니다요."

고개를 꾸벅 숙인 상이가 다시 괭이를 잡고 밭을 갈았다. 그 모습을 잠깐 지켜보던 그가 말했다.

"괭이를 놓고 날 따라오너라."

"네? 그게 무슨 말씀이십니까?"

괭이를 움켜쥔 상이가 반문하자 황천도가 말했다.

"이제부터 네 주인은 나다. 오늘 값을 치르고 널 샀으니까 말이다."

"소인을 말입니까?"

눈이 동그래진 상이의 물음에 황천도는 고개를 끄덕거리고는 돌아섰다. 그러자 주저하던 상이는 괭이를 내던지고는 헐레벌떡 뒤를 따랐다. 그러고는 조심스럽게 물었다.

"왜 소인을 사셨습니까?"

그러자 걸음을 멈춘 황천도는 잔혹하게 웃으면서 말했다.

"널 살 수 있는 힘이 있으니까. 나를 따라오면 새로운 세상을 보여주마."

같은 시각, 이불에 누워 있던 강철견은 밖에서 들려오는 소리에 눈을 떴다.

"주인마님. 손님이 오셨습니다."

"어서 들어오라고 하게."

문이 열리고 낯선 자가 들어오자 강철견은 몸을 일으켜 등받이인 장침에 몸을 기댔다. 길쭉한 얼굴을 한 중년의 사내는 방안으로 들어와서 무릎을 꿇었다. 강철견이 힘겨운 눈으로 도포와 갓을 쓴 그를 바라봤다.

"자네가 서찰을 보낸 자인가?"

"그렇습니다. 이홍업이라고 하옵고 양주가 고향입지요."

"나를 보자고 한 연유가 무엇인가?"

"긴히 드릴 말씀이 있어서 뵙기를 청했습니다."

"무슨 얘긴가?"

"바로 어영천총 어르신의 집안 문제이옵니다."

이홍업의 얘기를 들은 강철견이 기침을 하면서 대답했다.

"우리 집안일은 모두 아들이 처리하고 있네. 좀 있다 돌아온다고 했으니 기다리고 있다가 얘기하게."

강철견의 대답을 들은 이홍업이 고개를 들었다.

"바로 그 아드님 문제 때문에 찾아온 것입니다. 소인이 젊은 시절에 심양에 포로로 끌려간 일이 있었지요."

"저런, 우리 아들도 거기로 끌려갔다가 이십 년 만에 돌아왔네."

"제가 그때 아드님과 같이 지낸 것 같습니다."

"그런가? 우리 아들이 반가워하겠군. 그나저나 자네 이름이 뭐라고 했던가? 요즘 기억이 가물가물해서 말이야."

강철견의 물음에 이홍업은 어깨를 펴면서 차갑게 웃었다.

"이홍업이라고 합니다. 젊은 시절에는 말쇠라는 이름을 썼습지요."

〈끝〉

작가의 말

/

우리에게 집은 해가 저물고 일과를 마치면 돌아가는 곳입니다. 4백여 년 전, 명나라의 요구로 파병되었다가 심하전투(사르후전투)에서 패배하고 후금(훗날 청나라)의 허투알라로 끌려간 조선의 젊은이들에게 집은 꿈에서나 갈 수 있는 머나먼 곳이었습니다. 우리에게는 일상적인 것이 누군가에게는 간절한 소원이 될 수밖에 없는 것이 바로 역사가 가지는 엄혹한 무게입니다. 우리는 역사의 뼈아픈 일로 우선 임진왜란을 기억하지만, 사실 심하전투와 정묘호란, 병자호란으로 이어지는 시대 역시 고통스럽기는 마찬가지였습니다. 특히 임금과 대신들의 잘못된 결정으로 인해 뜻하지 않게 전쟁터로 내몰리고, 겨우 살아남아 멀리 낯선 곳으로 끌려간 사람들에게는 말이죠. 허투알라와 심양으로 끌려갔던 수많은 조선인 중에 오롯이 집으로 돌아올 수 있었던 사람은 극소수였습니다. 그중 여성들은 오랑캐에게 몸을 더럽혔다는 이유로 고향과 가족으로부터 문전박대를 당하기도 했습니다. 살아서 돌아왔지만 아무도 반겨주지 않았습니다. 사지에서 벗어나 겨우 보금자리로 돌아왔지만 아무도 반겨주지 않아 다시 떠날 수밖에 없는 고통. 파괴된 운명은 쉽사리 제자리로 돌아오지 못하는 법입니다. 『살아서 가야 한다』는 집으로 돌아가고 싶어하는 두 남자의 이야기입니다. 그리고 운명이 어긋났을 때 무슨 일이 벌어졌는지를 보여줍니다. 이 책에서는 제목처럼 오직 집으로 가고 싶어하는 사람만 있습니다. 여러 사료를 참고삼아 당시의 상황을 역사적 사실에 근거하여 묘사했지만 소설의 흥미를 위해 사실과 달리 상상력으로 상황을 설정한 점이 몇 가지 있습니다. 심하 전투에서 포로로 잡혔던 조선군은 상당수 조선으로 도망치거나 송환되었습니다. 두 주인공처럼 수십 년간 억류된 경우는 드물었을 것으로 보입니다. 소설에서는 극도의 긴장과 공포, 모멸감을 조성하기 위해서 조선군 포로들에게 변발을 강요한 것으로 설정하였지만 실제로 그랬다는 기록은 찾을 수 없었습니다.

살아서 가야 한다

초판 1쇄 인쇄 2018년 11월 19일
초판 1쇄 발행 2018년 11월 29일

지은이 정명섭 | **펴낸이** 염현숙 | **편집인** 신정민

편집 신정민 양은희 | **디자인** 고은이 이원경 | **저작권** 한문숙 김지영
마케팅 정민호 한민아 최원석 | **홍보** 김희숙 김상만 이천희
모니터링 이희연 황지연 | **제작** 강신은 김동욱 임현식 | **제작처** 영신사

펴낸곳 (주)문학동네
출판등록 1993년 10월 22일 제406-2003-000045호
임프린트 교유서가

주소 10881 경기도 파주시 회동길 210
문의전화 031) 955-8886(마케팅) 031) 955-3583(편집)
팩스 031) 955-8855
전자우편 gyoyuseoga@naver.com

ISBN 978-89-546-5379-4 03810

* 이 도서의 국립중앙도서관 출판예정도서목록(CIP)은
서지정보유통지원시스템 홈페이지(http://seoji.nl.go.kr)와
국가자료공동목록시스템(http://www.nl.go.kr/kolisnet)에서 이용하실 수 있습니다.
(CIP제어번호: CIP2018036317)

www.munhak.com